1　1955 年抗抗和妈妈在花园里
2　抗抗十岁，婴音三岁时合影
3　1965 年姐妹俩与小叔叔张其畅合影
4　1968 年全家合影

5　1969年抗抗离开杭州赴北大荒前夕
6　1963年婴音七岁留影
7　1971年抗抗从北大荒回杭州探亲，
　　与婴音在杭州武林广场留影
8　1973年抗抗和婴音合影

9　1977 年姐妹俩在杭州孤山合影

10　1976 年全家在皇亲巷教工宿舍老宅合影

11　1981 年姐妹俩合影

12　1983 年全家合影

13 1987 年婴音和妈妈合影
14 1991 年春节姐妹俩与爸爸妈妈合影
15 1993 年冬抗抗婴音在北京香山合影
16 1994 年春天全家在西湖边合影

17　1995 年 11 月抗抗婴音在香港

18　1997 年爸爸妈妈与两个女儿在浙江大学召开的张抗抗创作研讨会上合影

19　1998 年 5 月 4 日爸爸妈妈金婚纪念日全家合影

20　1999 年抗抗和爸爸妈妈在北京抗抗家合影

21　2010 年抗抗和妈妈在杭州疗养院合影

22　2015 年春节抗抗婴音与爸妈在杭州疗养院合影

23　2008 年 5 月 4 日爸爸妈妈钻石婚纪念日合影

24　2018 年 11 月抗抗婴音在杭州钱江新城合影

姐妹

张抗抗　张婴音——著

浙江大学出版社

图书在版编目（CIP）数据

姐妹 / 张抗抗，张婴音著 . — 杭州：浙江大学出版社，2020.4

ISBN 978-7-308-20071-4

Ⅰ . ①姐… Ⅱ . ①张… ②张… Ⅲ . ①中国文学－当代文学－作品综合集 Ⅳ . ① I217.1

中国版本图书馆 CIP 数据核字 (2020) 第 043645 号

姐　妹

张抗抗　张婴音 / 著

责任编辑	平　静
责任校对	仲亚萍
装帧设计	鹿鸣文化
出版发行	浙江大学出版社
	（杭州市天目山路 148 号　邮政编码 310007）
	（网址：http://www.zjupress.com）
排　　版	杭州乐读文化创意有限公司
印　　刷	浙江新华印刷技术有限公司
开　　本	880*1300　1/32
印　　张	10.5　　　　　　插　页　4
字　　数	205 千
版 印 次	2020 年 4 月第 1 版　2020 年 4 月第 1 次印刷
书　　号	ISBN 978-7-308-20071-4
定　　价	49.00 元

浙江大学出版社市场营运中心联系方式（0571）88925591；http://zjdxcbs.tmall.com

张
白
怀

　　我们是名副其实的文学之家：2010 年华东师范大学出版社出版了我和老伴朱为先的合集《双叶集》，我们的大女儿张抗抗是专业作家，小女儿张婴音是业余儿童文学作家。多年来，她们分别出版了很多文学作品。如今我已九十六岁高龄。令我高兴的是，两个女儿要出版作品合集了，就好像一个人的左手和右手，捧起了一本书，我在心里把它称作，《双花集》。

　　作为生于后五四时代的青年，我与朱为先对文学有着同样的热爱。对于我们来说，文学代表着自由的思想，是纯洁、崇高、理想主义的。虽然我是一个老报人，在文学创作上没有多少成就，但是我内心十分热爱文学，也极其向往文学创作。我年轻时曾写过纪实文学和小说、散文，算是我为数不多的作品。朱为先则很早就开始了文学创作，是一位优秀的儿童文学作家。她充满天真童趣的写作风格直接影响了两个女儿的文学之路，可以说朱为先就是抗抗和婴音文学上的启蒙老师和引路人。

　　文学创作的主旨，在于反映时代生活，这也是我一直以来对两个女儿的要求。我希望她们能够对现当代的中国社会有足够的了解，并且写出有文学价值和思想价值的作品。大女儿抗抗从二十多岁开始写作，中短篇小说、长篇小说作品不断，到现在发表的散文和小说达千万字之多，其中有很多优秀的作品。尤其是她的散文，佳作极多。抗抗是一个有天赋、有思想的作家，但最重要的是她对待文学的态度非常认真，极其勤奋，才能取得今天的成就。小女儿婴音在姐姐的影响下开始创作，利用她编辑工作之余的时间写作，先后出版了多部儿童文学著作。她的写作风格活泼清丽，受到许许多多孩子的欢迎。婴音时常要照顾父母，占据了她很多的时间，或多或少影响了她的创作，否则她一定会写得更多更好。

这一次姐妹俩出版作品合集，我感到非常欣慰。她们分别定居于北京和杭州，聚少离多，但姐妹感情极好，十分亲密。她们能够一起出一本书，不仅象征着她们的姐妹情谊，对于我们全家来说也是一件值得庆祝的事情。这部合集里的作品我全部都读过，有她们的生活体验和真实情感，也有许多经典的散文，还包括了一些讲述家人故事的文章。虽然姐妹二人的生活经历和创作风格并不相似，但她们的文笔都十分生动，作品也都富含思想，无论在艺术层面还是精神层面都有一定的价值。

时光荏苒，光阴飞逝。如今，抗抗和婴音也已经度过了创作的黄金期，希望这部合集能成为她们二人写作生涯的一个小结。作为父亲，我为她们感到骄傲。特地写下这些话作为序言，更希望得到读者的关注和支持！

序二

张抗抗

我和妹妹，终于要在一起合出一本书了。

这么多年，我在北方，她在南方。我在北京，她在杭州。我比妹妹大七岁，1969年我离开杭州去东北下乡时，妹妹才十二岁。半个世纪过去，我们在不同的地方各自成长，都成了从事写作的人。

我的妹妹张婴音，中国作家协会会员，从事儿童文学创作已有三十多年。除了写作，她经常在浙江各地举办儿童文学讲座，很受小朋友以及老师家长的欢迎。

婴音是一个特别爱笑的人，只要遇上一点点好笑的事情，她就会哈哈大笑。她的笑声很有感染力，家人或朋友听了往往也都会忍不住笑起来。还在上小学的时候，她就会敏锐地捕捉同学们种种有趣的语言和行为，然后进行"文学加工"，转述给大家。这种叙述和表达的才能，在她读高中的时候，就表现得非常充分了。每天晚上全家人吃饭的时候，她就会把学校里、邻居家的小孩（后来是工厂里）发生的事情，那些有趣的细节，包括人物的不同口气和动作，绘声绘色地讲给大家听。什么事情一经她讲述，就会变得特别生动，让人笑得喷饭。有时候原本并不那么好玩的事情，被她一讲，也变得好玩了。这种即兴随意的口头叙述，也许对她后来的写作，是一种类似"无心插柳"的基础训练。当这种口头讲述不能满足她成长后的表达欲时，她便转向了文字的尝试。直到现在，周围的孩子们身上任何一点点鲜活和异常的表现，都会引起她浓烈的兴趣。婴音选择写作，是基于她对世界上一切有趣的事物本真的好奇和热爱；她像一个长不大的孩子，习惯用儿童的眼睛去观察生活，理解并同情儿童的烦恼。儿童的视网膜，天生能够过滤许多杂质，所以婴音清澈的视线，能够到达被成人屏蔽的那些角落。

很多年里，我每年回家探亲，觉得她就像一棵弱小的桂花树苗，一年蹿高一截，一年年粗壮起来，不经意间，长成了一株敦实的桂花树，到了秋天，忽然开满了一树吐着香气的小花。

平常日子，桂花树就不声不响地站在那里。风来了雨来了，桂花树满树浓绿茂密的树叶，轻轻颔首，摇曳击掌，从不大声喧哗。秋天，桂花树开花了，每一朵都是她的笑靥，笑得花枝颤动，洒下一地金色银色的细密花瓣……

我喜欢桂花树，更喜欢我的妹妹。

我们俩并排站在一起的时候，大家总是一眼能够看出我们是姐妹俩。不同的是妹妹胖一些，我瘦一些；妹妹矮一些，我高一些。妹妹的身材有些像妈妈，五官像爸爸；而我的脸型像妈妈，身材像爸爸。有人说她是小一号的我，我是大一号的她。也许。

其实我多年前学习创作之初，也写过一些儿童文学作品。我和妹妹都是从儿童文学创作起步的，但后来妹妹坚持下来，我却没有。我的生活中没有儿童了，我的童心已老。但婴音童心未泯，她有一颗永远不老的童心。

2006年，浙江省作家协会儿童文学创作委员会为婴音举办了一次作品研讨会，我在会上有个发言，后来整理成文章，题目叫做《快乐的忧思》。就是说，婴音的儿童文学为小读者带去快乐的同时，她内心其实对教育充满了忧虑。我这样写：

在她的大部分作品中，故事内容和主题取向有一条一以贯之的主线，就是今天的儿童怎样才能快乐健康地成长。"快乐健康"应当是她的人生理想，也是她鲜明的教育理念。……一个优秀的儿童文学作家，不会仅仅是一个生活的忠实记录者，而应当在故事中体现出自己的"儿童观"……我们看到，婴音笔下的儿童，大多淘气却有主见、善良而聪慧、具有上进心和集体荣誉感；婴音笔下的家长，多半善解人意、擅长和孩子沟通、平等对话、关心儿童的心灵胜于衣食住行等物质生活；婴音笔下的老师形象，不是现实生活中常见的那种粗暴、生硬，令孩子们望而生畏、恐惧和厌烦的老师，而是平易、活泼、感性、巧妙、富于同情心的"大朋友"。婴音擅长以一个个生动可爱的人物形象，从"正面"引导她的小读者。在充满童趣的故事中，激发小读者的阅读兴趣和思考。但她的小说叙事方式又绝非娱乐化的，而是具有一种"快乐的忧思"风格，在貌似轻松、幽默的语言表象下，表达出她对当下社会现象和教育制度委婉的批评和矫正。

距 2006 年，又十四年过去了。由于我大多数时间都在北方，后来这些年父母年迈，直到母亲去世，照顾家庭的责任都落在妹妹的肩上。很多年中的大多数时间，我和妹妹都不在一起。但是由于写作，我们彼此关注，又好像天天都在一起。她每次看到我的作品，总是第一时间给我发来她的读后感。我每隔几天就要给妹妹打电话，和她交流我的作品进度、文学讯息、家庭琐事，几乎无话不谈。2007年—2017年，那十年我一直在写一部很长的长篇作品，这部书的写作过程太漫长太辛苦，耗尽了我的时间和心力，但妹妹始终是我最坚定的支持者。我无数次对朋友感叹：有个好妹妹真幸福啊。如今女人喜欢说闺蜜，我想来想去，我的第一"闺蜜"只能是我的妹妹婴音了。更何况，我的妹妹一向好人缘，她的很多朋友都成了我的好朋友。

我和婴音虽然都已出版了很多作品，但是这一次，我们要在一起合出一本书。《姐妹》的创意来自婴音的好朋友平静，已经酝酿了好几年。在这本书中，篇目做了很用心的编排。我和妹妹的作品，穿插排列，虽然收录的都是精选的旧作，但是大家可以从中看到，三个小辑，各有一个大致的主题，是同类题材的比照。姐姐写这些，妹妹写那些；姐姐这样写，妹妹那样写；姐姐这样想，妹妹那样想……我的成人世界与妹妹的儿童世界，各有各的欢乐与烦恼。然而，无论我和妹妹各自的"活动半径"有怎样的南北区分，我们关注的人和事有怎样的不同，我们所追求的文学精神总是一致的，我们所拥有的真善美价值观总是一致的。我和妹妹是同胞、同行，更是心灵的同道。

我和妹妹还有一个共同的小小心愿，希望以这部"西湖姐妹书"，来纪念我们的母亲、感谢我们的父亲，是母亲和父亲引导我们姐妹走上了文学道路。这本书里有我母亲年轻时写的一些作品，还有我父母的照片。我们相亲相爱的一家人，躲在书里聚会，说一些与文学有关或无关的话题，不时被婴音的笑声逗得哈哈大笑，伴随我们的是"快乐的忧思"。

目录

姐姐张抗抗

妹妹张婴音

妹妹张婴音

姐姐张抗抗

故乡在远方

也许我
走过了太多的地方，
我已有了太多的第二故乡。

姐
姐

以后的日子，我也许还会继续流浪，在这极大又极小的世界上，寻觅着，创造着自己精神的家园。

——张抗抗

故乡 在远方

我总觉得自己是一个流浪者。

几十年来，我漂泊无定，浪迹天涯。我走过田野，穿过城市，我到过许多许多地方。

我从哪里来？哪儿是我的故园我的家乡？

我不知道。

十九岁那年我离开了杭州城。水光潋滟、山色空蒙的西子湖畔是我的出生地。离杭州一百里水路的江南小镇洛舍是我的外婆家。

然而，我只是杭州的一个过客，我的祖籍在广东新会。我长到三十岁时，才同父母一起回过一次广东老家。老家有翡翠般的小河、密密的甘蔗林和神秘幽静的榕树岛。夕阳西下时，我看见大翅长脖的白鹤、灰鹳急急盘旋回巢，巨大的榕树林遮天蔽日，鸟声盈盈，那就是闻名于世的小鸟天堂。新会世为葵乡，小河碧绿的水波上，一串串细长的小船满载清香弥漫的葵叶，沉甸甸地贴水而行，悠悠远去……但老家于我，已无故乡的感觉。没有一个人认识我，我也并不真正认识一个人，我甚至说不出一句完整地道的家乡方言。我和早年离家的父亲，犹如被放逐的弃儿，在陌生的乡音里，茫然寻找辨别着这块土地残留给自己的根性。

梦中常常出现的是江南的荷池莲塘，春天嫩绿的桑树上透紫酸甜的桑葚，秋天金黄璀璨的柚子，冬天过年时挂满厅堂的酱肉粽子、鱼干，还有一锅喷香喷香的煮芋艿……

暑假寒假，我坐小火轮去洛舍镇外婆家。镇东头有一座大石桥，夏天时许多光屁股的孩子从桥墩上往河里跳，那河连着烟波浩渺的洛舍漾。我曾经在桥下淘米，竹编的淘箩湿淋淋地从水里拎起，珍珠般的白米上扑扑蹦跳着一条小鱼儿……

而外婆早已过世了。外婆走时就带走了故乡。其实外婆外公也不是地道的浙江人氏。听说外婆的祖上是江苏丹阳人，不知何年移来德清洛舍。又听说洛舍之名是因早年此地曾有一支移民来自洛阳，洛阳人之舍，谓之洛舍。由此看来，外婆外公的祖籍也难以考证，我魂牵梦系的江南小镇，又何为我的故乡？

所以对于从小出生长大的杭州城，我便有了一种隐隐的隔膜和猜疑。自然，我喜欢西湖的柔和淡泊，喜欢植物园的绿草地和春天时香得醉人的含笑花，喜欢冬天时满山的翠竹和苍郁的香樟树……但它们只是我摇篮上的饰带和点缀，我欣赏它们、赞美它们，但它们不属于我。每次我回杭州探望父母，在嘈杂喧闹的街巷里，自己身上那种从遥远的异地带来的"生人味"，总使我觉得同这里的温馨和湿润格格不入……

我究竟来自何方？

更多的时候，我会凝神默想着那遥远的冰雪之地，想起笼罩在雾霭中的幽蓝色的小兴安岭群山。踏着没膝深的雪地进山去，灌木林里尚未封冻的山泉一路叮咚欢歌，偶有暖泉顺坡溢流，便把低洼地的塔头墩子水晶一般封存，可窥见冰层下碧玉般的青草。山里无风的日子，静谧的柞树林中轻轻慢慢地飘着小雪，落在头巾上，不化，一会儿就亮晶晶地披了一肩，是雪女王送你的礼物。如闭上眼睛，还能听见雪花亲吻着树叶的声音，那是我二十一年的生命中，第一次发现原来落雪有声，如桑蚕食叶、婴童吮乳，声声有情。

那时住帐篷，炉筒一夜夜燃着粗壮的木桦，隆隆声如森林火车、如林场的牵引拖拉机轰响，时时还夹着山脚下传来的咔咔的冰崩声……山林里的早晨宁静而妩媚，坡上的林梢一抹玫瑰红，淡紫色的炊烟缠绵缭绕，门前的白雪地上，又印上了夜里悄悄来过的不知名的小动物一串串丝带般的脚印儿，细细辨认，如花如柳梢，亦如一个个问号，清晰又杂乱地蜿蜒于雪原，消失于密林深处……

那些神秘的森林居民给予我无比的亲切感，曾使我怀疑自己也是否会留在这里。

小小的脚印沉浮于无边的雪野之上，恰如我们漂泊动荡的青春年华。

我十九岁便离开了我的出生地杭州城，走向遥远而寒冷的北大荒。

那时我曾日夜思念我的西湖，我的故乡在温暖的南方。

但现在我知道，我已没有了故乡。我们总是在走，一边走一边播撒着全世界都能生长的种子。我们随遇而安，落地生根；既来则安，四海为家。我们像一群新时代的游牧民族，一群永无归宿的浪漫移民。也许我走了太多的地方，我已有了太多的第二故乡。

然而在城市闷热窒息的夏日里，我仍时时想起北方的原野，那融进了我们青春血汗的土地。那时的空气透明，风也透明。那里的一切粗犷而质朴。二十年的日月就把我这样一个纤弱的江南女子,磨砺得柔韧而坚实起来。以后的日子,我也许还会继续流浪,在这极大又极小的世界上,寻觅着,创造着自己的精神家园。

西拉木伦河 漂流

　　西拉木伦河来自兴安岭南端的潢源河谷，为商代先民的摇篮，也是红山文化的发祥地之一。据说潢源的沙丘若垄似链，形成盆地，泉水自谷底沼泽中涌出，万泉竞喷，汇成水泊。上游石壁对峙，悬崖迭起，水流湍急，轰若雷鸣，有小三峡之称。契丹辽太宗耶律德光及乾隆皇帝，曾寻访西拉木伦河源头并题诗称颂。几百年过去，西拉木伦河依然奔流不倦、生生不息。

　　我见到的西拉木伦河，已是中下游地段。水势略减，趋于平缓，浑黄的河水坦然自若地穿过两岸苍郁的灌木。河道时宽时窄，时隐时现，在岸边的高地远望，像一条林中密道。

　　我独自一人浮在水面，悠悠然顺河而下。

　　前后左右都是水，急促而安稳地流淌着。触手可及是筏子外沿冰凉的河水，倾耳是流水汩汩的哗响；我闻到了河面上飘来混合着青草和湿土味道的甘甜气息，清洁着我的呼吸；隔着充满弹性的橡皮筏子底部，能感觉到水在暗处使劲。整条河像是一个巨大的漩涡，无休止地旋转着，就连天空也已消失在水里……

西拉木伦，你从哪里来，带我去哪里？没有帆，也没有罗盘，我是一座移动的孤岛，或是一块南极崩裂的浮冰，在水上漫无目的地漂流。

那一天下午，阳光早早隐没，从草原上吹来的风已有凉意；河面上没有闪烁的光斑，水是朴素平淡的本色，甚至显得有些冷漠。橡皮筏子下水的那一刻，只觉得身上的热气忽地被河水吸走了大半；波浪起伏，筏子颠簸起来，身子晃了晃，人就晕了，睁眼闭眼都是流淌的水。阴郁的河面，如同一个狭长的陷阱，会把人吸进去。心倏然抽紧，生出几分恐惧。

先后下水的同伴，筏子都已迅速四散，各自荡漾开去，橙红色的救生衣犹如曲水流觞的酒杯，不由自主地朝下游行走。我无法驾驭自己的筏子向任何人靠拢。水下像是有一只看不见的手，控制并离间所有的漂流筏，使得它们彼此之间无从相濡以沫。

四周空无一人，孤独感渐渐袭来，在水面上形影相吊。

那是一个宽阔的河湾，弯曲的河道延伸至此，水中突起一片金色的沙洲，像是一个问号下面被放大了的点儿。筏子一往无前，撞向沙滩的边缘，悄然搁浅，无人能来搭救。用木桨撑住河底，胡乱地用力，听见橡皮筏搓擦着沙滩的声音，像是要揩去水中的痕迹。反复挣扎全然徒劳，筏子像一块磁铁被牢牢吸在河床上。忽而，却又轻轻一颤，猛地弹了出去，迅即将沙洲甩在了后头。却不是桨的力量，而是水流突然改变方向，将我重新送入河道的主流。

水流逐渐加快，如轻舟过峡，一泻数里。眼见河面朝着前方倾斜下去，形成水的梯级坡度。水势忽猛，溅起团团浪花，水下似乎布满阴谋诡计，埋伏着无数沟壑岔口，路径纠缠纠结，像是隐形的魔爪，拽着筏子一会儿往左、一会儿往右，全然没有方向可言。人在水上，对于水下却一无所知，那水看似温情脉脉，转瞬就凶相毕露。束手无策地看着自己的筏子往岸边直冲过去，一头插入密集的柳茅子丛，让粗韧的柳条一根根从头顶掠过，任其拍击鞭打，却无从躲避，动弹不得。几回心惊胆战，自以为山穷水尽，流水无情，只能任其戏弄摆布了。绝望之中，水下的魔怪突然大动恻隐之心，那筏子似有神助，只一个华丽转身，自行掉头突出重围，卷入另一股劲流，如同冰上速滑，瞬息间蹿出老远。等到回过神来，人已在河的中央——天高水阔，水平如镜，筏子稳稳地朝着下游航行，一时畅通无阻……如此三翻四覆，每一次都在险情绝境中侥幸脱逃。再一次误入歧途时，只需坦然用手轻轻撩开树枝，等着撞击河岸那一瞬的力量，将其顶开——旋转——踮脚——凌空——落地时，已在新的起点上。那一套连贯的动作，完成得如此圆熟爽利，像配合默契的双人华尔兹舞步，在河面上一圈一圈地纵情奔放。圆舞曲的乐声从空中传来，微风、鸟鸣、流水声声……

漂流着，无拘无束。若是遇到浪花翻滚的激流险滩，爽性松开水中的木桨，身子一动不动，任随筏子从容漂去——它一个顺势鱼跃，从水瀑上灵巧翻过，稳稳落在水梯的下一层平缓处，衣衫上竟连水花儿都不溅一朵……目光疑惑地透入水下，似乎隐隐看见了有关命运的昭示，或是另一种解读。

很多时候，人生，生活，就像漂流本身——当水流具有足够的运力时，顺其自然是最好的选择。水下(或是命运)潜藏着我们无法透视的规律，要说随波逐流，其实也就是循着波浪和水流的动向，借力前行而已。

在西拉木伦的夕阳下，我手里的木桨已不知去向。很多年来，我曾一次次梦见自己用脚尖在水面上行走，就像大海中那条渴望成为人的鱼。

那是一段平缓的河道，几乎感觉不到水的流动。我坦然地悠荡在河面上，把身子放平，躺下来，头发几乎垂在水面。雾气涸湿了我的眼睛，水声充盈着我的耳郭，水滴从我的脸颊上滚落：枕河——那一刻我的脑中跳出这两个字。我就这样枕着西拉木伦河，摇曳、晃动、眩晕……我的身体蜷缩起来，躲藏在一个透明的水箱里，像是回到了母亲体内，四周的汁液丰盈而温暖。于是，半个世纪前，曾在母腹里的种种感受，都被一一记起并重新经历。那时初有人形，在黑暗中分分秒秒地膨胀，寻找生命的出口。就像在河心漂流，只等着那股暖流把你送去人世间……

潺潺水声对我耳语：漂流是流，漂泊是泊；不是漂泊、不是漂浮、不是漂荡，而是漂流——流水的流、流动的流、流淌的流、流传的流……

我抬起头，头发在滴水，不知是雨是泪。青青的河岸上，有一匹剽悍的白马在低头饮水，忽而扬起脖颈，嘶声辽远；岸边的灌木丛，苍老的根部一大半浸在水里，依然牢牢地抓着河岸略带赭色的泥土；一大丛紫色的雏菊开得明艳，细小的种子落在水里，也将会去漂流。远处的山峰透迤，山顶上悬着一团浓云，莲花般地展开几片花瓣，山尖上一棵枝叶清晰的小树，深色的树影恰好镶嵌在云朵里，似莲的花蕊，吉祥而超脱……

我藏匿于水中，融化在西拉木伦河的怀里。真想这样无休无止无忧无虑无牵无挂地漂流下去，直到天荒地老。在漂流的途中，每一滴水都是起点；在漂流的路上，每一寸堤岸都可到达终点。

就这样顺流而下，不问去路，不问归途。水下有一只看不见的手，一路托举着我，然后，在汩汩的流水中，将我的心情和心灵一并清洗。

重识 钱江潮

　　今年秋天在杭州，有个名叫周舟的海宁人，撺掇我去盐官看潮。我说："阴历八月十八早已过了半月，钱塘江的潮水还有什么看头呢？"他说："你错了错了，实际上，天下的人都搞错了。一年三百六十五天，哪里只有一天大潮好看呢。月亮一天绕地球一圈，走过太平洋再走大西洋，一吸一吐，潮水一天涨落两次；月有阴晴圆缺，月初和月中的吸力最强，头尾持续各五天，每个月杭州湾至少有十天大潮，生命不息，观潮不止啊。"

　　我说："八月十八观潮日，恨不得全中国人都晓得，到底是谁弄错了呢？"

　　周舟说："苏东坡是始作俑者。他写了那句诗：'八月十八潮，壮观天下无。'想必当年他碰巧是那一天去的，从此误导后人，都以为海宁大潮只此一日壮观。我曾去法院起诉苏东坡损害钱江潮的声誉，法院不受理。普通人想当然，说什么这一天月球离地球最近。忘记了海宁还有个地理位置上的特殊规律呢。再加上广东人凑热闹，借了这个日子想'发一发'。你看，错都错到一道去了。我只好逢人就'拨乱反正'，口水都快变潮水了。"

想想每逢"发一发"那日，盐官镇上人山人海，比钱江潮还要壮观。我携八旬老父同行，只能在这种被游客冷落的日子乘虚而入。

历史上，盐官镇曾是海宁县城，位于杭州湾喇叭口北岸，人们只知其为著名的观潮胜地，不知海宁曾是海上丝绸之路的起点之一，更是名人辈出、文化底蕴丰厚的古城。城内有一座"陈阁老故居"，素有"一门三阁老，六部五尚书"之说(陈家世代望族，出过三位宰相，五位尚书)。乾隆七下江南，民间传说因其身世同陈家有关。气势宏伟的"海王庙"以及正在修复中的"安国寺"，都值得参拜。等到把镇上的古迹一一看过，时近中午，潮水也就快到了。

"今天的潮水几点来呢？"周舟一路问过去，好像在打听火车到站的时刻。有人大声回答说，比昨天早半个钟点，快了快了。于是中午时分的盐官镇，骤然有了一种紧张气氛。镇上的游客和行人的步子明显地匆促起来，往江堤上奔去。镇上每日都有潮水到达时间预报，比火车准时。观潮的人就好比等火车，盼啊盼啊，眼见车头终于进站了，从你身边轰隆隆驶过；若是晚一步赶到，火车就开走了。所以观潮如赶火车，一刻也不能迟到的。

大潮出现的时候，远远一条闪亮的白线，在江的下游缓缓向上游平移，像是一根测量地平线的银尺。猜想钱塘江水原本顺流而下奔涌入海，一江清泉进了东海，搅出些咸味，心生悔意，像是嫁出去的女儿，在婆家待得烦闷厌气，夜夜思念自己的出生地，每日总要挤进杭州湾口的喇叭筒里，回头来探访母亲。江河本是大海之母，东海原是西湖之父，彼此你中有我、我中有你，互为因果。都说一江春水向东流，那海水与江水的混血儿,却生出些叛逆的性情,偏要一日两次折返西行。因是逆流而上,江道渐窄,水和水就一滴滴纠缠、一层层叠加,如同在安徽黄山重新发源一次,满怀再生倒走的狂热。银线渐近,传来隆隆的吼声,豪情万丈;望得见潮头上你追我赶的浪花,溅起白色的水雾,如同一排并肩行进的火车头,齐齐喷着蒸汽,步步逼来。更近,忽而变成了一大群白色的野马,从左岸到右岸,密集得没有一丝缝隙,脚踏洁白的雪地雪原,义无反顾地朝着上游奔腾。马鬃在风雪中飞舞,似一群来自海上的白马王子……此时脚下的江面却是出奇的安宁,柔情万种地静静守候,只等那威武健硕的壮汉投怀入抱的那一刻,以大海覆盖了江河的身体,江海相遇的激情,掀起翻江倒海的排浪。它们拥抱热吻之时,似雾凇雪涛银装素裹,壮美华丽,一瞬间从你脚下哗然而过,只顾往前奔去,身后扬起黑烟黄尘,一片污泥浊浪泥沙俱下。

原来,这日日溯水而上的钱江潮,奔腾的动力不在海中,而是来自高远的天穹。月亮才是操纵着它命运的神灵,是可望而不可即的天上恋人。

潮头跃过,再看岸边脚下的围堰,一块块巨大的花岗岩条石,竖着插入堤岸,一层砌一层呈阶梯状,铜墙铁壁一般坚固,好似一道隐入水中的百里长城。历史上,塘堤一次次修筑、一次次被潮水冲垮,海水倒灌为患一方,统领修塘的官员无颜见父老乡亲,曾有多人自愿投水殉职。在一代代海宁人的血肉之躯上,鱼鳞石塘终于在清代雍正、乾隆年间建成,从此将万钧之力的钱江潮锁于江中。这石塘有多厚重坚固,就知大潮的力量有多威猛。

周舟急急挥手喊撤。登上一辆四边敞篷的人力车,带领我们去"动态观潮"。出了盐官的观潮亭不远，十余里江堤通达顺畅。车子很快追上了刚刚经过盐官的潮头，赶到了潮头之前，人与潮水并行，保持相近的速度，或前或后，亦步亦趋。江风吹来，撒开细碎的水珠，身上、头发上都是潮水的湿气；左侧是起伏的江面，身子像被潮水整个托举起来；海水急剧地向前推进，一丈一丈地吞没了江水，如一艘所向无敌的巨轮，在水上冲锋陷阵。家父年轻时曾多次观潮，可谓阅潮无数，却从未如今天这般与潮头亲密贴近，侧望老父，竟是一副如痴如醉的神态。那一米多高的水墙，横着移动推进，起起伏伏，潮过之后，在江面上留下一个又一个巨大的漩涡。周舟在隆隆潮声中大喊：潮水其实就是有规律的小规模海啸。我说海啸可供观赏，也算化灾为奇。既然大江把大海当作出口，大海又何不能以大江作为入口呢？这一场海水企图置换江水的搏斗，日复一日不知疲倦，直至六和塔下，气数用尽才见胜负。然而，那潮水本是天地精怪，而如今的观潮人，却用柴油四轮来赶超潮水，让游客错生出弄潮儿的豪情与幻觉，似有忤逆自然之嫌，想想，多少有些不公平。

原来，钱江潮万年来去，竟是由海水的压力所迫。那压力不在海中，而是来自堤岸。滩涂围困，堤岸渐高，东海是否日感压抑？然而海水一日两次溯水而上的挑衅，终究败于奔流直下的江河之水，尽管如此徒劳无望，大海却仍是乐此不疲。

江边出现一道长长的堤坝，横卧于前。大潮竟是浑然不觉，直扑过去。潮头似乎积蓄了整个太平洋的巨大能量，浩浩荡荡长驱直入，却突然被一座大堤正面拦住，犹如中途横生枝节的抵抗。大潮愤怒地咆哮起来，鼓足满腹悲情，迎面冲撞过去。大堤坦然迎候，狂奔的潮头被堤坝猛然掀翻，刹那间生出了强烈的反作用力，弹起几十米高的黑浪，惊回首，真正是"道高一尺，魔高一丈"的情势。高耸的水柱似巨人在空中转身，甩开一头浪花飞溅的乱发，弹跳、旋转、反扑——这就是钱江潮著名的"回头潮"。它在三百米外的大堤一角上落地时，几百吨重的江水在瞬间如同炸弹一般爆裂，仅仅是浪尖的压力，即可将人体的骨头和内脏拍扁压碎。每年，都有轻视、低估了大潮力量的观潮人，被潮头卷走，魂归东海。忽然想起千年前的钱王，曾用万箭射潮企图退之，用牛羊美女作贡品投入水中，无功而返后，钱王终于懂得：潮可顺应不可逆之，潮可疏导不可拦阻。唯有疏通江道、筑堤防范并用才是治水良策。情同此理——历史上，各种人为的陆地之"潮"多有发生，究竟是拦截镇压还是因势利导？钱江潮可为训诫。

原来，这回头潮如此勇猛，如此壮美，恰恰是堤坝拦截的阻力迫成。阻力是能量的发生器，阻力激发能量并使能量得以爆发——身旁的老父亦很赞许。

怒潮汹涌，重整旗鼓继续向上游昂首挺进。追潮的长堤已到尽头，人称"潮痴"的周舟却是意犹未尽。他说：你现在相信每月阴历初一到初五，盐官同样是有大潮可看了吧？若再不信，我可以带你去见一老人，他几十年间受聘于钱江航运公司，每天日夜两次观察记录潮水的流量流速，他会用精确的数据证明，苏东坡的"八月十八"只是一句诗而已。我急忙摆手说不用不用，我信就是。周舟说：你何时来看夜潮呢？白天是潮，夜里称汐，潮汐潮汐，一天两次日夜轮班，在我看来，汐比潮更要惊心动魄啊……

我只能在周舟的描述中，想象夜潮的神秘和神奇：江滩无人，万籁俱寂，汐声自黑暗的远处传来，如泣如诉；潮声渐近，间或裹挟着石块的滚动,如雷似鼓。潮头到了眼前,顿觉一股宏大的气流扑来,要把人吸进水里去,脚下的堤岸在微微抖动,有如地震。如逢月夜,月光下翻腾的浪花溅起雪白的泡沫,天空和江水一片银白,如同大雪纷飞的旷野;若是空中放起焰火,堤上升起篝火,荧光火光在奔跑的潮头上跳跃,那就是世上绝妙的动感奇观了。

周舟又补充说:在中国,什么景色能够在半夜里出现呢?只有盐官的夜潮!

浙江多水,"浙江"这两个字都是水字偏旁,全国独此一省。如果说西湖是静态的阴柔之美,那么钱塘江即动态的阳刚之美。我这西湖的女儿,半生重识钱江潮,恨晚。

杨公堤
随想

　　十九岁离开西湖，远去北国，转眼已是三十四年。当年舍得下西湖，也许是身在福中不知福，潜意识中倒反生出些对外面世界的好奇心，想看看这天地之间，没有西湖的地方，究竟会是怎样。

　　西湖离我渐行渐远，却又是忽远忽近，仍是若即若离的挥之不去。一年一度回杭州探望父母亲友，忙里偷闲，自然是要把多年来看得"审美疲劳"的西湖，顺便一同拜望了的。换季隔年，心绪有别，而西湖却是永远的。千年风云变幻朝代更替，西湖总是淡妆浓抹处变不惊，曾觉得地球上的所谓时间，到了西湖就停止了歇息了。

　　然而山色依旧，汹涌的钱江潮与群峰的泉水，已经悄然在湖中注入了新的动力与源流。西湖的锦上添花与改造整合，于20世纪90年代后半期开始启动，重修了雷峰塔、城隍阁、万松书院、御码头等许多历史遗存的景点名胜。或许恰是自己由北而南"跳跃性"观赏西湖的这一距离感，让近年来西湖的些微变化，都悉数收入眼中。

　　听说新西湖扩建后，西湖水域扩大三分之一，恢复了杨公堤在明清时代的风貌。听说"杨公堤"这个名字之初，不由心生疑窦——苏堤白堤已占尽西湖风光，天上何以掉下一条杨公堤？烟波浩渺的外湖里湖，哪里还有杨公堤的位置？

金秋时节，应浙江作家节之邀赴杭州。怀揣一个小小的心思，是为了杨公堤。

晨起即是湖西大采风。车至杨公堤入口处，不由哑然——这不是我们小时候熟知的西山路吗？很多年来，它都是一条路，一条与苏堤平行、一侧临水、法国梧桐树森然夹道的林荫路。经由它可通往曲院风荷、郭庄、花圃，南侧的尽头便是花港观鱼的后门，右转就通往虎跑方向了。它何时摇身一变，变成了一条湖堤呢？

然而脚下踩的果真是一条长堤。湖堤必凌于水，水嘛果然就有了——堤西原先的茶园菜地旧屋杳然无踪，代之以一串串珍珠似的水塘芦荡。路既成堤，桥是不可缺的，桥也有了——好像一位高手奉上的大型魔术，在一夜之间搬来了六座起伏的拱形古桥，路被穿透了，盈盈湖水在桥洞下穿过来流过去，与西里湖汇合交融。

那六座桥，曾与苏堤六桥并称，望山看水观景各有妙处，分别以环璧、流金、卧龙、隐秀、景行、浚源得名，人称里六桥。水既通，桥已设，舟亦行，这亦新亦旧的杨公堤，在岁月掩埋了几百年之后，终于被粼粼水波托举着，似那条从雷峰塔下逃逸后归来的青蛇，从此定心驻守于西湖的碧水蓝天之下。

下车从金沙堤(也叫赵公堤)步行进入湖西景区，隔水遥望赏菊听曲的清雅之地小隐园，顺着"乡间小路"前行，路边一座新修缮的江南民居很是醒目，粉墙黛瓦，质朴幽静。此屋名燕南寄庐，是著名京剧表演艺术家盖叫天故居。忽而想起"文革"中，几个中学同学在山里闲逛，偶然撞到这里，当时黑色的大门紧闭，一片萧瑟阴森之气，几人绕着围墙转了几圈不得进入，悻悻离去。想不到几十年后，这位耿直执着的戏曲艺术大师的故居得以修复并对外开放，已成为湖西一景，算是个小型戏曲艺术博物馆了。然后穿过杭州花圃北侧的花丛树林，眼前又是一大片悠悠水域，湖荡中长桥连廊桥，长亭接短亭，水回路转，总是百步可歇；只见远处青山逶迤，雾霭沉浮，视野慢慢伸展开去，水色缥缈，一时深远了许多。再沿着水边从容前行，欣赏过岩芳水秀、五峰草堂、醉白楼、天泽楼等一座座有着曲折来历与文化内涵的楼台亭阁、雅屋精舍，便抵新近落成的于谦墓。整座祠堂建筑群体气势宏大、肃穆庄严，可见杭州人民对清廉正直的才子好官于谦真切的怀念之情。

那些故居旧屋，原本就是西湖历史不可缺少的组成部分，只是被岁月的泥沙年复一年地遮没了，静默地蛰伏于湖山深处难得一见。只因这条杨公堤的恢复，而终于被拂去尘埃，重见天日了。从这个意义上说，杨公堤仍是一条路，一条融贯文史的通衢大道，以杨公堤为轴线放射开去，即是一条湖西的黄金漫行线。

匆匆走湖西，意犹未尽仍有不甘。于是几天后陪父母再走杨公堤，由茅乡古道入口下车步行，穿过郁郁的树林，走过厚重的木桥，眼前便是开阔荡逸的茅家埠水面，这就是几百年前香客由湖东乘船过湖，经由杨公堤孔道去灵隐上香的水上必经之路。湖水坦坦荡荡地延伸至远山，薄云遮日，波平如镜，湖中近岸处，随意地生长着一丛丛茂密的芦苇，几只白色的水鸟贴着水面掠过，又翩然飞去；几条小船正从堤上的桥洞里悄然探头，朝着湖湾里缠绕的水巷中另一座石拱桥划过去，欢声笑语就像水珠子一样一滴滴洒落在湖上了。那单孔石桥古朴而精巧，残破的石缝里生长着浓密的青苔，记录着风雨的道道斑痕。说到湖西景区中这数座新架设的小桥，限我所见，似乎没有一座是用了水泥的——桥面桥身或拱或平，或曲或直，非木即石，非石即木。木桥一般呈浅褐色，简洁明快的现代风格，厚重平整的条形板材，均为进口的防雨防滑材料，可见设计者的苦心。这些风格各异的小桥嵌入这湖中之湖的诗画美景，如同一只只做工精巧秀气的搭襻，连接起堤外之堤，别有一番气象。

沿岸的青青草坪均为低矮的缓坡，草坡入水，柔和而收敛的，人也就与水亲近了；草坪上配着适时的花草，树也种得疏密有序，给眼前的山光水色留出了充裕的视线空间。远眺湖面，隐隐可见对岸一幢幢素墙青瓦的农舍民居，参差毗接，错落有致，黑白色的剪影沉落在湖水里，一阵微风吹过，房屋都模糊了，只一歇工夫，又从水里清晰地显现出来。湖面水色清澈，有四方山溪泉水来续，水是活的。再一阵风过，天上闲云游弋、湖中芦苇飘摇，远处的草堂茅屋，都浸在朦胧的水雾里了。

芦苇是湖西的点睛之笔。如此充满野趣的湿地情趣，在精致的外西湖里是见不到的。

恍惚间觉西湖变得陌生、变得遥远了。几百年前的老西湖，原来要比我们熟知的西湖大了许多啊。西湖在很久以前，就应该是眼前这个样子吧。这不是"新西湖"，而是一个具有乡村风情、比老西湖更老的西湖。这些星星点点的湖塘港潭，原本就在那里散落着，只是被日月存积的腐叶淤泥覆盖了。终于有这样一日，深受西湖恩惠的杭州人，要把西湖的原貌还给西湖了。果然，挖着挖着清水就涌出来了；水漫湖西之时，杨公堤就在湖中游动起来了。

杨公堤，由明代杭州知州杨孟瑛，力排众议重新疏浚西湖后修筑，是一条凌波倚山、自北而南贯穿整个湖西水域的长堤。如今因着这一条杨公堤的修复，竟把湖西的自然风光、人文风貌都一一激活。由我幼时所知的西山旱路，而变为今日的湖中长堤，西湖的几百年兴衰，都在这六桥一堤间了。如此说来，杨公堤已不再是一条路，不仅仅是一条路。杨公堤是一条重新打磨的珠链，串起了湖西的历史珍迹；杨公堤是一道垂落于西山的迟来晚霞，超越了原来水利与交通的使用功能，而成为天下游客观赏游览的新风景线。这一条21世纪的杨公堤，终由实用而达审美、由实在而变空灵，由物质而升入精神领域——这是一次何等壮观的飞跃，一次何其神采飞扬的大手笔书写啊。

　　"性知执法，心在利民"，语出杨孟瑛当年的《开湖告谕》。如今重修杨公堤，仍是奉行了先贤勤政恤民、善待湖山的殷殷心意。一条不设门墙的杨公堤、一条敞开胸怀的杨公堤，从此将笑迎八方来客，无论是杭州人还是外地人，无论是乡民还是市民，都可随时随意漫步杨公堤。西湖是天下人共享的西湖，这一条四通八达的杨公堤，你也来走，我也来走，在杨公堤行走的人，没有了高低贵贱之分。这本是人们理想中的天堂，杨公堤，理应助一臂之力的。

　　从杨公堤而续说新西湖的新景点，自然留有太多的"新"痕迹。杨公堤新铺的草坪尚有缝隙，新移的树木尚未成林，新栽的花草尚未成势，新建的茅屋庐舍草堂廊桥尽管在设计思路上已是竭力试图接近原貌，但遗失在空气中的文化信息已无从捡拾。新湖滨景区的规划似乎引发了较多的争议和疑问，许多大兴土木新建的人造景点确也破坏了西湖往日的宁静幽深。西湖的扩建似乎应当适可而止了。在这些"崭新"的氛围与语境中，我们难以品味出"新西湖"更深层的文化内蕴与历史积淀。然而，这是一个两难的境遇——遥想当年白堤苏堤、六和塔放鹤亭初建时，也是全新的，然后在漫长的风霜雨雪中一年年变得古老质朴。历史所遗存的事物，都是被曾经的那个"当下"所创造；西湖有史以来经历过五次大型疏浚整治，名胜古迹的建筑风格也留有各个时代的不同特征，至20世纪上半叶，湖边别墅多已是中西合璧。实际上西湖从来都没有停止过呼吸和运动，烽火硝烟的改朝换代中，西湖始终在不断地被更新——我们指望着时间这根魔杖，使"新西湖"成为老西湖完美和谐的补充与延伸。

金秋去杭州，适逢桂花香浓时。漫步杨公堤，一阵甜香袭来，嗅着香气回头寻去，树丛里必是悄悄地立着一株桂树。金灿灿的小米粒，不起眼的十字花瓣，一层覆一层，重重叠叠、团团簇簇，竟把一整棵大树染得金黄。还有白金般的银桂、暗红色的丹桂，馥郁的花香从花蕊中持续喷发放射，香得人都醉了。桂花开了的日子，整整一座杭州城都是香的，连杭州人的呼吸也是香的，杭州的美食也染上了桂花香。闻香识杭州——春之蔷薇、夏之荷花、冬之蜡梅，清香浓香从窗外飘进来，轻轻一吸，就知道西湖到了哪一个时令了。

杭州人是有福的。我这一个西湖的女儿，正在北方的风雪中一点点变老。而西湖，却是一年比一年更年轻了。

也许正是由于远离了西湖，西湖对于我，才变成一种可在回眸回忆中无限想象的梦幻之境。

西湖 宝石山

从小学到中学，在杭州我去得最多的地方，是宝石山。

那时候的宝石山叫作"保俶山"。山下有一条保俶路，山上有一座保俶塔。相传保俶塔始建于一千多年前的吴越国王钱弘俶时期，是吴越国宰相吴延爽为佑国王钱弘俶应召去京(开封)平安归来而建。另一传说为五代的后周年间，信奉佛教的吴延爽，为了安放唐朝高僧东阳善导和尚的舍利，在湖边的山上建了九层高塔。至北宋咸平年间，一位被人尊称为"师叔"、双目患疾的和尚永保，募缘十年重修此塔，人们感其精神并以作纪念便称其为"保俶塔"，之后的宋、元、明朝一直都称之为"保俶塔"。明万历七年(1579年)重修为七层楼阁式，可登临远眺。民国十三年(1924年)塔倾斜，重修为八面七级实心砖塔。保俶山改名为宝石山，是20世纪90年代的事了。

20世纪60年代，我家就住在延安路观桥一带，往西走经过狮虎桥，就到了少年宫(昭庆寺)广场。穿过广场(不要往白堤方向)拐入保俶路，路西百十米有一个斜坡小路口，是保俶山的后山入口。上小学的时候，我由父母带领去爬山，上中学的时候和同学一起去爬山，多半都从后山上山。那条小道要比走葛岭那边的正门轻松近便，经年残损的石阶缓缓而上，渐而陡峭，经过一座小凉亭，再往上走几分钟，即可登上山顶。

山顶有一大片平缓的空地，空地中央立有一座砖塔。那座塔的形态很特别，像一把收拢的雨伞。塔尖上有一柄长长的锥子，直指云天，像极了雨伞的伞尖。那件黑色的铁器底端盘着一圈图案，像两个对拢的大钩子，听人说那是明代旧物。杭州多雨，每到下雨天，我在城区望着远处雾蒙蒙湿漉漉的保俶塔，就会有这种雨伞的联想，觉得它会突然撑开来，撑起一把巨伞，把整个湖面的雨水都罩住……

小时候上山，站在塔下，需要抬头仰视它。每次去我都会认真数一数它共有几层。下次去又数错了(其实是七级)。围着塔转一圈，可惜塔上一扇门也没有。那是一座实心砖塔，不能去里面一探究竟。

保俶塔的造型奇特，塔形细长。成年后我去各地见过很多塔，从未见过像保俶塔那么"苗条"的塔。有时候就觉得它像一个清高气傲的瘦姑娘，赌气离家站在这里看西湖，唤也不回。

保俶塔下的那块大空场，围着一圈石凳，朝后山方向走几步，就可以眺望后山的情形，就像如今从高楼上往下看立交桥的车流那样。

阳光或是雾气下，眼前突兀地冒出半座城池，许多许多黑黑白白的屋顶，高高低低的平房和楼房，在山下朝着远处一片片一幢幢摊开去，有一种千家万户的气象。我第一次亲眼看见"千家万户"的屋顶，就是在保俶山上，那是西湖背面的俗世景象。以后每次上山，都要站到那个位置，好奇地朝山下看一会儿。那些平房多半又旧又脏，楼房倒是很新，但也不高，记得女生们兴奋地辨认着山下的建筑物，指指点点说这是杭州城西北的文教新区呢，所以才有这么多新房子。忽然有人惊呼那片淡黄色的楼房和校园就是杭州大学，又有人尖叫看见了我们杭州一中赭红色屋顶的大礼堂，还有人认出了大运河边的卖鱼桥码头(我不太相信)……我们为此争吵辩论，叽叽喳喳，嘻嘻哈哈，惊起树林里一群群小鸟。

杭州老城留在我记忆中的，是一大片黑屋顶。

从保俶山上看杭州老城，像一卷黑白的底片。

后来，那座山更名为宝石山，那座塔，也就称为宝石塔了。

我一直都很喜欢保俶山。因为它生动有趣，通达四方，亲近而亲切。

从"千家万户"那儿转过身，沿着山脊上的小路往西走，路边有石凿的水池，清泉从池壁上一滴滴渗出来。一路走过石壁、钻过石室、穿过石洞，头顶的巨石好像随时要掉下来。但下次去看，它们还在原来的位置上，稳稳当当卡在两山之间。石洞的石壁上有摩崖石刻，只剩风蚀雨淋的模糊字迹。继续往前，山路渐陡，两座笔陡的石壁之间，有一条几乎要"撞山"的嶙峋裂谷，我们瘦小的身子灵巧地从窄小的"一线天"里钻过去，那是每次上山屡试不爽的壮举。过了这道窄缝后，天空豁然开朗，眼前是更多的巨石，一块接一块，像巨人搭建的积木，石壁上嵌着斑斑点点的赭红色小石子儿。其中有一座浑圆的"馒头山"，石面光滑、石上无阶，没有栏杆或树杈可助力，全凭自己的双脚，弯下腰匍匐着手脚并用，一不小心就滑下去了，再爬，费力地攀爬，你拉我扯，差一点就会落在巨石间的夹缝里。那是最开心的时刻，惊险、刺激、尖叫、欢笑。终于爬上去了，山风骤然加大，身子差点被吹跑了，站稳脚，探头往山下望去，哇哦，就好像一个大舞台，忽然转换了布景。刚才保俶塔下那座黑白的杭州城，顿时变成了一个五颜六色的西湖——

从保俶山顶往下看西湖，淡绿色的湖面平静如镜，细长的白堤就像一条绿色的丝带，断桥上圆圆的桥洞，像只睁大的眼睛一亮一闪。孤山和苏堤在湖的一角连起来，好像在一个糖果盒子上打了一个蝴蝶结。小瀛洲像一个顺水漂流的花环，湖心亭好似一只翠绿的发夹，把湖面的波浪夹住了。一只只游船变得小小的，像一片片竹叶荡在水上。西湖那么乖那么安静，就像我们上课的样子。

离家的多年中，我一次次回想在山顶巨石上看到的西湖，那是我记忆中最完美最清晰的西湖，像一只精致的立体沙盘，固化在我记忆中。

很多年以后我读《西湖志》，知道了保俶山改名为"宝石山"并非空穴来风，宝石一说原有出典：保俶山的地质构成为火成岩，岩石上那些彩色的小石粒，在傍晚或清晨的阳光下，会发出流光溢彩的光泽，故誉为"宝石流霞"。

隐约记起来，就在当年我们攀爬"馒头山"的地方，有一块摩崖石刻，"宝石流霞"四个字清晰可见。但那时候我们并没有留意那些年代久远的古迹来历，我记住的是宝石山的生动有趣，它是一座可以"玩"的山。

喜欢宝石山，还因为它是一座四通八达的山。从山上可以到达西湖北岸的任何一个景点。

从"巨石阵"那里下来继续往前走，沿着石阶往上再往上，山路逐渐陡峭，需要"爬"上好一会儿，才能到达初阳台。初阳台建在一座山峰的制高点，一座两层高的楼台，面东，可望日出。西湖景点的地名都起得风雅，初阳台，意指清晨第一线阳光到达之地，可惜我从来没有下决心来此地看过日出。初阳台是一个必经之地，在这里山路呈三角形分岔，有好几块牌子指向不同的去处："紫云洞""黄龙洞""岳庙"……还有一条路可直接下山。每次站在这些路标前，脚步就迟疑起来，不知道该往哪里去好了。后来一年一年、一次一次地走，过了好多年，才把每一个方向都尝试过了。

从初阳台翻山往岳庙方向走，有宽大的石阶，顺山势忽上忽下，两边是竹林还有松树林随行，忽高忽低。山顶上出现了一道延绵数里的山脊，平坦的黄泥小路顺着山势蜿蜒。路的一侧临湖，山下是波光粼粼的西湖；另一侧靠山，满山是苍翠的马尾松树林。贴着路边，一棵棵松树一溜排开延伸几里地长，很是壮观。山里人踪罕至，年复一年，松针在树下落了一层又一层，吹撒在小路上，小路变得松软且有弹性。

"文革"那几年，同学们闲来无事，在西湖周边四处游逛，把周围的山林都走遍了。有一回，燕君对我说：告诉你一个好地方，保俶山翻山往岳坟的那条路上，有很多松树，那里的松树会唱歌，就唱那个歌剧《江姐》里的一句"松涛阵阵哎，如海啸呦喂……"，不信下次我带你去。后来我真去了，走在那条山脊小路上，山风从松林里一阵阵穿过，满山的松涛抖动；风从一根根密密的松针缝隙里穿过，风变细了，发出窸窸窣窣的嘘声；风大了，松涛声也加大，变成了唰唰的下雨声。山风掀起我的衣服吹起我的头发，我身上也发出了窸窣的响声，好像在给松涛伴乐，整个人都淹没在松涛里了。

杭州人也不一定知道，宝石山山脊上，有一条奇妙的山路，松涛起伏，如诗如歌。宝石山就是这样一座会发出声音的山。

我十九岁去东北下乡后，有一年冬天在小兴安岭林场伐木，满山的红松樟子松，站在树下的雪地侧耳倾听，松涛阵阵，猛烈而强劲。松涛起伏的声响唤起了我对保俶山的记忆，一串串泪水冻在面颊上……

有一年，从初阳台翻山去黄龙洞，黄龙洞位于栖霞岭后的山麓上，左右二山夹峙，路旁漫山翠竹，景色清幽。石阶从郁郁竹林中穿过，阳光细碎斑驳地落在小径上。望见竹林深处白墙黑瓦隐隐的农舍，一株秀气的白梅、几株艳丽的红桃，从墙上好奇地探出头来。过剑门山、白沙泉，前面出现了一座厚重高大的黄墙，传来哗哗的水声，哦，"黄龙"真是先声夺人。还须再步行一段，进得山门，只见一股水帘般汹涌的瀑布，从"黄龙"的嘴里吐出来，水柱跌落池中，水花纷溅，有一条石板通往池中央。想必这"黄龙"吐出的水，就流到西湖里去了。

还记得20世纪70年代，有一次我从北大荒农场回杭州探亲，曾和妈妈一起去爬宝石山。那一次，我们执意想要去山里寻找"紫云洞"，紫云——多美的名字啊，妈妈赞叹。洞口飘着紫色的云霭，我们从云雾里钻出来，披一身紫色的云霞，想想都令人激动……我和妈妈两个人，在山路上走了很久，按着路标的指示牌，来回寻找"紫云洞"那个小小的岔口。发黄的松针落在我们肩上，枯萎的竹叶落在我们鞋上，但是我们始终没有找到"紫云洞"，这个"紫云洞"好像消失在云里雾里了。我们走累了，在路边的石凳上坐下来吃橘子。妈妈安慰我说："没关系，我们下次再来，我们可以想象紫云洞啊，也许比看见了更好呢……"

半个多世纪过去了，紫云洞安在？妈妈已经离去，长眠于钱塘江边的山坳里，西湖的另一侧。我们可以想象紫云洞啊——宝石山有妈妈留下的声音，空谷悠长。

那几种不同的声音交织在一起，汇成了一首宝石山奏鸣曲。

喜欢宝石山，因它有趣，因它通达，因它歌唱，因它友好。

说友好，是它就坐落在城边，如此随和，易于登临。山不高，缓缓地匍匐着，若是站在白堤的断桥上，面朝北里湖，隔空相望，只一眼，整座宝石山柔和起伏的山影尽收眼底。山影倒映在湖水里，伸手可及，湖与人是亲近的。目光越过郁郁葱葱的南坡，越过北山街宝石山"正面"隐约的葛岭黑瓦黄墙，山顶突起的巨石上，总是有几个小小的人影在朝山下挥手。曾经，我也是那几个小人影之一。

说宝石山的友好，与我别有一层含义。在那个混乱的年代，它曾庇护过那个小小的人影。"文革"开始后的那年夏天，有一天，有人来找我问讯别人的事情，并说让我明天下午老老实实在家里等着，他们要带我去开批斗会。那一夜我很紧张，父亲正在交代"问题"，母亲也被贴了大字报，我可不想去开那个批斗会。我去找同班同学燕君商量，她就住在离我家不远的浙江话剧团宿舍。燕君说：那你就躲起来，他们找不到你，就没有办法了……可是我躲到哪里去呢？燕君的爸爸前不久自杀了，我不敢去她家。我到哪里去躲呢？想来想去，脑子里灵光一闪，想到了保俶山，山那么大，他们肯定找不到我。

那天午饭后，我拿了一本书，慌慌张张地逃上了保俶山。天气很热，我满头大汗地在山上转来转去，终于找到了一块平整的石头，隐蔽地藏在一片树荫下。我钻进去，坐在石头上看书。树荫像一顶蚊帐，把我罩起来，石头清凉凉很舒服，四周静悄悄很隐蔽，除了知了，不会有人知道我在这儿。我低头看书，其实一行字也没看进去。前一晚没睡好，我的眼皮发沉，越来越困倦，身子不由自主地歪倒在石头上，在知了的催眠曲中睡着了……

等我醒来的时候，阳光已经暗下去。我捡起掉在地上的书，有点不好意思，一个女孩子怎么可以在山上睡觉呢？我挠着胳膊和小腿，小虫子咬的包好痒，但我心里终于踏实了，没人发现我，也没人打扰我，这真是一个好地方。可惜我一直想不起来我在山上做了梦没有，唯有保俶山的石头和树荫，永远留在了我记忆中。傍晚我忐忑地回到家，才知道并没有人来过。那座山像一扇巨大的屏风，隔离了山下山外的一切苦烦。谢谢你，保俶山。

那个小人影后来长大了。若干年里，我在山上望西湖，见识过晴湖、雨湖、雾湖、月湖，还曾见过——夜湖。夜湖值得一记，俯瞰西湖的四季风光、日月阴晴，断不可错过宝石山上这一居高临下的观赏平台。

前些年在杭州，一日晚间友人聚会，餐毕，一群女友由杨芳菲带领，去宝石山爬"夜山"。后山的山路无灯，台阶却级级分明，好像整个城市的灯光都反射到这里来了。众人脚步轻快，一会儿工夫就上了山。从山上往下看西湖，白堤苏堤两条长长的灯带，嵌在黑沉沉的湖中，我觉得自己犹如在一架盘旋降落的飞机上，从天上鸟瞰机场停机坪闪光的跑道。三潭印月小岛，变成了一粒浮在水上的夜明珠。对面山上的雷峰塔，被灯光勾勒出一层层宝塔的轮廓，像是钱塘江上的一座航标灯。

保俶塔下那块空场上，有几位白衣飘飘的老者在灯下练拳，何处传来悠长的笛声。抬头仰视保俶塔，它被一圈蓝色的地灯环绕，衬出纤细修长的塔影。几十年过去，那个素裙的瘦姑娘，依然执拗地站在这里。据说塔顶的铁刹已经换过新的了，像是她高耸的发髻上的饰物。今夜她换上了一条蓝色的长裙，在灯光的映照下，露出了一丝羞涩的微笑。

下山后去湖畔居喝茶，无意中一抬头，竟被眼前的景色吃了一惊：宝石山竟然会发光发亮！那是一座荧光灿灿的宝石山，星星点点地洒满了银色、翠绿色的宝石。整座荧光灿灿的宝石山，浸没在蓝莹莹的北里湖中，湖水像缀满了星星的天空，熠熠生辉。我少年时没有见到的"宝石流霞"，终于在半个世纪后的西湖之夜悄然显现。

"宝石"是由悬挂于山坡树干上的串灯组成，灯光汇聚的夜宝石山，显得妖娆神秘。我却依然有些担忧：这无数的灯光炙烤，是否会影响树的生长和鸟的繁育？

遥望葛岭的南坡，我知道那儿有一家"纯真年代"书吧。原址是一家茶室，我小时候爬山常路过这里，偶尔可以吃上一碗加了桂花糖的甜藕粉。

2000年以后，杭州市政府把茶室旧址交给爱书的读书人朱锦绣夫妇，他们把茶室改造成了一家雅致而又有情调的书吧。如今这里常常举办各种读书活动，满屋书香与室外平台周围巨大的香樟树的气息难分彼此。书香熏陶着杭州城的爱书人和南来北往的游客，书吧的灯光融入了西湖的夜色和宝石山的灯海里。

有了这家书吧，书中自有开采不尽的宝藏，宝石山从此日夜"宝石流霞"。宝石山也因此成为一座真正令人亲近的山，留在我的记忆里。

青藤
双面绣

"青藤茶馆"在杭州久负盛名，差不多家家有人去青藤喝过茶。20世纪90年代中期，青藤茶馆在西子湖畔悄然而生。在2003年西湖扩建工程中，青藤搬到一公园对面南山路口的元华广场裙楼二楼，面积扩大了几十倍，宽敞气派。前些年又开了一家分店，在环城西路与凤起路交叉口的温德姆至尊豪廷大酒店裙楼二楼，名为青藤茶馆锦绣店。

元华店和锦绣店各有千秋，元华店质朴亲和，锦绣店典雅婉约，都是有品位有情调的茶艺馆，更是杭州的城市地标和名片。这么些年，有多少店家开了又关了，茶楼易主、酒店更替都是常事。而青藤，青枝绿叶，依旧悄悄地站在那里。

常去青藤的茶客，晓得青藤有两位老板，都是女的。

一个叫清清，一个叫毛毛。

清清和毛毛都是地道的杭州人，是一个单位的同事，1996年，她俩决意辞职去开茶馆的那一年，才二十多岁。西湖边三公园对面开的第一家茶屋，只有十几平方米，但是茶好、茶点好，茶屋的客人像茶水一样续了又续。几年工夫，茶屋升级成了茶楼，后来几次扩充搬迁，店面选址始终围绕着湖滨一带。她们是西湖的女儿，茶馆必须在"看得见西湖"的地方；喝茶不是喝水，龙井茶一定要配上西湖的风景，才能品出水波盈盈、远山淡淡、桃花灼灼、柳丝依依，桂花蜡梅香气袭人那样的情致。

多年前我在《守望西湖的青藤》一文里，写过两位女馆主沈宇清和毛晓宇。恰巧两个人的名字里都有一个"宇"字，宝盖头下一个于，于是就有下文，于是就有了两人二十多年不离不弃、淡泊随缘的青藤茶业。

每次去青藤喝茶，茶馆茶香袅袅，慧心禅意。低头饮茶，抬头看人。看一眼自信潇洒的毛毛，再看一眼柔声细语的清清；看一眼大方干练的毛毛，再看一眼聪慧内向的清清。看见清清的时候，不一定看见毛毛；看不见清清的时候，也许会看见毛毛。看来看去，只觉得眼前这两个清清爽爽的江南女子，真是好看。开了那么多年茶馆，依旧是从里到外清清爽爽。岁月的尘埃，没有在她们脸上留下丝毫印迹，是让湖水与清茶洗去了吗？

看来看去，也看出了一些名堂：两个女人平日里各忙各的，自有心照不宣的分工。清清的老公是研究茶叶的专家，负责给青藤进茶验茶，从龙井到白菊到普洱，茶品都是最好的，清清把茶叶这一摊搞定，青藤就有了坐稳的底气；店里的日常事务，那些前厅、后厨、运营、应酬、管理，种种烦琐细致的杂务，能干的毛毛一只手管两家店，轻轻松松一手包揽了。清清比毛毛大几岁，对毛毛有几分宠爱；毛毛比清清小几岁，情愿自己多辛苦一点，好让清清有时间专心写诗修禅。毛毛不写诗，但喜欢听清清念诗，听清清像唱歌一样流畅诵读《心经》《大悲咒》……

盖碗里青绿的嫩芽，被碗盖拂开，心里久伏的那个念头，随着绿莹

莹的茶水,沉下去又浮上来:

世上的女人合伙开店,可有如此和谐的先例呢?日日月月朝朝暮暮,茶馆样样事体都要尽善尽美妥妥帖帖,这非亲非故的两个人,怎么就能默契得像一个人?就算是闺蜜,就算是亲姊妹,就算是夫妻,也不可能不吵架不争执不怄气吧。需要什么样的修养与好脾气,才能有持续二十年的理解与信任,二十年的互相体贴与包容?多少生死患难之交的友情,却承受不起好日子的福泽。也许换了别人,生意做大了之后,那元华店和锦绣店,早就是一人一家店,各管各的了。

我喜欢青藤,不如说更喜欢青藤的两位女老板。

那一夜,我们坐在锦绣店的大露台上喝茶,暗处飘来桂花浓郁的香气。街对面的树林后面,温软的西湖水幽幽闪烁。我犹豫着说出了心底的疑惑:清清和毛毛,你们就没有闹别扭的时候吗?

毛毛快人快语抢答:我们总是看对方的优点,谁要是不开心了,一杯茶下去,火气就没有了……

清清拿出手机翻找了一会儿,有些羞涩地笑着说:毛毛前年在加拿大旅游,我写了一首诗给她做生日礼物,我念一段给你听:

……毛毛,你的生日快乐,就是我的快乐 / 你在骑车,我在你的身后唱歌 / 你骑得超快,爽朗的笑声里,有初夏的大风? / 今天,在你生日的鲜花里,可有一只蜜蜂在嗡嗡地歌唱 / 你要仔细听,那不是加拿大的蜜蜂 /……我愿这一生,鲜花,在我俩的车轮边开放……

车轮、鲜花、歌唱,这就是两个人如同茶与水的命定缘分和半生的情谊。

如今人人皆说茶文化，可是，茶文化内蕴的清静柔和、含蓄谦让的品质，可进入了你浑浊的身体，清洗了你烦躁的心扉？

青藤茶馆的清清和毛毛，才是真正懂茶的女人。

我总希望给清清和毛毛送一幅精美的苏式双面绣。双面绣就是一针下去，同时绣出正反色彩一样的图案的绣法。无论从正面看还是从反面看，针脚都一样整齐匀密。清清和毛毛两人叠在一起，就像一幅精致的双面绣。她们的元华店和锦绣店，也是一幅精美的双面绣。画面上有一株茁壮的青藤，垂下瀑布般浓密的紫藤花。无论从哪一面看，长藤弯弯叶片青青，每片椭圆形的叶子都是浓淡均匀；水灵灵的紫藤花葡萄串似的挂下来，好似映在窗玻璃上，在房间里看是它，走到房间外看还是它。它们是一个整体，镶嵌在一个镜框里。

只有绣娘知道，双面绣的丝线正反面一针不乱，绣的是互相牵绊的岁月。

宛若 剡溪

　　我来浙江剡溪的春四月，只见剡溪水清清，剡溪水悠悠。水是水袖的水，波是眼波的波。依依罗裙、盈盈眉眼，我眼前的剡溪，是一条素颜柔情的女性河。

　　剡溪河畔的嵊州，山道缓缓，小城幽幽。隔岸的嵊山，郁郁翠竹在风中如垂发飘拂；街边路旁，簇簇樱花如绛唇红腮。嵊州古城，是一座灵慧的女性之城。

　　嵊州的故事，多与女子有关；女子的事情，注定和剡溪有关。一百多年前，嵊县(1995年撤县设嵊州市)爱唱戏文的小姑娘，乘着乌篷船沿剡溪而下，辗转去往宁波、杭州、上海；话说"三个女子一台戏"，戏台一经搭在了大码头，有如剡溪水汇曹娥江、曹娥江入杭州湾；还有水路可由东海绕道进入黄浦江，到达十里洋场的大上海。

　　越剧，唯美之剧，源起百年前嵊县乡野，由民间"落地唱书"搬上戏台，孕育了"小歌班"，使其从曲艺变为"戏曲"，再由绍兴文戏男班逐渐形成优雅婉约的"女子越剧"。流水千年，光阴一瞬，越剧历经"百年生聚"，终成戏曲第五大剧种。20世纪五六十年代，全国各地的越剧团，几乎团团都有嵊县人。越剧电影《梁祝》《红楼梦》《追鱼》……迷倒多少越剧知音。

越剧之源起，宛若剡溪。而剡溪曾经是多么孱弱的一条条小溪呢，从浙西南重重大山里的泉水，从岩缝里一滴滴渗透出来、一线一股汇聚成河。溪流曾经是多么细小哦，很多溪流消失在河滩或莽林中了。嵊州人却是如此幸运，那也是越剧观众的幸运——1906年早春的农闲时节，嵊县甘霖镇东王村香火堂前，出现了用几只稻桶和门板搭成的临时戏台，乡村艺人在这个简陋戏台上第一次"登台"表演，从此改变了嵊县史上民间艺人沿门卖唱的习俗。如今，香火堂老屋前摆放的仿制旧稻桶和旧门板缝里，依稀传来欢喜或忧伤的戏文老腔声。那时的嵊县男人有没有意识到，这将是一座为日后"女子越剧"搭建的戏台呢？

越剧雏形"小歌班"兴起之时，嵊县的女人还在忙着生儿育女，为田头劳作的男人端茶送饭。东王村村口的老樟树绿荫葱茏，这是当年"小歌班"出发去闯荡天下前的许愿之地，也是归来的谢恩福地。随着小歌班的走红，许多民间艺人变为专业演员，小歌班登上杭州和上海的舞台，配上了丝弦伴奏、板胡鼓板斗子的乐队，被称为绍兴文戏。绍兴文戏鼎盛时期，集中在上海各大剧场演出的名角，清一色是嵊县出来的男演员。嵊县老家像一个招徒举班的孵蛋窝，只管把更年轻的唱戏新秀，从剡溪源源不断送往上海或杭州、绍兴、诸暨、慈溪、宁波……绍兴文戏中兴期，恰好处于中国近代史的激烈变局之中。20世纪上半叶，是一个西风东渐、开启民智、激流勇进的年代，开明开放的反封建疾风，掀动着小小舞台的幕布，正在一件件更新、替换着后台的旧戏服，就像奔流的剡溪两岸青山移动的背景。

溯水回望,无数条不起眼儿的小溪,在漫漫时光中汇流成河。诗人吴重生曾说,南来湍急的澄潭江是移山凿路的嵊县男子,击水而歌的越女唱腔,是那条西来的柔情万种的长乐江。那么,这两条江是怎样在嵊县融汇成"一江双流"的剡溪奇观的呢?就在绍兴文戏男班走红时期,有远见的戏班经纪人,深知上海是一个多么容易喜新厌旧的码头。一位常年在沪经商、见过世面的嵊县人有了奇思妙想,决定回乡办一副女班,若是由嵊县女子来接任小歌班,会是怎样的"轰动效应"。这是一个重要的历史转折点——1923年春天,越剧史上第一副女子科班,在嵊县施家岙村八卦台门正式开科。女班兴起之时,五四新文化的余音缭绕,余波延扩乡镇,嵊县女子终于走出了自家屋门,怯怯初试乡间小戏台,然后鼓起勇气去往杭州宁波,再登上大上海码头,初试歌喉水袖。可惜女班在沪上初次亮相似乎并不如意,返乡后一时茫然气馁。然而,施家岙村的族人,破例开放了施氏宗祠,让女班唱戏给村民听,唤回了女班的自信。施家岙保存有一座精致完整的古戏台,近年被重新修葺一新,作为村民自演自娱的场所。这些保存完好的乡村戏台旧址,正是一个剧种原初的活态起点。

有关剡溪的传奇就这样一步步向我们走近了:那条水流峻急的澄潭江,被嵊县人称为"雄江";而舒缓平和的长乐江,则被称为"雌江"。洪水来时,一刚一柔的两条江在青山峡谷中交汇,南面浑浊而浪涌,北面清亮而波平,一清一浊相拥而下。两江汇合之后,中间夹有一条细长的银色带状水流,把雌雄两水隔开,有如"剡"字的形象注释:两火一刀却又"水火相容",恰似剡溪宝地孕育女子越剧的天定命数。越剧的中兴史,宛若激越的剡溪。

　　近一个世纪后这个春风和煦的下午,我站在施家岙当年女班学戏的老屋里:窄小的客堂间、简陋的铺板蚊帐、辨不出颜色的二胡、陡立的木楼梯楼板吱嘎……天井的光亮透射在旧窗棂上,微尘里浮动着岁月的气息。二楼壁板上展示着一张张珍贵的黑白老照片,留下了当年学戏女子瘦弱的身影与羞涩的音容。当年被父母送去学戏的女孩,应该都是贫苦人家的女儿,那是一些何等聪颖善悟的小姑娘呢?旧时代的女子上台演戏抛头露面,毕竟需要勇气和才气。演女人也罢了,还得有人扮演小生武生和老生,除了琴师与班头,清一色女角,练功吊嗓吃苦流汗,台步轻移,裙裾飘飘,高靴长袍,帽翎颤颤。京剧男旦产生于伶人进宫侍奉皇室的禁忌,而女扮男装的"女小生"在沪上登台演出,"创新"动力来自于在都市"艺术市场"谋生立足的自发需求。女子越剧是一次戏曲革命,或可理解为一次不自觉的女性解放。2018年春我来剡溪之前,并不了解女子越剧横空出世的"前史"。施家岙是女子越剧的摇篮,更是越剧史衍变的一个备注,八卦台门和施氏宗祠也因此成为"女子越剧"的诞生地。

　　剡溪不疾不徐地穿过嵊州谷地,她的上游山高林密,孕育着何其丰沛饱满的水量。剡溪还有更远古的祖先,据考,嵊州拥有有着"小黄山"之称的人类文化遗址,把中外历史学家视为奇迹、距今已有七千多年历史的河姆渡文化,提前到了一万年前。这片物产丰饶之地,早在东晋时代便吸引了书圣王羲之、山水诗鼻祖谢灵运在此归隐定居,王子猷(徽之)雪夜访戴逵,演绎出"乘兴而来,尽兴而返"的佳话;诗仙李白、诗圣杜甫、大诗人孟浩然都有咏剡溪诗"在上",史考唐代咏剡溪诗达千余首。春秋时期,此地与诸暨同属越国,越国女侠西施与剡溪亦有渊源关系;剡溪至上虞与曹娥江相接,晚唐上虞县祝氏之女英台,因男装赴杭求学而与梁山伯上演一场化蝶之恋,可知越国女子自古多情而坚贞。由于"髦儿小歌班"细润的唱腔比男班更悦耳动听,动作眼神比男班更飘逸洒脱,表演风格比男班更窈窕流畅,体现人物感情更细腻缠绵,显然比男班更有观众缘。于是"髦儿小歌班"很快取代了日渐衰落的男班,清一色的女角代替了男演员。20世纪30年代后期,嵊县女班竞相赴沪并渐渐站稳脚跟,有了号称"三花一娟"的嵊县名角及众多女名伶,红遍宁波杭州上海,绍兴文戏也进入了"改良文戏"阶段。至40年代,以袁雪芬为首的著名越剧艺人对越剧的唱腔及演出服饰进行了大胆改革,形成了"新越剧"流派,最终确立了女子越剧的地位。越剧界十位"头牌"还发起联合义演《山河恋》,筹资创办越剧剧场与学校,被后人尊称为越剧"十姐妹"。1949年后,女子越剧进入黄金发展期,却在"文革"中备受摧残,百花飘零。直到"文革"结束,被批判和禁演的传统戏剧目才陆续恢复演出,女子越剧得以复苏,20世纪80年代,浙江"越剧小百花"现象应运而生。百年坚韧的越剧人,宛若在水火中重生的剡溪。

我寻声踏歌来剡溪,或许是为了却自己的一个心结。很多很多年中,在北方,只要从电视机收音机里飘来越剧忧伤婉约的音乐,稍纵即逝一闪而过,我所有的感官都会在瞬间被唤醒。越剧唱腔无论青衣彩旦小生老生,一声声倾诉一声声慨叹,缠绵悱恻千回百折,总有一种江南山水的烟雨云雾之美糅在其中。一个甲子之前,当我还是一个七八岁的小女孩,去德清外婆家过春节,洛舍镇上必是天天有越剧戏班来唱戏的,听得痴迷也听得困倦,夜半被外婆催着领回家去睡觉。在床上,窗外的河面上传来若隐若闻的丝弦声,忧郁而优美的唱腔伴我入梦……暑假我在杭州,每天做完了作业，就会去隔壁巷子的浙江越剧团排演厅看戏。至今记得我最喜爱的青衣张茵跪唱《碧玉簪》中柔美幽怨的唱段，那一刻，小女孩心里生出了哀哀悲情，对人世间的冷暖似懂非懂……浙江越剧团是一个男女合演的新建剧团，妈妈年轻时在金华抗日演剧队共事的一位老朋友，被派到那里当了团长，团长姓吕，妈妈却叫他"老铁"，我叫他"老铁伯伯"，他的女儿与我同岁。记得老铁伯伯的口音像是绍兴一带的。由于这层特殊关系，初中几年的暑假我没少在越剧团蹭戏看。而老铁伯伯却在1966年夏天被打成"走资派"，致残后被人沉于钱塘江……我于清明访剡溪，亦是为了凭吊并告慰老铁伯伯的冤魂。

我终于明白了自己是在离开江南后，才真正开始想念越剧的。我是在听不见越音的日子里，才知道自己深爱越剧的。我自诩为爽朗的北方人，却仍然无可救药地陷落在江南越剧的"靡靡之音"里。剡溪水无声流淌，越剧清雅柔美的唱腔，在河上的水气雾气里凝聚。我对越剧的情意，宛若绵绵剡溪。

那个空气里飘着栀子花紫藤花甜香的四月天，我去了嵊州越剧博物馆，去了嵊州越剧艺术学校，去了正在兴建中的规模宏大的越剧小镇。博物馆小巧而藏品丰富，千余幅图片展示了百年越剧的历史。馆长俞伟和她的同事们，走乡串巷寻访实物，一件件辛苦搜集；一次次赴杭甬沪访老艺人，保留下珍贵的影像资料与采访录音。嵊州果真是一座灵慧的女性之城哦，我在嵊州结识的女人钱良钗、张鹊萍、赵静，身上都有一种诗画并茂的文人气息，那定是被剡溪水日久天长滋养而成。

嵊州越剧艺术学校为绿城集团投资兴建，江南园林式建筑群，绿树草坪、桃花月季，青砖黛瓦古朴雅致，回廊亭台、花窗水榭，宽大的练功房、敞亮的教室、独立的琴房、整洁的宿舍，正在课时，校园静得只听婉转鸟鸣，不像校园倒像一座花园或图书馆。每年4月，正值嵊州一年一度的"全国越剧戏迷大会"，夜幕沉降后，嵊州成了一个越剧世界。嵊州市政府为此专门在大商场门口搭建了可容纳千人的临时剧场，供各乡镇及邻县的民营越剧团演出，每晚一台戏，整个演出季长达一个月，对所有观众免费。我屏声息气挤入剧场在木头长凳上坐下，前后左右都是满满的"铁杆越剧迷"，细察观众的衣着面孔，均为十里八村赶来看戏的普通乡民。

那一晚我被这带雨棚的暖心大剧场感动。这些观众很可能也是乡村越剧的表演者。记得走进施家岙和东王村参观时，村主任和支书一边讲解，一边就为我们唱了一段越剧。嵊州市副市长，也在餐桌上为我们演唱了越剧。嵊州市文化局局长陈君说，嵊州人人都会唱越剧，嵊州人唱越剧，就像越剧里的念白。"越白"以嵊州方言为范，较完整地保留着汉语中古语音的特点。在嵊州，越剧已经成为嵊州人的一种生活方式，观众同时也是演员，可见越剧艺术与嵊州这片土地的渊源之深，宛若剡溪的河流与河岸。嵊州哦，你不愧为越剧的"原乡"。

令人惊喜的是，在嵊州越剧论坛上，巧遇著名越剧青衣演员、梅花奖得主舒锦霞女士。我欣喜地对她说，小时候特别喜爱《孔雀东南飞》一剧中男女重唱的一曲"惜别离"，二人载歌载舞还有和声伴唱，好看又好听，可惜后来记不全歌词了。舒锦霞女士告诉我，"惜别离"的曲调来自"越歌"，"越歌"是对百越地区本土民歌的俗称，自古通用，也可以说是越剧音乐的母体。《孔雀东南飞》的音乐吸收了越歌的旋律，又采纳了西方歌剧多声部的重唱、对唱，所以格外受观众喜爱。她说着就轻轻唱起来："惜别离，惜别离，无限情思弦中寄，弦声淙淙似流水……"沁润柔和的嗓音和深情的声调，在瞬间令我沉醉。

弦声淙淙，情思无限，我无法不爱越剧。爱她清丽明快抒情的音乐旋律？爱她淡雅轻柔流畅的服饰头饰之美？爱她洋溢着生活气息、擅长刻画人物内心世界的表演之美？爱她舞台时空的超脱性和虚拟性之美？爱"女小生"特有的深沉委婉、韵味醇厚的唱腔音韵之美？是的，但不尽然。我爱越剧，最爱的是她洒脱隽永、自由不羁的艺术表现力；尤爱越剧创作中那种反刻板反程式化的变异性；也爱越剧不拘形、不固守的灵动性；更爱越剧吸收京昆、电影、话剧等多种艺术的特质而后举一反三的多样性。越剧是一个亲近生活的剧种，更是一个不断进取的剧种，因而拥有持久鲜活的生命力。

凝视春日的剡溪，剡溪碧波蜿蜒从容北进。她到达嵊州城下之时，已经超越了"一江双流"的躁动期，变得丰满沉稳、仪态万方。青草碧绿的剡溪河滩地，正在兴建一座多功能的大型越剧小镇，由戏剧导演郭小男担任小镇文旅公司董事长。小镇建设指挥部的副总指挥、嵊州市文联主席金国勇告诉我：2017年小镇开工奠基，几年后的剡溪两岸，将出现一座座风格各异的大小剧院、戏剧工坊、工匠艺术村、戏曲博物馆乃至影视基地……越剧小镇的未来，将是中国人理想中的"桃花源"之境。

那一刻我忽然惊悟：嵊县当年的民间小歌班，如果不走出嵊县，去往杭州上海那样的大码头，她也许至今还是一个乡间唱书的小歌班，而不可能发展成一个完美的越剧艺术体系。当年来自田野民间的小歌班，是在接受了都市文明的熏陶之后，才逐渐完成审美趣味的改造和提升的。宁波杭州上海的现代文化氛围深刻地影响了她也造就了她。"百年越剧"顺应时势，一次次脱胎、一次次变革，凤凰涅槃浴火重生，才成为今天我们欣赏到的模样。越剧的前世与今生，始终处于求新鼎革之中。比如经典剧目《梁祝》——我小时候看到的那个粗糙简陋的《梁祝》，和我在半个世纪后看到的美轮美奂的《梁祝》，已是天壤之别。从剧情编排到唱腔设计到舞台美术，都上升到了戏曲美学的制高点，也更切合当代年轻观众的审美趣味。顾锡东先生在1989年专门为浙江小百花茅威涛量身定做的新作《陆游与唐琬》，从"老越剧观众"的欣赏口味脱颖而出，创造了诗化的文人戏风格，这出新戏的2003年修改版，获得了首届国家舞台艺术精品工程优秀作品奖，如今已成为女子越剧的新经典。可知"艺术经典"并非天生如此，亦非固化风干的"标本"，而是在不断的创造中完善的。20世纪曾有"越剧皇帝"美誉的尹派创始人尹桂芳的传人茅威涛主演的越剧新作《孔乙己》《江南好人》等实验性剧目(郭小男主创)，曾引来"不像越剧"的争议。而尹桂芳本人在1959年编创的越剧《屈原》中，已极大地突破了越剧女小生原有的表演程式，她也曾经遭受过诸如"不像尹派"的质疑。尹桂芳当年淡淡一笑回应：只要是尹桂芳演的，就是尹派。

于是，这个春天，在嵊州，九曲百折的剡溪让我懂得："雄江"与"雌江"的交汇，仅仅只是"女子·越剧"的一种表象。"一江双流"的河床上，其实还隐伏着更为深层的潜流：小歌班与女子越剧、嵊州与沪甬杭、剡溪与东海、民间艺术与都市文明、传统文化与现代艺术精神……这些都是越剧成为"越剧"的决定性因素，宛若剡溪双流，拥抱碰撞，然后再生。

洛舍漾 🌳

洛舍，杭嘉湖平原一个水乡小镇。

洛舍是个喜乐的名字，北宋宣和年间，此地曾有"乐舍"之称，意即江南富庶宜居之地，也有说指南迁至此的洛阳人集居地，至近代终定名"洛舍"。小镇位于湖州市德清县境内，距著名的莫干山尚有二十七公里，距新市古镇也有三十公里左右，因而另成一隅自得其乐。小镇很小，一条街就走完了；小镇很老，史考早在新石器时代此地便有古村落聚居。小镇史上农桑稻米渔业丰衣足食，安逸闲静与世无争。但洛舍的与众不同，在于镇北有一个"大漾"，其水面浩阔，水波淼淼。我小时候站在大通桥头瞭望"洛舍漾"，觉得它像大海一样，坦坦荡荡望不到边际。那边——大人指着漾的远处说：岸北边就到邻县吴兴了。

"漾"——水流长、水摇动貌。《辞海》"漾"字解：泛、荡之意。漾水，古水名。漾漾，水波动荡。那首著名的苏联歌曲《山楂树》歌词这样唱：歌声轻轻荡漾在黄昏水面上……

由此可知洛舍漾湖面宽泛、流水灵动。这个"漾"字用在这里，一字尽得风流。漾以洛舍得名,洛舍以漾为荣。洛舍漾水域条件优越,清康熙《德清县志》载:"鱼菱之利匪鲜。"据《德清水利志》记载,洛舍漾面积有两千多亩,南起洛舍镇,北迄湖州市东林乡,北过湖州而入太湖。东苕溪从德清穿境而过,洛舍漾为东苕溪水系形成的湖泊,而东苕溪来自东天目山。古往今来,水就这么来去自由地荡漾着。饱满充盈的漾水,经过镇东的大通桥,与小镇的河港连成一体。在我幼年的记忆里,一条条河港穿镇而过,房屋被四通八岔的河湾环绕,家家的后门头都有涤衣洗菜的河埠。石阶下的水中立着系船的木桩,小河埠停小船,大河埠停大船,大大小小的河埠,就像小镇的门槛,船是小镇人的鞋子,上船出门,每一条河港都通往洛舍漾也通向大运河,我的妈妈就这样从运河跑到外面世界去了。

曾经的洛舍小镇,是温暖的外婆家。外婆离世很多年,小镇依然是外婆家。我离开小镇半个多世纪了,小镇依然是永远的外婆家。半个多世纪之前,从杭州去洛舍,坐摇橹的木船在大运河走一夜,后来是时长五小时的小火轮,再后来通了汽车,再后来是高速公路。河港一年年少下去,楼房一年年多起来。20世纪60年代起,小镇填河铺路、填河建房,水乡成了平地,失去河流的小镇,就像饥渴多病的躯体,有了衰颓之相。每次回去探望它,心里都有隐隐的痛。

幸好还有一座碧水盈盈的洛舍漾,安静地守护着小镇。湿润的水汽从湖上飘过来又散开去,犹如甘霖洒在小镇的上空。幸好洛舍是洛舍漾的小镇,洛舍漾用它丰沛的水滋润着、养护着小镇,于是,很多年后的一个春天,小镇苏醒过来。

我有几年没来外婆家了呢?变化恰恰就是在这几年里发生的。当我再次踏上洛舍镇的大通桥，我见到的是一座秀雅的小镇，临河一长排高大密集葱翠的香樟树和整洁的石板路，拉开了水乡情韵的序幕：白墙黛瓦的古镇老屋，保留了老镇的房屋风格，白墙上搭建着精致的黑瓦雨檐，是老房子的格调。房檐屋檩都是老款，细格子木门木窗，一线光亮从遥远的时光里透过来。宽敞的木栈道立在水中，沿着外河的岸边延伸，像我小时候见过的石板"塘堤"，凌空架在河里。一个湾又一个湾，从西墩到弄里，把整个洛舍镇的河湾和水墩环成了一个整体。江南多雨，木栈道上设有古色古香的木质长廊，还有供人休息的靠背长椅，让人想起早年洛舍小镇"南海"的廊棚。河埠头是必须有的，设计成了一条带篷顶的方头船形状，有妇人蹲在水边洗涤，河水一圈一圈荡漾开去。从洛舍漾来又到洛舍漾去的河水，清凌凌慢悠悠，像水乡人悠闲散淡的性格，更像一幅烟雨朦胧的水墨画。对岸的土墩也是从前的样子，从葱茏的树林竹园里，隐约露出房屋的一角，树下的河埠拴着一条条小木船，随时可解缆出门。在这幅画中，河埠与船是不可缺少的，它们代表着水乡活着的生命，以及一种未被侵犯或改变的生活方式。有老家的亲戚笑吟吟从屋子里走出来，亲热地和我拉着手说话，可知这老房子不是用来参观，而是有人住的。再往前走，脚步停下了，一幢砖房门楣上写着"洛舍站"三个字。认出这是哪里了吗？当年你从杭州来，就是在这里下船的。哦，是轮船码头！码头依稀还有旧日的影子，一级级通往河里的石台阶，或许留着我幼年的脚印儿。尽管不再有轮船往来，小镇却保留了这个码头。我看见了多年前的洛舍站，从大运河来的客轮渐渐靠岸，雾气中隐隐可辨出码头上那个等候我们的熟悉身影，河上的风，掀起外婆带襟扣的衣襟……

我惊讶我欢喜。洛舍不再是原来那个洛舍，却更具水乡小镇的情致了。这是洛舍人多年来"精心策划"的老镇改造行动，既不伤筋动骨，更非大拆大建，只是依着洛舍河湾的走向顺势而为，将多年的老河道进行疏通，让流水更通畅；路跟着河走，道路所经之处，临河的老房子都露出了外墙，再略加修整装饰，凸显出杭嘉湖农家的建筑元素。等于在洛舍老镇的外围，以河为界，以水为媒，置换出一个生活与休闲多用、民众可参与可共享的湿地公园。这个新洛舍综合治理的设计方案，具有相当高的审美品位，规划方案出自年轻的镇领导班子的集体智慧，中国美术学院的一个设计团队提供了与之默契的图纸。既然过去的老镇已回不去了，能尽可能多地留住一些水乡的风采和神韵，是今人责无旁贷的使命。

　　我的目光被栈道拐角上一个木制垃圾箱所吸引。这个垃圾箱的与众不同之处，在于它的箱檐上有一排黑白两色的琴键。确实是琴键，钢琴的琴键。它被巧妙地绘制于垃圾箱上，提醒或炫耀着钢琴制作与洛舍小镇的关系。这或许是一个略带传奇色彩的故事，平凡的小镇并不甘于平庸，闲适的小镇人也能创造奇迹。20世纪80年代中期，小镇开始生产一种钢琴，初名"伯牙"，是专门从上海钢琴厂聘请来退休的老师傅，常驻洛舍精心研制打造出来的牌子。钢琴音质不错，价格适中，很受学琴的家庭欢迎，知音和声者众。前几年网上流传一个小段子，说去洛舍购琴，在展销大厅遇一大妈，给他们讲解洛舍钢琴的种种优点，并随手给他们弹了一段钢琴曲，手法流畅娴熟。大家以为她是钢琴厂的导购员，最后发现她竟是钢琴厂的清洁工，可见洛舍钢琴的普及程度。三十年过去，洛舍钢琴顽强地繁衍发展，如今多家民营企业并存，年产钢琴达五万台，演绎出"农民"造钢琴的传奇。优雅的琴声打破了小镇上空的宁静，琴声如流水、流水如琴声，钢琴与古镇、音乐与洛舍，就此结缘。

短短几年，小镇的变化令人吃惊。当年我插队的陆家湾村，环村皆水港，从镇上走水路，小船穿过洛舍漾，得大半个小时，或步行穿过砂村和张家湾，也得近一个钟点。而今陆家湾与张家湾已合并为张陆湾村，从镇上开车过去只需几分钟。陆家湾的大樟树依旧繁茂，村中心那个终年水量丰盈的大水塘，用条石砌垒加固，周围配有石凳长椅，成为村民的休闲场所。当年木条凳的俱乐部，改建成了舒适的文化会堂，旁边还有一个小型村史馆。村里的小河小桥都在，想起我和两个同班女生在河里学习划船，那条木船歪歪斜斜地一次次撞击着两边的河岸，却怎么也划不进洛舍漾。

是的，那一年我十九岁，正是"诗和远方"的年龄，小村子已容不下我的理想。我至今清楚地记得，那个月夜，我辗转坐上长途汽车回到杭州，报名去北大荒。然后又返回陆家湾村，收拾完行李后，叫了一条小木船，把自己的私人物品运去洛舍码头。我几乎像逃离一般告别了陆家湾，当时外婆正在杭州，我却没忘记把生产队分给我的那只竹榻送去了外婆家。小船穿过苍茫迷蒙的洛舍漾，看不见前方的岸在哪里。灰色的水波一浪一浪地拍打船舷，唰的一声，船底擦过了湖上的鱼寮，金色的鳜鱼从水面上跃起。那一刻我听见了洛舍漾的心跳，如同我青春慌乱的激情。洛舍漾终究没有留住我，但在我离开后的很多年中，洛舍漾却像一幅模糊而又清晰的黑白照片，从未被记忆覆盖。

半个世纪之后的这个春天，我们去一个叫作"洛漾半岛"的地方吃鱼。洛漾半岛据说原是洛舍漾南端的一座风水墩，经过规划整治，变成了一座绿草茵茵、鲜花烂漫的水上公园。

迎接我的是一条古色古香的木结构画舫，不是当年的小船，而是一条气宇轩昂、可观景亦可用餐的大船。它泊于洛舍漾岸边，静候八方来客。人在其中，几乎感觉不到洛舍漾水浪的晃动。从窗口望出去，洛舍漾辽阔的湖面依旧烟雨朦胧，是我多年前熟悉的水景。漾水平静而淡定，冷眼察看着世事沧桑，波澜不兴处变不惊。很久以前的日子渐渐从水的深处浮上来，那时候，老镇的小街商铺盈客，临河有一长排茶馆面馆，房屋都站在水里，底下用一根根圆柱撑起来，像一只只长脚鹭鸶。从河上摇来小船，叫卖青菜鲜鱼，从窗口把竹篮放下去，提上来是菜，再把钱币放在竹篮里放下去付账。小镇往昔的日常风景，那些安逸的旧时光已不复再现。那一刻，我领悟了洛舍漾的温情与柔韧。它拥有宽大包容的胸怀，咽下了也盛下了历史的所有苦难。

　　如今的洛舍漾一如既往地荡漾着，慷慨地用它所有的气力，把一条条大船托举在湖面上。洛舍漾有自己因循的水道，它终究要经太湖入黄浦江而汇东海。

妹
妹

Meimei

在我心灵的最深处，我依然在漫无目的地寻找一
片存满善良的草原。

——张婴音

流淌不尽
的亲情

　　乘上运河的船儿，徜徉在那条通向德清洛舍外婆家的河流，生命中流淌不尽的浓浓亲情就这样包围着我。在那个妈妈出生和长大的小镇里，似乎所有的人和事都和我沾亲带故，都和我有永远解不开的千千结，小镇的故事中总有一些细节和我有着某种关联。独特的小镇，风情古朴、淳厚，那种浓浓郁郁的人情味，厚实得像一团温柔的棉花，让你整日被似水柔情缠绕着，怎么也无法走出那份温情。

　　记忆的船儿逆着时代的河流穿梭，载着我回到了童年的时光……

　　清晨，当我还惬意地裹着柔软温暖的丝棉被沉浸在香甜的梦境里时，外婆已经推开那扇"吱呀"唱歌的木门，踏着青石板路到街上给我买好吃的东西去了。外婆回来，篮子里飘着诱人的香味：热乎乎的肉馅软糕、刚出锅的油炸虾饼、手工做的酱油豆腐干、蒸笼里冒着热气的汤包……外婆笑眯眯地一个劲儿地让我多多地吃，每天都要把我的胃完全撑满。外婆家似乎永远和好吃的东西连在一起。走在小镇的街上，随时能闻到空气里飘浮着葱焖鲫鱼、油爆河虾的香味……

左邻右舍见到我去，也像自己家里来了客人一样，把平时自己舍不得吃的好东西都拿出来，还一个劲儿地往我的怀里、兜里揣些土特产：风干的菱角、甘甜的番薯丝、可口的烘熏豆……还让我带回去给妈妈吃。在他们絮絮叨叨的亲切怀恋中，我重温了妈妈的童年，感受到妈妈童年时的喜怒哀乐。

现在，我走在运河边，岸边的一草一木一砖一石都会勾起我无数的回忆，每一滴运河的水都会折射出外婆那亲切慈祥的笑脸。已经记不清有多少次，过年过节、放寒暑假的时光，一踏上那条运河的船，快乐就一点点地向我走近。后来，外婆离开我们去了另外一个世界，我也就不再那么频繁地穿梭于运河之上了。但多年之后的今天，当我再一次踏上运河上的这条船时，那种亲切感一下子找了回来。我仿佛牵着外婆的手走在石拱桥上，一边走一边听她讲着古老的故事……

小镇的石拱桥很有特色，散发着江南水乡的独特风韵。桥下小船穿梭，桥上的人纳凉、看风景。无数个夏日的夜晚，外婆常常带着我和姐姐坐在桥头边乘凉、讲故事、数着天上的星星，风吹过来带着桑葚果的甜味，这种童年的印象是刻骨铭心的，一辈子也忘不了。

记得我小时候第一次游泳就是在外婆家门前的小河里。可笑的是，我看见小鸭子一跳下水就会游泳，以为人跳到河里也会马上游起来，于是，不管三七二十一"扑通"就跳下了河，眼看小小的我一边呛着水一边往下沉，岸上所有的人都惊呆了。幸亏比我大七岁的姐姐此时已学会了游泳，她奋不顾身跳下来救我。马上就有人报信，外婆急匆匆赶来，一句话也不说我，抱起受到惊吓的我就回家。又是姜汤，又是糯米藕，又吃又喝的，我马上又活蹦乱跳了。外婆就是这样爱孩子、宠孩子，她从不会责怪孩子,在外婆家才真正感受到什么是避风的温暖港湾。

　　尽管外婆是那么宠爱孩子,但是,她却用自己独特的方式培养我们的品德和良好的习惯。这种从小就养成的品德和习惯,会让我们受益一辈子。比如,外婆教我们从小要有一颗同情心,关心和爱护那些弱小的人;学会与人分享,有好吃的东西常常分送给周围的邻居;比如外婆教我们做一件事要由始至终,不要三心二意;又比如外婆不让我们早晨吃生冷的食物,说是对小孩的肠胃不利,一直到现在我还保持这个习惯。外婆有一点文化,喜欢看书,我们从小也受到影响,喜欢捧一本书如痴如醉地看。外婆喜欢看戏,老是带着我到土地庙改建的大礼堂里去看戏,有京剧、话剧、越剧、绍剧等各种剧种。现在我依然喜欢戏剧,这种喜爱戏剧的情结可能就是童年受外婆的影响熏陶而成。

　　小桥、流水、青石板路,还有那扇一推便会"吱呀"唱歌的木门,让我重新回到了外婆家。我从桥上轻轻走过,依旧有外婆给我们讲故事时娓娓动听的声音,还能感受到外婆给予我们的家的温馨。

　　"摇啊摇,摇到外婆桥,外婆叫我吃年糕……"这首富有亲和力的童谣,很经典地流传了好多年,如今,依旧在运河之上的桥头流淌……

西溪，儿时
相见不相识

我是在初夏的一个雨天，和朋友们一起走进西溪的。

心里有一点点没有说出来的疑惑：从小到大，我没有离开过杭州，记得古荡山边有一条公路向西延伸，那就叫西溪路，从古荡到老东岳、花坞、营门口、留下……这么多年，我怎么就不知道西溪在那里呢？

一些儿时的淡淡的记忆在雨中飘浮，我好像有点儿明白了。

我们坐的游船缓缓地徜徉在碧绿的溪水上，眼前氤氲着朦胧湿润的雾气，两岸垂杨、竹林、芦苇组成了一幅迷人的幻境，远处一簇簇桑林，望去是连片绿色翡翠般的天地。我心里想，是的，这就是我见到过的西溪，也许今天我还能在轻舟欸乃声中拾得儿时丢弃的碎片。

以西湖名闻天下的杭州，在港汊纵横的西郊乡野平原上，默默地隐藏着一条传奇般的富有自然天趣的河溪——西溪。你不会不知道大运河，你不会不知道拱墅南路大运河边有一个叫小河(今余杭塘上)的地方，从这里坐小船西去，可以直达留下，它所经之地的古荡、蒋村、五常……今天早已成为现代杭州人开发豪华别墅居住区的好地方了。

很难说是幸还是不幸，我六岁那年，曾在这满目葱翠、柿红桃香的西溪岸边，用自己的小手拨弄着纷飞的蒲公英。在我模糊的记忆深处，西溪南边有很大的果园，桃树、梨树、葡萄，还有各种各样的花木。那时候，我跟着妈妈到这个果园来看望爸爸。他是作为一个下放劳动的人在这里栽培果木的。那是多么酷热的夏天呀，我看到人们奔忙着挑水抗旱，每株桃树周边挖一条圆沟，一株需浇下十担水。有一次我在河边玩，看到河上过来几条装满大粪的船，大人说这些粪是从杭州运过来作肥料的……

我想起自己懂事以后，爸爸曾经对我讲述过他在果园的经历。我知道河溪南岸上的一片丘陵地带原是一片荒坟，新中国成立后才开发成为果园的。春天桃花盛开，果园高处筑起赏花台，省城的政要都来观赏。多少年过去了，今天我作为西溪的一个观光者，那些早已忘却的幼小心灵里的印象，竟不合时宜地浮现出来，难免使人有点伤感吧。

我眼前的西溪，没有给我一种旅游胜境的感觉，它同西湖相比，既无浓妆也非淡抹，它几乎可以说是质朴无邪的村姑，蕴涵着默默无言的情意。有朋友神秘地对我说："西溪这个地方不可小看啊。园林大家陈从周先生你总知道吧，这位陈教授认为大凡一个有名的景点，都有一正一副，黄山有名吧，它的旁边有个副景叫太平湖，我们西湖呢，它的副景就是西溪……你知道西溪的源头吗？嗨，苕溪，西溪是天目山苕溪的支流……从前的人游西溪，是在松木场下船的……"

传说中的古西溪，野趣十足，我们听说的就有十里梅花、百亩芦荡、千点白鹭、万竿凤竹……而今还能有什么呢？

几只长着漂亮羽毛的小鸟在眼前飞过。举目远望，发现那儿有一片柿子林，我马上联想到满树垂挂着的火红色柿子，红得耀眼，红得美丽。

无意间又打开了自己的一扇记忆之门。

20世纪70年代末，我的一位要好的同学在蒋村插队落户，来信说那儿到处有河塘、有柿子树，请我们去玩。我们坐郊区的公交车到蒋村站，一路进村，河塘边、田畈中，随处都见到柿子树，那一片红色着实让人兴奋。那时，谁都不知道什么西溪、什么"湿地保护区"，更不知道那蜿蜒的绿色水道就是西湖的副景。农民们轻描淡写地指着那水道称"塘"，于是我们坐着小船到"塘"里去捞浮萍、采莲蓬……

同学兴冲冲拎了一篮刚采下来的红柿子，让我们围坐在"塘"边的草地上，饱啖了新鲜柿子的美味，直吃得脸上、手上黏糊糊的，于是顺手就在"塘"里洗脸洗手。"塘"水很清澈，也许小鱼们被我们手上的甜味所吸引，竟然在我们的手指间溜来溜去，有如小精灵般调皮。

我在"儿时相见不相识"的回味中，感受着对西溪两岸深深的眷恋之情。可惜的是，初夏的西溪不是它迎客的最佳季节。我们既未能见着"十里梅花"，也未能见着"芦花一白万顷雪"。古人说游西溪最动人心魄的意境是秋雪庵弹子楼上的月夜，今人亦无缘享受。离船上岸走向秋雪庵的时候，我只能无限地发挥自己的想象：大片大片的芦花堆成了万顷白雪，我们好像置身于雪域之中，那景象亦真亦幻。

我踏在湿润的绿草径上，脚底下感觉着一种轻柔的弹性，深深地呼吸着沁人心脾的田野清新气息。这时候最令人愉快的是林子里传来啁啾之声不绝的百鸟争鸣……

离开西溪时，从我的心里发出了一些感叹：西溪啊，多少年，你受到冷落，你今天是寂寞的，但是杭州人心里还没有忘记你，此刻，我们焦虑的是怎样更好地保护你，怎样洗涤你身上的积垢，恢复你质朴无邪的村姑的靓容，让你成为西湖大旅游风景区的生态宝地。

儿时相见不相识，西溪啊，我将永远是你的朋友！

春天的
孩子

　　我喜欢春天，小雨丝滴个不停，小燕子飞来飞去，桃的小娃娃，李的小宝宝，樱的小囡囡，一齐从襁褓中张开了小眼睛。这是真正的江南风情。

　　因此，结婚选择在一个美丽的春日，两年后决定要孩子了，还是选择一个在春天出生的孩子。一切如愿，只等小天使在春天降临。

　　我把消息写信告诉了姐姐。她回信说："我希望是一个美丽的女孩，雪白的皮肤，长长的黑睫毛，会弹一手好钢琴……"

　　我告诉了妈妈和爸爸，妈妈说："我喜欢女孩，像你姐姐和你一样，会唱很好听的歌，小声地唱，柔柔地唱……"

　　我自己也想有个女孩，用我自己的幻想塑造她：头发最好有点卷，有两个小酒窝，抱着个洋娃娃，在青青的草地上走来走去……我还制定了一套为女孩准备的"温柔教育法"。

　　我先生不知是为了迎合我还是真的这么想，他一脸得意地望着挂历上那个漂亮动人的小女孩，点着头说："女孩子好呀，以后我们家就有两个女人来爱我了！"

唯独我爸爸，他非常认真地大叫一声："我喜欢男孩子！"我们嘻嘻地笑，他毫不理会："没有儿子有个外孙子也好呀！"我这才想到，我们家似乎在人口方面有点阴盛阳衰的倾向。

希望归希望，毕竟还没有见分晓，大家只能在期望和想象中等待。小天使在肚子里七个月时十分耐不住寂寞，对外界的反应很敏感，一有风吹草动便在里面手舞足蹈，三步四步地跳来跳去。我惶惶然起来：这么会动，兴许是个调皮的男孩子？于是托人"走后门"做了B超，结果是悄悄告诉我的，一切正常，百分之九十五是女孩。我好开心！

家里为此忙乱起来，说女孩子就得给她打扮得漂漂亮亮的，姐姐带来一套嫩黄色绣着红花朵的小衣服，妈妈去买各色花布张罗着做小女孩的裙子，舅舅舅妈做了小花棉袄，表弟表妹送来织好的女孩子毛线衣和带背心的小裙子、泡泡裙，等等，家里摆满了可爱的布娃娃和有趣的丑娃娃，还有一匹小红马，后来妈妈把丑娃娃悄悄藏了起来，说咱们的小天使可不能像丑娃娃。

接连几天我们的话题都是女孩子、女孩子！只有爸爸坚持："我就喜欢男孩子，男孩子！"

一切都很顺利，没有想象中那撕心裂肺的挣扎，更没有经历过来人绘声绘色所描述的痛苦和可怕的场面。我在四十分钟之内便完成了一切，我太幸运了！正中午12时，在淅淅沥沥的春雨中，我的小天使来到了这个世界，他来得很快、很平安，哭声响亮。当医生托着他的屁股蛋放到我面前时，我几乎惊叫起来："呀，怎么是个男孩！"

千真万确就是一个男孩！哦，我从此有了儿子。

医生把这消息告诉等候在产房门口的先生时，他竟欣喜若狂，飞奔到大门口，突然发现原先飘着雨丝的天空，竟瞬间出现了太阳，他被这金灿灿的太阳感动着，傻乎乎地站在门口对着所有沐浴在阳光中的人们微笑，谁也不知道他心中的喜悦，可他心里却一个劲地高兴：嘿，连太阳也来祝贺我们有了个儿子！我这才知道，他呀，是喜欢男孩的！他反过来说："难道你不认为家里有两个男人在爱你是更好的事吗？"

妈妈带着永远的微笑，捧来一束美丽的鲜花。病房里的产妇们眼睛为之一亮，他们的床头堆满了桂圆荔枝，唯有我的床头散发着淡淡的芳香，给洁白的病房带来春的气息。

姐姐打来了长途，得知是个男孩："嗯，怎么？男孩，钢琴也不用买啦，男孩子才不喜欢弹什么钢琴呢……"声音中不无遗憾。

从此，我不再存拥有女儿的美丽奢望了。朦胧时总感觉曾经在哪里失落过一个可爱的小女孩。

儿子属马，他一下子有了许多名字。大名陈冬筱，是他爷爷取的，据说翻了《诗经》，名字的意思很深远。我和先生则叫他阳阳，感谢太阳在他出生之时，竟在连天春雨中前来祝贺。我那可爱的堂妹叫他"板凳"，她是个中学生，正迷金庸的武侠小说《鹿鼎记》，主人公韦小宝的儿子叫韦板凳，由此得名。请姐姐给取名，她说："叫陈一川吧，既然属马，取一马平川之意，又简洁又有意思。"众人称好，表弟突然嚷嚷："不行啊，杭州话这不成了一串一串了吗？"

阳阳也好，板凳也好，一串也好，谁都可以按自己的意思去叫他。他生得结结实实，总是笑，眯起细长的眼睛，咧开大大的嘴，随手抓件东西就往嘴里塞，什么也不在乎。

没有母乳只好人工喂养。起初几个月那番辛苦和艰难现在想来都觉得无比黯然。春天毕竟还有料峭的寒意，整个夜晚我们都不能真正进入睡眠之中，一会儿儿子的肚子饿了，先生便赶紧一件一件地穿衣服，然后吐出丝丝寒气，去烧牛奶，看他咂着嘴用力地吮，一口气喝完，先生便又一件件地脱衣，然后躺下。还没迷糊一阵，儿子又嚷嚷起来，他又得穿衣起床。原来是尿湿了。一出月子，我就坚持晚上由我来管，先生当然推让一番。拍拍瘦下去的胸脯说没事，男子汉嘛！可他实在累乏得不行，有一天，儿子哇哇乱叫，他竟端着尿盆坐在地上沉沉睡去。那段时间，睡眠对于我们来说是世界上最好的享受。

儿子一天天在长大，他像男子汉那样大大咧咧，给他吃什么，不管咸淡，他总是大口大口吃得很香，从不挑剔，坐在沙发上摔下来，脑袋撞起一个大包，我吓得魂飞魄散，可他没事一般。他喜欢玩水洗澡，喜欢重手重脚去拍打什么，喜欢一切男孩喜欢的东西。一个道地的男孩，正宗的淘气男孩，男孩子所有的个性特征他都具有。

既然是男孩子，他便没有我所期望的漂亮，冲脑门，高额头。招风耳，大嘴巴，幸而脸蛋是圆圆的，眼睛黑黑亮亮，皮肤也白皙，我只好安慰自己，男孩子嘛，只要健壮又帅气就行。

因为有了这个孩子，我们家中的气氛也变化了，脾气急躁的爸爸，现在只要一见孩子，便笑容满面。他会耐心地给孩子换尿布、喂饭、哄他睡觉，唱那过去老掉牙的催眠曲，还会和孩子藏猫猫，逗得孩子嘻嘻地笑。孩子抓他的头发，爬在他身上，他得意极了，说孩子只和他一个人好。

我妈妈清早总要和孩子谈一会儿话："你早，朋友，你昨晚做了个什么梦呀？"孩子咧嘴一笑，妈妈又说："这婴儿的笑，比世界上什么都美丽，我的忧愁、烦恼全没了……"她满脸光彩，抱起孩子，叫他看风吹树叶摇曳的影子，叫他看蓝天上飞翔的白鸽，叫他看阳台上种的太阳花，还告诉他天上有白云妈妈，正带着小白云回家去……

孩子睡觉，大家走路都轻轻的，说话都悄悄的，唯恐惊动了孩子，谁对谁都很和气礼貌。爸爸和妈妈不再为一点小事争吵，不再抱怨生活的累乏……家中从早到晚都是孩子的叫声、笑声、歌声。

仿佛春天永远停留在这儿，温和、明朗、芳香、热烈，有色彩、有光影……

孩子出生在春天，那就叫他春天的孩子吧！我们大家都这么说。

纯真年代
的温暖

　　纯真年代书吧儿童节诗会那天，听着孩子们清脆而专注的朗诵，我忽然幻想，如果自己还是一位少女，也许会在蓝天下面对着西湖坐一整天，看书、歌唱、跳舞、追风……我是多么想和那个懵懂的自己重逢，回到我的纯真年代。自由自在地赤脚奔跑，拥抱夜空下的繁星和虫鸣，在保俶山顶等待日出。时光流转，纯真年代书吧在山上安家已经那么久，这些年来，我已记不清多少次上山，面对西湖，背靠宝塔，与朋友们喝茶谈天，分享感受，朗诵诗歌，谈论文字。这种温暖的记忆仿佛无数串动人的旋律，穿过春夏秋冬，跟随岁月远走，沉于心底，留下美丽的印记。

　　小时候的回忆和书吧里的故事都留了下来，不知不觉间，我们的生活与整个城市一起变了样。于是我们渴望有些东西依然能够在西湖的守护下容颜不改。该是文学的，我们这样告诉自己，别让文学变了样。于是我们寻觅一个安宁的港湾，试图把文学轻轻放置，不管未来如何，只愿它不要就此疏离。

　　保俶山山腰上的纯真年代书吧就是这样一个温暖的家。在这里，时光或许真的放慢了脚步，一切仿佛都减速而行。纯真年代书吧散发着静谧的馨香，向天际打出灯塔般透亮的光芒，等待文学这位百变的精灵，不断摇响门前的铃铛，注入每一位过客的心房。热爱文学的人们就像不远万里来到驿站的马儿，驻足门前，便知这片圣洁的园地就是归宿。我们步入港湾，点亮温暖的心灯，在充盈着感恩之情的氛围中再一次燃起文学的梦。屋檐下，文学以无数种样貌被作家们、读者们探讨，为孩子们、老人们所感受。无数的文学主题在这个心灵家园里绽放，我们的浮躁和疑惑、忧愁与悲伤，在彼此的真诚畅谈中化为温暖的水，渐渐沉入心底。

今年初春，我亲爱的妈妈离开了我们，哀伤笼罩着我的精神世界，情绪一直在低迷中徘徊，彻骨的悲痛让我无法从中走出来。正在这时，书吧主人、亲爱的锦绣姐给我来了电话，她热情邀约我上书吧坐坐。就这样，我又上了山。那是一个洋溢着盎然春意的中午，在锦绣姐贴心的安排下，我那些闺蜜们一个个光鲜靓丽地出现在我面前，带给我意想不到的惊喜。我们在书吧的窗前，面对远处碧绿美丽的西湖一起喝茶、聊天、朗诵诗歌、分享爱情故事……自那天起，我的心情开朗了许多。聪慧的锦绣姐知道人在伤心痛苦的时候，最需要的是春天的阳光。她用独特的方式采撷到了纯真年代最美最温馨的阳光，给予我温暖的关怀，令我衷心铭感。

在这里，文学似乎重回自由和纯真，纯真年代书吧让我不知多少次沐浴着纯真年代清新沁人的空气，被那些充满爱意和关怀的文字淹没。它和保俶山的花草树木、西湖的波光云影浑然一体，哪怕桃花柳树或是黄莺燕儿似乎都能感受到它的气息和力量。在纯真年代书吧，微风拂过脚下的裙摆，细雨落在手中的书页，它们是自然的使者，把文学捎给我们，将往昔的幸福吹散在林间，也把心底的痛苦融化于山石。我们一次又一次回到纯真年代，在这梦幻的路途上追逐内心的自由。

感叹自己与纯真年代书吧竟是那么有缘，也会时常害怕在山上度过的那些快乐时光离我远去，或是那些感动过我的瞬间就此走开，多想让它们永存，就像童年宁静致远的西湖。时间似乎真的是越来越紧，面对岁月沉重的步伐，那种难以抗拒的恐慌和无可名状的悲哀在侵蚀着记忆。总想远离山下的尘埃，想听着童年的歌声遥遥回响，踩着绿草上的露珠和蝴蝶一起舞蹈，在纯真年代的芳香空气里读完又一本书。

纯真年代书吧是一盏灯，灯影里那来自文学深处的温暖为我们照亮了书页。纯真年代书吧也是一处桃源，我们最终会随着文学微笑启程，挥手告别昨日的眼泪，踏上归途。

在纯真年代书吧，我们祝福每个爱读书的朋友都能找到内心的纯真。

我们永远
是少女

　　这个秋天，我完完全全沉浸在了绿人姐姐少女作家班优美圣洁的文字所渲染幻想的崭新世界当中，她们的写作让我感到难以置信，震惊又感动。阅读过程中我不断地思考：为什么世间一切在少女们的双眼里能呈现出这般原色的清澈？她们为什么能够对万物本质以及人情寒暖有如此精确的把握和感知？随着一个个唯美如玉的故事像奇幻画卷般在我眼前铺陈展开，我逐渐明白过来，那是因为，她们有着世间最清澈、透亮、智慧、纯美的灵魂。她们宛如初春稚嫩的花苞，绽放之前对外界时空热切而好奇，小心又勇敢地试探，柔弱却透彻。

　　在少女作家们的思绪里，有着无边无际的天空大地，有着无穷无尽跃然的物象：她们的记忆正在形成，她们对自身历史有了最初的认识，她们追寻着抽象的感受，也描绘着具体的事物；她们对人生的因果见解正在成形，努力尝试掌握生命旅程中最基本的规律，欢乐蓬勃地思索着、憧憬着，并且渐渐理解人与人之间情感丰满的过程；她们在幻想的边界适时地返回现实的城市街道，回过头触碰自然的生活，通过另一个维度给予她们的思考来构建眼前世界的可能性——岩石、沙漠、山峰、海洋、月亮以及伊甸园,还有这些世界之下的花草虫鱼;同时萌芽的,是字里行间无法隐藏的家庭意识、女性意识,以及逐步明晰的对真理的判断力。客观与想象的交汇,诗意和故事的融合,在她们轻快的表达语境下显得完美无缺。

我还注意到,这些精灵一样纯白的少女,也开始在潜意识里尝试着对自身身体进行小心翼翼的探求,她们身心合一的体悟,对自然给予的每一种情绪的第一道反射,已经不仅仅只有童年时的稚嫩和天真了,她们随着身体的成长开始感知到了痛苦、踟蹰、悲伤、失望等等,更多复杂的情感。这是每一个女孩必须经过的道路。而我为她们感到快乐和幸福——在韦伶老师的引导下,她们正以文学的方式,翻开人生这一课的课本。不可能有更好的教育方式,能让一个豆蔻年华的女孩更透彻地面对并且体会那些极有可能改变女性一生的情绪。

她们就像一位位哲学家,可不是吗,无论是孑然漂泊的神明抑或生机盎然的南方,统统在她们的笔下成为闪烁着剔透光芒的唯美思想。她们笔下的空间如此理想浪漫,动物和植物在一种幻术般的生态逻辑里成为她们最好的朋友。花园这个带有神秘感的场所也被她们一再地深入,她们似乎正在分别展开一趟趟无所畏惧的飞翔般的游历,每个人都在不断地创造出美轮美奂的华丽梦境,而且,更有趣的是,我似乎能感受到,她们都拥有各自狡黠的小秘密。游历、梦境和秘密,类似这些永不褪色的空灵之物,正是女性内心所特有的参照物,有哪个女人敢说自己还是个少女的时候不曾和这些东西做伴呢? 然而不同点在于,大多数女孩的这些念头一闪而过便无影无踪,而小绿人们却将这些朋友完整恣意地保存了下来，相信我，没有任何书本里的说教的价值可以与之相比。

也可以这样说，人类理想主义和浪漫主义的最初，就是来自少女的幻想，而女性艺术的本源，也就是少女之思。不是女童，不是女青年，而是少女。

在阅读的间隙，我问自己：少女这个词让我想到哪些东西？我闭上眼，那里有春风里的芊芊柳条，白净可人的荸荠，空灵遥远似乎凝固在天际的景泰蓝，森林阴影中的檀木月琴……

我感谢少女们的文字给我带来许久许久不曾有过的满怀童真的幻想。后来，我忍不住问我已经九十岁的妈妈："少女这两个字能让你联想到什么？"她看着我，眨眨眼睛，想着想着，似乎陷入沉思，似乎在回忆当中那些古老的物件浮上她的脑海，她认真地告诉我，她想到了幽深的潭水和她脸上的皱纹。"回答得真好。还有呢？"我问她。"暗酡红色的眼睛。"她回答。她大概想开去了，最后又补充道："南戴河。"我不知道母亲的思绪为什么会抵达远方，少女这个词仿佛有种难以言喻的魔力，把我，把我的母亲，都拽入了迷醉的记忆海洋，我们都开始怀念自己作为一个少女的岁月了。再后来，有一天，我随口问我那个从事写作的儿子同样的问题：少女让你想到什么？他稍一思索，便回答我：摩托车、曲院风荷、水泥、狼狗、百合。我忍俊不禁，男孩大概都有自己独特的回忆，好歹还有最后的百合，不算太糟糕。

我要感激这些美好故事给我的教育。在阅读的时候，我无法脱离个人的经验，读到一些太出色的篇章时，我竟然一而再，再而三地难以控制情绪，这些故事仿佛了却了我未尽的少女心愿。面对明镜般的书页，我止不住地反思自己的人生，有些故事中隐秘的角落里似乎就站着曾经的那个自己，在凛冽寒风里点燃煤炉，在时代浪潮中迷茫地独自前进。我回忆对照自己的少女时代，试图去感受可能存在过的只属于自己的声音和色彩，可它们都被时代无情地摧毁了。然而在我心灵的最深处，我依然在漫无目地寻找一片存满善良的草原。我少女时代的教育是缺失的，幸亏我还有一位美好的母亲，使我得以留存了一点点值得回忆的童年童趣和纯真。

作为一位教育工作者，那么多年，我一直在面对青少年的教育，但这一次阅读过程，让我明白自己的研究其实鲜有突破和创新思考。如今韦伶作为一位文学教育的实践者和创新者，深切地把握住了女性的灵魂线索，她所创造的教育方式将会改变女性的人格塑造途径。她让我明白，教育的进步必须要转变方向，必须打破固有的思维。我们应该用艺术的想象力来看待教育本身，依靠孩子们的想象力，走出程式化的课堂填塞，让孩子们在大自然的图景下认识世界。我要向韦伶致敬，也希望更多人能够关注并且支持这位先行者。

少女作家们对文字具备迅捷的忖度，对世界怀抱精准的认识，展现出一种天赐般的审美高度。她们身处一个易被影响的人生阶段，在一位杰出老师的带领下，付出努力，对成长的本质进行体验与解读。她们在追寻答案的旅途中依赖自身灵性的文字和天才的幻想探索着文学，奉献出超越她们年龄的成熟童话和依然清晰可见的少女之心。然而少女们的美学教育绝不仅仅体现在文学上。我在她们的作品当中看到了画家般对色彩的感知能力，她们对暗色调的关注富于勇气，精准而深刻，而她们对五彩颜色搭配的直觉恰恰是女性本能选择的最初缘起；她们同样也是优秀的声音收集者、雕塑爱好者，以及诗人。这些由文学教育带来的美学教育以及艺术感受对人格、心理甚至未来生活的影响是潜移默化的，并且将会反映在生命绽放的时候。

我由此想到了更多的东西，这些纯真作者笔下的人物形象承载着她们懵懂青春期里最广阔的人性箴言。人，在成长的过程当中，在接受教育的过程当中，应该成为这个灿烂星球的一部分，是花瓣，也是绿色的草木，是月光，也是壮阔的大洋。少女文学作为孩童思维向度的柔韧延展，以这样纯粹的方式生长在价值与道德有所缺失的现当代教育情境下，成为一个不可思议的避难之所。绿人姐姐和她的少女文化如同一个警世的寓言，委婉地否定了前一个历史时代女性成长道路的艰险与不公，意识到自然哲学和人文精神的教育对于女性无可取代的影响，提出了夹携着朦胧深情的疑问：女性一生的存在与消失是否有另一种更具人类延续性的方式？

忍不住感慨时光的飞逝，每一位身着纱裙的少女都将会在不远的将来长大成人，可喜的是这些天使已经接受过纯美的灵魂浸染和洗礼，拥有了最独特的美学教育。

在合上书本的那天夜里，我的梦中出现了一个身着白纱裙，轻舞在芳草间的少女。她身旁跟着一匹雪白色的独角神兽，她周身的繁花追随着她裙摆的边缘，月亮将金光洒向她身前蜿蜒的前路……

我想，那个少女是韦伶，是我，是孩子们。

我想，我们永远是少女。

客居日本

安居乐业

三四月是日本"花见"的大好时光。穿着漂亮和服的姑娘、太太们常常结伴去"花见",也就是赏樱花,人们在樱花树下唱歌、饮酒,悠闲自在。樱花和姑娘们的倩影互相映衬,把春天点缀得更加美丽。宇都宫市路边的樱花开得十分烂漫,我每天骑车去上学或是打工,总是匆匆地瞥几眼……

来到日本,真正的独立生活开始了,从来没有下过乡吃过苦的我,必须面对一个陌生的国度、陌生的环境。周围的人们来去匆匆地在忙自个儿的事,一切得靠自己。找房子、找工作,这才是最重要的。

先是一家一家地跑不动产公司,然后比较价格,看房子,定下后再办一系列手续。终于觅到一处比较合适的"阿巴笃"(和式房子),与同学合租两间各六平方米的房间,外加厨房和简易的卫生间,每月四万日元,这已算是比较便宜的房租了,但还必须一次付出三个月的房租作礼金、押金(说是押金,但不会归还你,到时房东要把这钱用来维修房子)。房子地处城市的边缘,偏僻且离上学、打工的地方都很远。

日本经常发生地震,所以"阿巴笃"基本上是木结构的,可防震。我们的房子靠近路边,外面汽车一开动,房子便整个震动起来。开头几天,只要房子一摇晃,便以为地震来了,恐惧感阵阵朝我袭来。有一次半夜,北海道发生6.8级地震,波及关东地区,震得我们房间里桌上的东西都掉下来。我拥着被子傻坐在榻榻米上,不敢再入睡,听天由命。这种隔几天就会有一次的轻微地震,日本人习以为常。慢慢地我也习惯了。房子不停地摇晃,照样可以睡大觉,犹如在晃动的摇篮里,不时呷着嘴巴,甜甜地做着婴儿才有的好梦。

接下来就是找工作。十几天了还是没有找到合适的工作,心里忐忑不安,也开始有了危机感。带去的钱,得一个子儿一个子儿地计算着用。在国内时,工资、稿费尽我痛痛快快地花,不够花还可向家人伸手。现在真正尝到了没钱花的滋味了。每天去超级市场买食品,总是拣最便宜的方便面和过期面包买。不吃肉不行,便宜的就只有鸡腿什么的,吃多了想起来就恶心。

好不容易找到一份餐厅洗盘子的工作,工资虽低廉,但有了生活的基本来源,心定了些,可接踵而至的孤独寂寞感却像一片阴影笼罩着我。夜深人静之时,我开始想念我以前生活中的一切,我的家人、朋友、工作伙伴,我喜爱的西湖杨柳和桃花……

在日本人中间工作,有些对中国人友好善良的人会对我微笑,或者帮我解决一些工作中的小问题,还经常和我交谈,问一些他们感兴趣的关于中国的问题。有的日本朋友知道我很想家,就经常送我电话卡,有时也送几盒音乐磁带,他们真诚的心意让我好感动。

在日本过年

第一次在日本过年,有一种新鲜和奇妙的感觉。

从12月中旬起,就不断有日本朋友问我:"正月准备上哪儿去玩啊?"日本的正月指的是阳历1月1日至1月3日。过年,也就是过元旦,过阳历年。

日本人很重视过年。年前,各行各业的大小会社都忙于辞旧迎新,召开新年忘年会,每一位社长都要对他的属下说:"加油啊,努力啊!"铺天盖地的年贺状(贺年卡)使邮局忙得不亦乐乎。年末兴起的"拍卖大战",到新年形成了一大奇观,百货商店张灯结彩,热闹非凡,从高楼上直挂而下的巨幅广告,令人眼花缭乱。走在大街上,可以看到许多穿着和服的姑娘、太太,那鲜艳的色彩,飘飘逸逸,极为迷人,她们面带笑容,迈着碎步,袅袅婷婷。

我从就读的学校来到东京,和东京的朋友们相聚。当然啦,在日本过年,也应该是日本式的。我们几位朋友,盘腿坐在榻榻米上,矮桌上摆好了冒着热气的日本火锅,所谓日本火锅,其实与中国的火锅大同小异,先将海带放在冷水中加热,熬出海带高汤,然后把各种海鲜、肉、鱼、蔬菜、豆腐等等,放入锅内,蘸着调料,热气腾腾地吃。电视从晚上7点30分开始播放"红白歌星大会战"实况,几乎所有的日本著名歌星都会在这一天出场亮相,那热闹劲丝毫不亚于中国的春节联欢晚会。

喝着日本的清酒,侃着异国他乡的酸甜苦辣,思乡之情油然而生。蓦地,大家抢着拨国际电话。这一天的电话是最难拨通的,几乎在日本的所有中国人都在往家里拨电话。算我幸运,一下就拨通了父母家的电话,听到母亲温柔慈爱的声音,我一阵激动,忍不住大叫:"妈,新年好!"

接着泪如泉涌。想着这一年的经历，种种复杂的情感如海水般漫过我的心底……

第二天就是正月，日本人也有过年给小孩子"压岁钱"的习俗，叫作"年玉"。我工作的那家店的老板也给我送"年玉"，我说："我不是小孩子呀！"老板哈哈一笑："在我眼里，你当然还是个孩子！"说得我好开心。打开"年玉"袋一瞧，嗬，一张崭新的一万日元！

吃日本菜

初到日本的中国人，对于吃日本饭菜往往有一个适应过程。

我打工的那家店，每天为我提供一顿晚餐。第一天吃饭时，兼做厨师的老板亲自做了许多日本菜(料理)。吃饭前大家正襟危坐，互相说一声："我不客气啦！"然后拿起筷子开始吃。

哇，一桌子的色彩令人目不暇接，胃口大开。各种形状的盘盘碟碟简直是一件件艺术精品，雅致而富有浓郁的日本风情。白色的瓷盘里排列着红色和白色的生鱼片，边上配着一朵新鲜的黄菊花和几片绿叶，透明的玻璃盆里是切成块的豆腐，上面放着几根嫩绿的萝卜缨子，雪白的萝卜酱配上鲜红的生鱼子，煞是诱人。各种炸成金黄色的"天妇罗"在灯光下闪着油亮亮的光，一盘子红果水灵灵的，这是小番茄，一口就可以咽下一个，既好看，又可口。长方形的盘子用绿色的竹叶衬底，排列着刚烤出来的鱼，香味扑鼻。我被眼前五颜六色的菜肴弄得垂涎欲滴，赶忙夹起一块嫩黄色带翠绿韭菜丝的鸡蛋往嘴里塞，满以为这就是中国的韭菜炒鸡蛋了，可嚼了半天，只感到淡而无味，没有那种又香又油的口感，仔细看这鸡蛋韭菜，原来并未用油炒过，似乎只是在水里汆了一下，原汁原味倒是名副其实，但味道实在不敢恭维。

老板见我吃饭总是在皱眉，笑着告诉我，日本人大都喜欢吃煮和炖的菜，不太喜欢吃油腻的菜，他还指着那一片片切得均匀漂亮的生鱼片，让我把芥末放进酱油里蘸着吃，说这样很好吃，我咬了一口，却怎么也咽不下去，样子十分窘迫。都说日本菜中看不中吃，看来有道理。

入乡随俗，每天得吃饭，总不能老用眼睛去欣赏，得硬着头皮吃日本料理，吃着吃着，竟也吃出些味道来。日本人喜欢吃生东西，除了生鱼片、生墨鱼片、生鱿鱼片，也吃生牡蛎。起初吃生牡蛎时，感觉有一点腥味，但吃了几次就喜欢了，用醋蘸一下，凉凉的、鲜嫩嫩的、滑溜溜的，一下子就进了喉咙口。这玩意儿还挺贵，也不是经常能吃到的。

唯独恐惧的是生鱼片，一直拒绝品尝。然而我在日本碰到的中国学生，他们几乎人人都说喜欢吃生鱼片，咂着嘴巴赞不绝口。有的人星期天还专门去料理店吃一次生鱼片，过过瘾。慢慢地，我也终于喜欢上了。

日本文化与中国文化同出一源，尤其在吃的文化上，既然日本人能全盘接受中国的春卷、饺子、馄饨、叉烧等美味，中国人当然也不会仅仅用眼睛去欣赏日本料理，好吃的、够味的当然也乐意接受。

穿了一天日本和服

那是一个阳光灿烂的星期日，我穿着鲜艳的和服走在宇都宫市高田那条清洁幽静的小街上，袅袅婷婷地迈着碎步。走在我身后的是老板娘节子妈妈，她正兴致勃勃地指导着我："请放松，步子可以再小一点。"

邻近几家店铺的老板娘闻声都跑出来看。当她们认出我是在"庄助"打工的中国学生时，都友好地笑起来："啊，走起路来多像日本人啊。"

刚来日本那会儿，我对什么都觉着新鲜好奇，尤其喜欢用目光去搜寻在春日里穿着和服的女性，那粲然的笑容，鲜艳华贵的色彩，款款迷人的碎步，娴雅温婉的举止，在我眼帘里构成了一幅幅极有诗意的美人踏青图，于是心里便有了一份对和服的向往。

有一天，我和节子妈妈站在店堂里迎接顾客，我们微笑着不停地说："欢迎光临。"许多顾客指着我对节子妈妈说："噢，这是你女儿啊，长这么大啦。"我和节子妈妈会意地笑起来。节子妈妈说："真有意思啊，他们把你当日本人。这样吧，明天是星期天，你穿上和服，我们一起去拍照吧。"

星期天，节子妈妈专门请来了加藤君帮我修剪了额前的刘海，将头发往脑后一束，戴上一个大红蝴蝶结，然后让我穿上做工精致的织锦和服。大红的底色，缀着金银色的花，艳丽夺目。最讲究的是腰间的那条宽带，紧紧地缠绕到背后打了一个又大又漂亮的蝴蝶结。(据说年纪大些的一般是一个方形的包，年轻人则大都是一个蝴蝶结。)

哇，镜子里的我变得庄重而高雅。节子妈妈开心地说："啊，真美！"

我立刻进入角色，垂着眼睛，双手放在膝上，浅浅地笑着。呀，做一回风姿绰约的淑女实在是一种独特的享受。

节子妈妈带着我在店门口照了好几张相，还不尽兴，又去了荒山神社。她穿的是牛仔套装，潇潇洒洒的很有现代女性的风韵。她说做新娘时穿过几回和服，因为平时工作不便穿，就不曾再穿过。

其实，在平常的日子里，日本女性穿的大都是时髦的"洋服"，只有到了节假日，各种各样的和服才会出现在大街上。那份美丽，总会让人怦然心动。

我和节子妈妈站在一起形成鲜明的对比。节子妈妈不无幽默地说："现在你是日本人，我是中国人。"她爽朗的笑声惊飞了几只脚下的白鸽。

轻松自如地穿了一整天的和服，真是过足了瘾。和服的美让我想起了有色彩的音乐，在清幽的乐声里，美丽的花朵娇羞地开放，千姿百态，五彩缤纷。

晚上，节子妈妈请我去一家中华料理店吃中国的担担面。席间，她像变戏法一样，笑吟吟地递给我一束鲜艳欲滴的玫瑰花。心里涌上来的暖意，在我眸光中闪现，晶莹的水珠从玫瑰花瓣上滴落，望着朵朵玫瑰和店堂里摇曳闪亮的烛光，我的心沉入一片温馨的寂静。

节子妈妈用美丽的和服和玫瑰花传递过来的感情令人感动。一个异国的女性，一个普通的日本劳动妇女，以她女性的温情和善良给予我许多照料。冬日里为我送来暖融融的大衣和围巾、手套，夏日里又为我准备水果和饮料。她是那么善解人意，亲切和蔼。见我不肯吃生鱼片，她总是另备一份菜肴留给我；怕我寂寞，专门请人录制了几盘音乐磁带送我。她的性格开朗、旷达，为人真诚，她的人格和感情都是纯清透明的。

一个漂泊在异国他乡孤独的人，对这份感情是会加倍珍爱的。

我回国后的某一天，收到节子妈妈寄来的一个沉甸甸的邮包。打开一看，我的眼睛为之闪亮，原来竟是那套我曾经穿过的漂亮和服。

在鲜艳的色彩里，我又听到了从远方飘来的美妙乐声。

这天，阳光明媚……

第二辑

少女的肖像

在我眼里，
甚至每块石头都是
会说话的。

妹妹
Mei'mei

在我心灵的最深处，我依然在漫无目的地寻找一片存满善良的草原。

——张婴音

后脑勺

一

我发现大人和孩子、老师和学生好像是一棵树上的两根树杈,永远长不到一块儿。譬如我们喜欢玩儿,追追打打;大人见了就皱眉,吼着说:"给我好好地去坐着!"为什么大人那么喜欢坐呢? 又不是菩萨,如果叫我做菩萨,我也绝不肯整天坐着,一定要去看看和尚怎么念经,庙门口有什么好吃的。在学校里也一样,比如,王平平同学,他游泳挺帅,上山爬树是个行家里手;跟他一起远足时,不带干粮也不要紧,他会带着我们在山上找什么金钩钩、酸咪咪吃,因此同学们都非常喜欢和他一起玩耍。可是我们的孙老师连瞧都不愿瞧他。

孙老师顶顶喜欢的一个同学叫李小彤,他"长得可爱极了":小圆脸,双眼皮的大眼睛,小巧的嘴巴,笑时还有两个酒窝。男孩长得像女孩子,叫人恶心。上课时,他总是把手背在身后,大眼睛笑眯眯地盯着老师,一眨也不眨。我知道这是"装的",因为有时候老师提问他,他站起来,大眼睛眨眨,什么也答不出来。可老师总说:"坐下好好想想……"这不明明是偏袒他嘛。我气不过，暗地给他取了个绰号——"蜡烛峰"。

老师把教室的钥匙让他管，电影票叫他发。远足时，大家的衣服、干粮袋叫他管着。我们去钻山洞做游戏、下溪涧摸鱼虾、拾虎皮斑纹的石子，玩得兴高采烈，可他就守着我们的衣服，一步也不走开，只是不时地吃着自己带来的橄榄和杨梅干。孙老师感动得眼睛都湿了，逢人便说："这样老实、守纪律的孩子真少见，班里有十个像他这样的学生，我就不用操心了！"

我看不惯他那副傻样子，总会想法子治治他。他保管教室的钥匙，要第一个到校开门，我就七点钟到校，第二天六点半到，第三天，我警告他："明天我六点钟到校，做作业。"结果，我六点钟来，他已乖乖地开了门在等我。不多一会儿，他奶奶带着油炸糕、肉馒头赶来了，说他今天连早饭也没吃。孙老师又着实感慨了一番，说他的负责精神好，集体观念强。

有一次，我们去参观小学生画展。回来后孙老师叫我们谈谈看到了什么画，有什么感想。轮到我时，我说："《月亮上荡秋千》这幅画我很喜欢。不过我有个问题，秋千的绳子是怎么挂上去的？得使用导弹和航天飞机才行。"

我看同学们听得有味，越发来劲了，大声喊："我还有个意见，如果月亮圆了，绳子不是要挂不住了吗？所以还得给荡秋千的人，背上画一把降落伞，好让他们'安全着陆'！"教室里的空气顿时活跃起来，有几个同学还拍了几下手掌。我正得意时，王平平拉拉我的衣服，我一看孙老师，她虎着脸说："看画就是看画，哪有那么多的问题和意见！"我吐了一下舌头，赶快把头低下去。下面轮到李小彤讲，他站起来支吾了半天才说："我……我看到了后脑勺。"哄的一下，大家全笑开了，画展上哪有什么后脑勺的画呀！女生们叽叽喳喳地问来问去，调皮的男生趁机打着别人的后脑勺。这回连孙老师也懵了，她叫李小彤解释一下。李小彤睁着那双大眼睛可怜巴巴地看着孙老师，忸怩了半天说："出发时，老师说，叫我们不要东张西望，后面的人要看着前面的人的后脑勺，我就看着陈小芳的后脑勺，其他什么也没看到。""哗——"教室里爆发出一次前所未有的笑声。

"陈小芳，你应该向李小彤收参观费。"有人怪声怪气地嚷着。

有的同学还趁机跑出座位去看别人的后脑勺，有的把脑袋捂起来不让看，整个教室沸沸扬扬，乱作一团。这时孙老师用教鞭啪啪地打着讲台，我们不得不控制自己，勉强止住了笑声。

二

从此，我把李小彤的外号"蜡烛峰"，改成了"后脑勺"。每当我们叫他"后脑勺"时，李小彤的脸总是绯红绯红，恨不得立刻把抽屉板打开，把头伸进去。要是这时候他跳起来骂我几句，或者朝我挥几下拳头，我倒反而不会生他的气，可他一点表示也没有，真窝囊！

李小彤虽然窝囊，但他的学习成绩在班上是数一数二的，除了体育，每门课都能考到90分以上，年年被评为三好学生。开家长会时，孙老师老是向家长们介绍李小彤如何如何听话、守纪律。开完家长会，爸爸总要训斥我一顿。我不爱听，弯着脖子顶牛："什么了不起，他不过是个'后脑勺'——"

"啪"，我的后脑勺重重挨了一巴掌："你也有后脑勺，你的后脑勺就不如人家？"为了"后脑勺"，我吃了不少苦头，所以我越发想找他的碴儿。

陈小芳和"后脑勺"是邻居,阳台隔阳台,有时说话的声音大一点就可以听到。暑假里,我交给陈小芳一个任务,对李小彤实行"火力侦察"。

陈小芳是个好管闲事的小姑娘,班上已经在取笑她了,说陈小芳的后脑勺给别人看了去,所以算术考试不及格。陈小芳正恨着李小彤,马上就接受了我的指令,所以我每天都收到不少"情报":

"李小彤每天早上六点起床,在阳台上背课文,还背什么'欲穷千里目,更上一层楼'……

"李小彤晚上十一点才睡,老听到他爸爸和他大声嚷嚷,嚷些什么听不清楚……

"李小彤的奶奶告诉我奶奶说,小彤是他们三代的独苗,他爸爸为了小彤能考上重点中学,在小学三年级起就对他'敲木鱼'、'喂小灶'了。也就是说,他的每一门功课都经过他爸爸的重点辅导。

"每天李小彤到阳台上来做作业,他奶奶给他送来两只又大又红的苹果,他妈妈给他送来两块上面带白霜的紫雪糕。"

听了这些"情报",我心里大为不服:李小彤的成绩优秀是他爸爸帮忙帮出来的,而且他有好多好多东西吃,还有人伺候,这样学习能不好吗? 我爸爸是钳工,妈妈是临时工,再说我也吃不到那又大又红的苹果。如果每天能给我吃一个苹果,那带白霜的紫雪糕也给我吃一块,我的成绩,哼,还用说吗? 全校第一,全世界第一!

三

过了暑假,我们的班主任换了一个年轻的范老师。开学第一天,范老师叫我们每个人把暑假作文拿出来念。她说,通过作文,她会逐渐认识大家、了解大家。

王平平念的是他在暑假里怎样去卖棒冰的作文。他在电影院门口、轮船码头那儿卖棒冰，生意好极了。有一天，天很热，他从郊区卖完了棒冰回来，后面跟来了一只胖胖的小花狗，轰它也不走。王平平想，可能小狗也想吃棒冰，便把一支准备留给自己的丢给了它。果然那小狗用两只爪子捧起棒冰，很有滋味地吃起来……

我们听了全都乐极了。小狗会吃棒冰，那么蛐蛐也会吃。以后吃棒冰，我一定留下一小截，给蛐蛐尝尝，让它以后斗得厉害些。

我正想入非非时，想不到范老师在叫我了："刘振，该你了。"我吓了一跳，腾地跳起来，从裤袋里掏出那张皱巴巴的纸念起来。

我讲的是暑假里在外婆家怎样摇小船，沿着河浜到河里摸螺蛳。河水清清的，杨柳绿绿的，风景真好，可摸上来都是小的紫壳螺。后来摸到一只大螺蛳，上面还趴着一只小螺蛳，就像它们爷俩正要到城里去看电影似的。我想，可怜巴巴的，捉了去，它们连电影也看不成了。于是我把它们扔下河了，让它们快快乐乐地进电影院去。

同学们听得很入神，嘴巴都张大了。我咽了口唾沫，还想胡诌下去，王平平扯了我一把，我乘势坐下，抬头朝范老师看看。她那黑亮黑亮的眼睛，盛满笑意，我才放心地嘘了一口气。

"后脑勺"站起来了。怎么，才过一个暑假，他却瘦多了，说话的声音轻轻的，脸色很苍白。他可怜巴巴地看看大家，看看范老师，无意识地用手摸摸后脑勺。这一举动，引得大家畅怀大笑。范老师向大家示意别闹，这才平息下去。"后脑勺"轻声地念了个作文题目：《小足球赛》。我的耳朵一下竖了起来，足球赛多吸引人呀。教室里静下来，谁都想听听两军对垒的紧张场面。"后脑勺"用读书一样的声调,一个字,一个字地念。咦,怎么小足球赛一点也不精彩?作文里成语用得那么多,我们听都听不明白。同学们嗡嗡的声音又响起来了。满头大汗的"后脑勺"不知有没有把作文读完,就慌慌张张地坐下来。

下课后,"后脑勺"被范老师叫到办公室去了。我和王平平假装在看办公室外面墙上的宣传画,站在走廊上偷听。

"你说说,什么叫'强弩之末'?"范老师问。

"……"

"'厉兵秣马'这个成语你解释一下。"

"就是……就是……"

"你看过小足球赛吗?"

"……"

我忍不住探过头去看,只见"后脑勺"脸孔红到脖子,成串的泪珠往下掉,那双大眼睛像被逮着的小兔子的眼睛一样,充满着忧伤、惊恐。

"你的作文怎么像写报告,一点,两点,共十大点,什么踢足球的意义啦,克服困难的决心啦,注意事项啦……"范老师的声音虽然柔和,但很有分量,"到底是怎么回事?回去好好想想,下午再来告诉老师,好吗?"

"后脑勺"低着头冲出办公室。

四

下午,我刚进教室就听到了一个惊人的消息:"后脑勺"失踪了。"后脑勺"的爸爸、妈妈、奶奶全在老师的办公室里。我们班的同学也都趴在办公室的窗台上看热闹。我们在窗外听了半天，才知道"后脑勺"的那篇作文《小足球赛》不是他写的，而是他爸爸出的题目，帮他拟的提纲；他没有看过足球赛，写不出，后来，他爸爸索性帮他写好，让他誊抄一遍。"后脑勺"在留给老师的信中还说，他对学习没兴趣，作业太多；爸爸妈妈又抓得紧。如果考不上重点中学，爸爸妈妈就要送他到山东老家的农村去，他觉得没意思……

"后脑勺"的爸爸向老师说明：他们家中一向很注意劳逸结合的，没有给他任何压力，正因为感到学生负担太重，才代他做了一篇作文。

"后脑勺"的妈妈在向旁边的老师诉说小彤是如何听话，如何乖，五年了，年年受老师表扬，怎么换了一个老师，第一天就出了事？

我听得实在不耐烦了，一下子冲到李小彤爸爸的面前，"唰"地倒出了陈小芳提供给我的情报。我自己也不知道竟会那样勇敢："你不要赖！小彤每天早上六点在阳台上背书，晚上十一点才睡觉，星期天你们也要他做作业，还给他吃又红又大的苹果……"

范老师奇怪地看着我，没等我这半路杀出的程咬金说完，她就挥了挥手说："现在别说这些了，先寻人要紧。你们同学先分头去找找看，我马上给派出所打电话。"

同学们商量了一下，有的到汽车站，有的到火车站、轮船码头，有的到凤凰山上几个山洞里去找。

我和王平平认为"后脑勺"胆子小，不会走远，便从学校附近往他家的方向搜索过去。到了一处树丛前，我脱口便喊："后脑——"王平平狠狠地擂了我一拳："你再叫！"我摸着自己的后脑勺半天也说不出话来："平平，如果找到李小彤，我一定向他赔不是，叫他抓我的脚底板，或者我给他当马骑……"我的眼泪快要流出来了。

王平平好像在想什么,说:"小彤以前不是这样的,和我们挺合得来,常常缠着我们给他捉小乌龟,好预报天气。"

我也记起来了,李小彤刚上学时,老师问他几岁,他说六岁,可爸爸叫他说七岁。有一天,老师穿了件皮大衣来上课,他竟走到讲台上去摸老师的大衣,还问这是不是真的老虎皮……

我们说着走着,不知不觉走进了树林子。突然,王平平拉拉我的衣襟,指着不远处一棵桂花树下的石凳子,上面正躺着熟睡的李小彤。我们撒腿奔到跟前,一看,"后脑勺"睡得那样香,那样甜,嘴角流出一条亮晶晶的口水,眼角下还有一条条干了的泪痕。"小彤……"我正想叫,王平平捂住我的口:"让他睡一会儿,他太累了!"我眨了几下眼睛,然后把王平平拉过来悄悄地说:"李小彤在这儿,我们先谁也别告诉,让他爸爸妈妈去哭好了,眼泪水哭干,喉咙哭哑……"

"让他们找到天黑,找到月亮出来,找到……"王平平也高兴地说。

于是我们在李小彤身边的草地上坐下来,一边一个,为他轻轻地赶走小虫子。我还随手逮住了一只很漂亮的金红色的蝴蝶,等李小彤醒来,我要送给他。

金黄的桂花瓣洒在我们身上、头上,香喷喷、凉飕飕,真舒服呀。天边一大块火烧云把半边天空都映红了。哦,太阳下山啦。"睡吧,小彤,等你醒来,我再也……再也不叫你'后脑勺'了!"我的眼里含着满眶的泪水……

"计划"之家

一

我们家阳台上那盆石榴花火红火红的，院子里的石榴树已挂上一只一只青灯笼，葡萄藤也爬上了屋檐，伸着长长的触须，东摸西抓的。梧桐呀，榆树呀，铺了一地的浓荫。我在树下面走，衣服一会儿变成花的，一会儿变成白的；我的脸上也一会儿印上梧桐的掌形叶影，一会儿印上榆树的鸡毛叶影，好看极了。茉莉花的甜香、栀子花的清香、白兰花的浓香，一个劲地往我鼻子里灌。树上的知了大着胆子不停地叫："是我呀，不是我呀！"真正的夏天来到了。

考试已经考好，大家只等着发成绩单，等着老师布置暑假作业。我一点也不担心，因为我考得不好也不坏，品德评语也总是有优点也有缺点。爸爸拿到成绩单时，他的眼睛从近视眼镜下瞪着我："怎么考得这样差！"我就指给他看，语文、图画、体育都是80分以上。爸爸哼了一声没话说了。至于算术，我一拿到题，脑子就晕，只能勉强及格。

我们最关心的事是商量怎么过暑假。耿小奇打算要训练他的咪子，使它成为世界上顶顶聪明的会变戏法的猫；他还要去做"小奇号"船(船是纸做的)的船长，乘着它去探险；还要养一条有脚的娃娃鱼；还准备去搞嫁接实验……总之，他的计划又多又大，既是驯兽员、船长、探险队员，又是动物学家、植物学家……

他们问我有什么计划，我皱了皱鼻子，伤心地说："那要问我爸爸。"

二

我爸爸最喜欢的有两件事：一是摆弄他那一大串钥匙，二是订计划。爸爸常常用钥匙开房门、开厨房门、开柜子、开箱子、开抽屉，然后又用钥匙，嗒嗒嗒地一一锁上。由于他经常使用钥匙，那串钥匙已经明光锃亮，像一串水晶链子。

他是一个工厂的计划科科长，擅长订计划。在家里，他也给我们全订了计划。妈妈有"学习电子技术"的计划；外婆有"学习烹调"的计划；我有作息计划、复习功课计划；他自己有读书计划、读报计划、家务计划；每个人还有如何订计划的计划、如何督促各人执行计划的计划……

爸爸执行计划真是一丝不苟。比如他的家务计划规定每天早晚开关气窗，他就照章行事，哪怕外面下雷阵雨，雨水打湿了床，打湿了写字台上他正在拟订的计划，他也是关气窗而不关门窗。又如，计划中规定各人用各人的牙膏，他偶尔用了妈妈的牙膏，第二天他就挤出同样一截，还给妈妈。

在这样的"计划"之家，我能有自己的计划吗？

晚上，爸爸的钥匙响过一连串的"交响乐"后，他便对我说："烽烽，你要放暑假了，我们订一个暑假计划吧！"

一到订计划的时候，爸爸便眉飞色舞。"6时起床，7时做语文作业，8时读外语，9时……"他每写上一条，我就像多缠上一道线的陀螺，被转得晕头转向。

望着那长长的计划，我试探地问："爸爸，这计划中是不是加一条游泳呀什么的计划……"

"什么？"爸爸仿佛不认识我似的瞪了我好一会儿，"我订的计划是最最全面的，你看，午睡、吃饭带休息，什么都有了。"于是爸爸又订了一个如何执行计划的计划：作业由他亲自检查，午睡、吃饭由外婆监督。

三

每天晚上，邻居家里播放着各种各样的节目，时时传来阵阵哄笑声。而我们家在爸爸的安排下，各人都在执行着自己的计划。

妈妈在学习电子技术，但她记性不太好，时常搞错；外婆捧着一本《烹调技艺》，翻着、念着，慢慢地就把头低到书上去了，直到爸爸大声地叫妈妈再算一遍公式时，她才惊醒过来，又捧起书本，但是慢慢地又把头低下去了。这么反复多次以后，外婆终于捧起书，踱到门口，然后溜到邻居家去看电视里放的越剧去了。我呢，爸爸的计划规定是总复习，把一天的语文、算术、政治、常识再写一遍，背一遍，验算一遍。

我一边复习，一边想着今晚电视转播的足球比赛，巴西队射门是不是成功了，对方阿根廷队的守门员那个鱼跃的接球姿势真漂亮。我眼前仿佛全是红、蓝球衣在晃动，全是铲球、带球、勾球、射球的脚在移动。有时我也情不自禁地踢起小板凳来。爸爸一见我这副模样，赶紧过来督促我执行计划，妈妈却乘机去倒水喝。有时，她可以一口气喝上三大杯，或者喝完了还举着空杯子遥望着窗外……

窗外，带着花香和夜露气息的风吹过来真凉。那些像宝石般的星星躲在金银花架后面，淘气地眨着眼在笑我们愁眉苦脸的样子。一只萤火虫带着绿色小灯飞进来了，在我书上飞了两圈，又从窗口轻盈地飞走了，像是在邀请我到它家去玩。它家在那个塘边上的青草丛里，那里有青蛙坐在荷叶上呱呱地唱，鱼儿在唧唧地吐着水泡。水塘里有块蓝天，有无数的星星和倒映着的树影，它们在水波里摇摇晃晃，像喝醉酒的大汉。

直到时钟敲过九下，爸爸才大声宣告："今天各项计划都已胜利完成，最后一个计划开始——睡觉！"我立即像兔子那样钻到我的小房间里去。但熄灯后，我一点也不想睡，靠在窗上，看着不远处那个闪着亮光的小水塘。我多想在水塘里泡一下呀，让那微温的带着水藻气息的水，托着我浮在水面上。这时，仿佛小鱼儿在舔着我的脚趾，怪痒痒的。我不由得窃窃地笑了起来。

在这块小天地里，我和刚才判若两人，什么计划，统统抛到云霄之外。我快乐地做了一个拿顶动作，对着爸爸的房间装了个大鬼脸。反正爸爸不会听见也不会看见！

四

两只小鸟在树杈上叽叽喳喳吵个不休，后来又和好了，声音变得又轻柔又好听，一同飞出树林子去找东西吃。大朵大朵的云块在我窗前飘过，有的还在我窗前逗留了一会儿，大概是我贴在墙上的那一张张保证书、检讨书、暑假计划、寒假计划把它们吓了一跳，它们又赶快向前飘去。

已经5点半了，可是按照爸爸的计划，我还不能起床。我醒来已快半小时了，但只好乖乖地躺着。我看着天花板上的花纹，遐想着那里有一群牛和骆驼在大战……

好容易挨到6点钟，闹钟铃声大作。外婆按计划买菜烧饭，爸爸妈妈按计划上班，我就要按计划坐下来做作业。7点整，我懒洋洋地打开书，正在这时，房门悄悄地开了一条缝，钻进来一只浑身雪白、尾巴和四个脚爪都是黑色的小猫。它是耿小奇家的咪子，脖子上还挂着一个口袋。我赶紧拿起来一看，里面有一张纸条："401注意，我是302，有头等重要的事，请你速来。"

我一看，外婆守在门口。她是在执行爸爸的监督计划。我无路可走，只好在咪子的口袋里塞了张纸条："无法突围，请发救兵！"

耿小奇的家在我家楼下。他长得圆头圆脑的，连鼻子也是圆的，两只招风耳朵，有时还会左右摆动，一副滑稽相。我俩同班同桌，好得就像影子似的分不开。他爸爸和我爸爸一个厂，是计划科的副科长，可是他从不叫小奇订计划。一次小奇把咪子带到学校里去，让它表演衔手帕、跳课桌，影响了上课。班主任找耿小奇的爸爸，可这位爸爸却向班主任连声道歉说："我家小奇有多动症，请原谅！"小奇回家，他爸爸只是扬了扬拳头，连一声批评的话也没有。

还有一次，耿小奇带咪子去看电影，说让咪子去见见世面。他穿上他爸爸的工作服，工作服长得拖到膝盖，藏着一只咪子还非常宽绰。开始咪子对电影还感到新奇，瞪着眼睛看，可不到五分钟，它挣脱小奇的手蹿了出去，前面的女同学哇呀一声大叫起来，接着又有几个女同学突然哭起来，说有一只狐狸精从她们身旁窜过去了。这时，一些男同学来劲了，连忙抽出了弹弓、铅笔刀大喊："抓狐狸呀！"电影院彻底乱了。顿时电影停放,灯光大亮。校长和电影院负责人,带着耿小奇去找他爸爸。这位计划科副科长连连赔礼道歉,还掏出50元赔偿费。事后,他也没对小奇责骂一声,更没叫小奇订什么计划。

咪子走了不多久,我就听到楼梯上笃笃的脚步声。那是耿小奇拖着他妈妈的高跟拖鞋上楼来了。他难得能穿一双配脚的鞋子,因为他一进房门从不好好脱鞋,总是把鞋子一甩,要穿的时候,鞋子却再也找不到了,他只好穿妈妈的高跟鞋或爸爸的高筒雨靴。有时,他抓到什么穿什么,一只是爸爸的凉鞋,一只是妈妈的棉鞋,也会穿着出来。

"烽烽外婆,烽烽外婆好!"小奇在我家门口甜甜地叫了起来。我外婆一见是小奇,就警觉地说:"烽烽正在做作业哩,你别去叫他!"小奇快活地说:"外婆,我没工夫找烽烽玩,我要看这一大沓连环画哩!""有这么多?让外婆看看。"

"有《吹牛大王历险记》,保管你笑出眼泪;有《碧玉簪》,苦得叫你淌眼泪。"

"让外婆看看。"外婆愈加想看了。

"不,我刚借来,自己还没看哪。"

"外婆马上就还你。"外婆像孩子似的下保证。

"好吧。"小奇装作不情愿的样子,"不过,你可不能在门口看,凡凡和敏敏都向我借过,我不肯。你要到屋里去看,关上门,不能让凡凡他们看见。"

"好的,好的,外婆就看一会儿。"

我听到外婆上里屋去了,还真的关了门。耿小奇用手提着高跟拖鞋进了我的屋子,轻轻地对我说:"走,你解放了!"

小奇为了掩盖我的脚步声，故意把高跟拖鞋弄得震天响。一到小奇家，小奇把两只高跟拖鞋甩到了天花板，一把就把我摔在地上，我们两人打着滚，笑得透不过气来。

五

从此以后，小奇每天设法把我外婆引开，我就和他一起执行我们自己的"计划"。

第一天，我们带了咪子到女同学王玮丽家去。小奇向王玮丽自我介绍："大侦探耿小奇带助手杨烽烽、'警犬'咪子前来报到。"小奇虽然态度挺认真严肃，可是他脚上那一双高跟拖鞋使王玮丽捂着嘴直笑。女孩子有个毛病，一笑就没完没了，我们只好耐着性子等她笑完。

耿小奇像大侦探那样冷冰冰地问她："什么地方有敌情？"王玮丽指指书架。小奇就装模作样地戴上一副纸板做的眼镜，翻着书，把掉下来的纸屑交给助手我，然后又打开碗橱细细观察，接着掏出一小袋美味鱼片干叫咪子过来闻闻，说了声："咪子，上。"咪子立刻弓起背，竖起毛，冲到书架底下，又冲到厨房角落里，东嗅嗅，西闻闻。

一会儿，咪子从墙旮旯里拖出一只灰褐色的老鼠。小奇就扔给咪子一块鱼片干作奖赏。

后来我们又到王大爷家，在那里，咪子又捉到了一只大老鼠。就这样，我们跑遍了整幢大楼，为大家除鼠患。大院里的小伙伴都叫小奇为"福尔摩斯大侦探"，称我为"助手华生"，咪子有功劳，所以干鱼片、小杂鱼从不断顿。

六

有一天，咪子带来耿小奇的纸条。纸条上写着："请来参加金银奖杯摄影活动。"我外婆正在里屋看从小奇那借来的一大沓连环画，我就趁机溜下楼去。

小奇在他的阳台上架了一架塑料照相机，旁边矮凳上放着白纸和五彩颜料。他让我把他"拍"下的镜头，画出来。他的第一个"镜头"摄取的是：楼下的毛毛正在用竹竿钩淘淘家的紫葡萄，然后躲到篱笆下面津津有味地一颗一颗吃着。他以为四周没人看见，却给小奇"照"进去了。他的第二个镜头摄取的是：院子中的两个女孩涓涓和贝贝，她们开始玩造房子玩得好好的，后来两人的身子都背过去，嘴巴噘得老高。这情景也给"拍"下来了。小奇"拍"完后，把照相机交给我，让我也"拍"几个。这时，四楼的王奶奶家煤饼送来了，一下子从楼里蹦出三个孩子：丁丁、刚刚、翔翔。他们穿着背心、短裤衩，抢着搬煤饼，不一会儿每个人都成了大花脸。那模样可爱极了，我赶快"拍"了下来。王大爷在给花浇水，后面跟了个小不点。这个小不点提了个小塑料壶，晃动两条小胖腿，也在给小草浇水。太棒了，我咔嚓一下按了"快门"。

这些照片很快就"冲洗"出来，那是我用颜料画的。我们把它贴在院子里的墙上，让大家看，谁做得对，谁做得不对。毛毛看了他摘葡萄的"照片"想冲上去撕掉。我轻轻拍拍他的肩膀："你知道这是谁吗？"他瞪了我一眼："是我又怎么样？"但他没敢多停留，赶紧钻进人堆里溜走了。

涓涓和贝贝看到两个噘嘴巴小姑娘的"照片"，脸都红了，慢慢地转过身来，拉着手一块儿走了。

没想到,这个"摄影专栏"挺起作用。一些想偷偷干坏事的人,担心我们把他不光彩的行为"拍"下来。有一次,我看到毛毛在葡萄架下停留了一分钟,那一嘟噜一嘟噜的紫葡萄使他馋涎欲滴,但他回来看看我们阳台上的"相机",终于走了。我们把这个镜头也"拍"下来了,题名为《克服困难》。

我们还有一幅得意之作。那是晚上在淘淘家,他们全家举行"淘淘杯"乒乓球决赛。他们用门板搭成球台,三个人轮着挥拍上阵,可是淘淘的爸爸妈妈老是把球打出界外,或者球不过网,因此淘淘得了冠军,妈妈是亚军,爸爸也有名次,是个季军。正当淘淘站到凳子上套上冠军的绶带时,我们"拍"下了这个镜头,题名为《家庭幸福》。这幅"彩照"把整个院子都轰动了,大家在"照片"前竞相观看。可是我的爸爸连看也不看,因为他的计划里没有看照片这一项。

七

我的业余生活丰富多彩,暑假作业也完成得比以前好。作文有了写不完的内容;算术题尽管很复杂,我也得心应手。爸爸晚上检查时很满意地点着头说:"我给你的暑假计划订得切实可行,很有效果!"

有一天,耿小奇约我去游泳。我非常想同他一起去,但我不得不说:"我不游!"小奇急了:"你不是说做梦都想游泳吗?"我撩起衣服给小奇看。原来爸爸怕我在暑假里去游泳,用毛笔在我的肚皮上写了个"不"字。他每天早上写,晚上回来还要检查,说这是执行计划的有力措施。耿小奇嘻嘻笑着,毫不在乎地说:"去游了再说,等会儿再想办法。"于是他拖着我就走。咪子跟着我们一起到了游泳池,可它不敢下水,在池边看我们在水里屏气。咪子紧张极了，跳上跳下，不住地叫唤，以为我们淹死了。突然，我大声叫起来："不好，字，没了！"游泳池的救生员、值班人员立刻都赶过来问："什么没有了，在哪儿没的？"我红着脸说："没有没有……"

我无心再游泳了，愁眉苦脸地走回家去。小奇跟在我后面说："别急，办法总归有的。"

到了小奇家，小奇用毛笔，按爸爸的笔迹，在我肚皮上一点点地描上去。我痒得咯咯地大笑起来，用脚去蹭小奇。两人在地板上滚成一团。

小奇就用这个办法，使我天天能去游泳。他有时还带来了他那纸做的小白帆船，用手推着它前进，嘴里说着："左舵，右舵，满舵。"他悄悄和我说："要是游泳池变成大海就好了，我们准能游到一个岛上，用椰子当饭吃，捡海鸟蛋当菜吃。说不定这个岛上还有'芝麻开门'的山洞哩！"我也高兴地笑着说："要是有鲨鱼游过来，我就救你。"

有一天晚上，爸爸检查我的作业时，瞪着我看了好一会儿，突然对妈妈说："这孩子是得病了吧，怎么变得又黑又瘦？"妈妈也担心地说："烽烽太用功了，大概是累坏了吧？"这时，外婆也走过来了，她摸摸我的头，唠叨起来："没见过像你这样的爸爸，整天把孩子关在屋子里，没病也要关出病来。叫我们学这个那个，连我们都头疼，别说这孩子还是棵嫩芽芽呢！"一句话把妈妈平时的怨气全给抖出来了："烽烽生病的话，我和你没完，都是你那些计划害的。"说完就冲过去，把贴在墙上的计划全给撕得粉碎。

第二天，我像个小司令官，在妈妈、外婆、爸爸前前后后的护卫下，去了医院。

医生给我检查了心肺、血压，一切正常。爸爸还不放心，说："医生，你看他又黑又瘦，是不是肝脏有病？"

医生朝爸爸看了半天，哈哈大笑："同志，这是紫外线照的。你做爸爸的应该了解你的孩子，他们喜欢大自然。"

八

从医院回来后，爸爸要修改我的暑假计划，可没等他修改好，暑假已过去了。

开学第一天，我就带回来一张奖状、一朵红花，那是老师根据我的暑假作业，以及耿小奇和我在院子里创办"摄影展览"的表现，评我为全校的"红花少年"。我把奖状和红花挂在从前贴计划的地方。爸爸看着奖状笑眯眯的，还以为是他的计划订得好哩！我没法告诉他，在暑假中，我并没按他的计划在做，而是完成了我没订计划的计划！

爸爸呀，请你不要生气！

聪明
爸爸

玉潭水碧清碧清，从一个小小的缺口流下，冲击着石墩子，发出叮咚声。四周有密匝匝的树林，一种雾似的水气弥漫在林子中，看上去很像一首朦胧诗。小鸟很多，在树上叽呀，喳呀的，好像在说："你别嚷，你别嚷……"

这种叽叽喳喳讲话的样子，真像我们这帮女同学。我们下课时常围成圈，你一言我一语说个不停。我刚说："你看，谢咪咪的裙子……"铃声响了，只好回到座位上去。这句没说完的话，一直要憋到放学，才能接着说："她的裙子太紧了……"而旁边的女同学却又着急说："太那个了……"她没说完，便又给我打断了，然后她又打断我。这样一直到家门口分手时，我们要讲的话还是没有表达清楚。

考试完，放了假。我提议，大家到玉潭去，说个痛快。我们吃瓜子、花生、话梅、杏脯、鱼片干……没有一点正经的主食；我们在玉潭的缺口处，用脚踏水花，相互泼水，尖声叫着、笑着、逃着，然后心满意足地到小树林里，躺在草地上，说开了。

有人说女孩子是天生的评论家。一点不错,我们评论同学,评论老师,评论电影,评论琼瑶的小说。譬如我们评论那个年轻的英语老师,说他是英国牛津大学的博士,教得太深了,没人能听懂,便给他取了个绰号叫"牛津",谁也不知道其中的奥妙,我们乐得咯咯地笑。我们评论电影:"唉哟,这个女主角是个胖娃娃,真难看。""这个男主角是'奶油'。"

我们今天的中心议题是评论自己的爸爸。没遮拦,没分寸,没心眼,像小鸟一样自由自在。

杨玲玲先说:"喂,我爸爸是个神经病,你们知不知道?"

我们都愣了。她爸爸是个什么机关的处长,神经病当处长,哪有这样的事?

杨玲玲噘着嘴说:"我昨天回家,左手捧了一大摞书,右手拎着一口袋东西,就是今天大家吃的。爸爸在阳台上看到我,对我直笑,就是不下来帮我,害我走一级楼梯掉几本书,才弯下腰去拾,手上的又掉下来了。一路拾,一路掉,好容易走到五楼,拼命叫门,门一开,东西和人一块儿跌进去,东西撒得满地都是。我爸爸呀,非但不帮我,还是一个劲对我笑,真气人,像神经病一样。"

原来是这样,我们起初还以为真是神经病呢。

俞小丽抢着说:"我爸爸是个'克格勃'!"

"克格勃?"我们全都吓了一大跳。

俞小丽愤怒地说:"自我进初中以后,爸爸特别'关心'起我来,星期天同学上我家来玩,挤在我的小房间里嘻嘻哈哈地谈得高兴,可他老是在门口'偷听'。等同学走后,爸爸就板起脸来问我:'你们在谈些什么? 我看你们小小年纪思想太复杂啦!'真让人扫兴,什么叫思想复杂?

我看倒是爸爸他自己把我们想得太复杂啦。"

"我每天写好日记，总是小心地放进抽屉锁好。可是有一天下午我提早放学回家，正巧看到爸爸在开我的抽屉。原来他也配了一把我抽屉锁的钥匙。我惊呆了，爸爸像个'克格勃'，我可受不了他这样的监督……"说着俞小丽竟哭了起来。

我们几个不知怎的心头一酸，也陪着呜呜地哭了一会儿。李晶晶使劲抹了一下眼泪，大声地向大家宣告："俞小丽的爸爸是个'克格勃'，可你们不会想到我的爸爸是个'贪污分子'……"

大家又全吃了一惊，瞪大眼睛，盯着李晶晶。李晶晶一连串好像没有标点的语言，像雨点那样向我们泼过来："我念中学了，数学题多，要大量的草稿纸，问爸爸要。爸爸说：'这容易。'下班回来他就带来一大沓机关的信笺。我要买圆规、三角尺，爸爸说：'这容易。'下班回来又全带来了，顺便还领了红蓝水彩笔、签字笔、圆珠笔。我们家还经常有人送礼来呢，中秋节送来的月饼，吃都吃不完。这不是贪污分子是什么？"

啊，太可恨了。我们义愤填膺，还想"声讨"几句，齐中中突然把声音提高了八度，插进来说："我爸爸是个'三面派'。"

这个名词新鲜！我们请她慢慢说，她说："我爸爸有副甜甜的笑面孔，那是我得了高分，或者妈妈得了奖金的时候。他还有一副既不像哭也不像笑的面孔，那是别人有事求他，送来了高档烟、高档酒；但他一想到要担责任、冒风险，刚爬上的笑影儿没下去，哭模样便上来了，这时比什么都难看。如果我考了中档的分数，爸爸便会哭丧着脸。所以我叫他'三面派'。有时我故意逗他：'爸爸，我考了第一。'他马上甜甜地笑了。我接着说：'是倒数第一！'他换成既不像哭，也不像笑的面孔。我索性破罐子破摔：'爸爸，我留级啦！'他立刻哭丧着脸，搓着手，踱着步，连连叹气。我在一边咯咯地笑个没完，还把妈妈拖来，看爸爸脸部的无穷变化。"

齐中中说完，大家来了兴趣，便学着她爸爸的样子，先笑，再换成哭笑不得的样子，然后皱眉毛耸鼻子，装成哭相。每个人见了对方的怪样，都笑得喘不过气来。齐中中说都学不像，我们便到玉潭的浅水处去照自己的模样。水中的涟漪把我们的脸一会儿拉长，一会儿缩短，鼻子旁边突然多了一根绿水草的胡子，头上又长出一根树枝的角来，简直使我们乐疯了，笑着，闹着，滚作一团。

齐中中突然说："郑安，你怎么不说说你爸爸？"

凡是见过我爸爸的人，都会惋惜地对我说："咦，你怎么一点儿也不像你爸爸？你爸爸可聪明啦，什么都懂。"

我爸爸的额头又高又亮，人称"智慧额"。他聪明"绝顶"，各种各样的客人，他可以一口气不歇地和他们谈上三个钟头。文学，他从古希腊古罗马谈起，谈到目前的荒诞派、抽象派、先锋派、黑色幽默、意识流；数学，他会从哥德巴赫猜想谈到模糊数学。

邻居发生争吵，总是请他去调解。他张口就说出一大串名词，什么"道德"啦，"义务"啦，"素养"啦，"气质"啦，一讲就是两个钟头，常常把那些张口骂脏话的人弄得十分尴尬。等他的长篇发言完了，吵架的人气也全部消了，为此他得到邻居们的尊重和称赞。

虽然他只有初中文化水平，但他经常抱着一叠厚厚的书在看，而且能够一口气背出十几段名言警句。

爸爸还特别崇拜陈景润。他用希腊字母"α"(阿尔法)的读音当作我的小名叫,后来连我的表妹蓓蓓和表弟路路也有了数学名字"β"和"γ"。

也许是因为爸爸当了多年的车间主任,他似乎习惯用一种居高临下的口气与人说话。他常常对我和妈妈说:"你们这批人头脑太简单了,没有我是不行的。"

每次从外地出差回来,他总是睁大眼睛先在房间里东张西望,想发现一些因为他不在,我们无法解决或者正等他来解决的事。可偏偏什么事也没有,家里一切都安排得井井有条。

有时我发牢骚说:"人家的爸爸比你好多啦,和孩子们又说又笑。"他一听就从椅子上跳起来:"阿尔法,像我这样的爸爸还不好?我是世界上最好的爸爸,你到哪里去找?"我如果和他争,他便会用无数例证来证明他的"最好"。他那个"智慧额"闪闪发亮,唾沫四溅,真像一头雄狮,威风凛凛。

如果我有什么不懂的问题问他,他从不正面回答我的问题,而是先训斥我:"阿尔法,你怎么连这一点都弄不清楚,亏你还是中学生。你先去找报纸看看,然后用脑袋好好想想,弄清了,再来问我。"天呀,如果弄清了,我何必问呢。从此我把问题一股脑儿都闷进肚里。他见我不问他,不能显示自己的聪明,于是常常来考我:"阿尔法,你给我背一首古诗。"

"爸爸,古诗很多,你要我背哪一个朝代哪一个作家的?"

"阿尔法,这要我说吗?你应该有独立的理解能力、应变能力,你应该领会我的意思,你会选择一首最符合我现在的情绪、感觉,最适合我现在的思维活动的诗,这才叫聪明,像我,就有这种能力。"

爸爸的"教诲",使我和他的距离越来越远。我和妈妈站在了一条阵线上，如果爸爸在家，妈妈就把阳台上的花盆摆成一对一对的，他不在家，就摆成单只的。这样我就可以随机应变，或偷偷溜进自己的卧室，或跑到邻居家去磨蹭到天黑。

但吃饭的时候，我没法躲避了。他乘机又要考我："阿尔法，你知道吗，如果用同一种正多边形的瓷砖来铺地板，用哪几种正多边形的瓷砖能使地板中间不留空隙？"

这题目太简单了，可以用正三角形、正方形、正六边形来铺。可是我故意把饭吞下去，噎住了喉咙，嗯嗯嗯地讲不出话来。爸爸一脸狐疑，用眼睛瞪着我。我索性到厨房去大声咳嗽，以拖延时间，想不到他竟跟进厨房又问："阿尔法，再考你一考，在匀速行驶的火车里，用力向上跳，落下时在什么地方？"我只好嗯嗯嗯地打"哑语"，爸爸看不懂，不耐烦了："阿尔法，我与你不同，我从来不会在回答问题时噎住。"他还想没完没了地问下去。妈妈一见"局势"对我不利，于是借用"饭要凉了，凉了吃下去就会肚子痛"这一学说把我"解救"了出来。

想到这里，我突然冒出一句："我爸爸是个'聪明爸爸'。"

这话引起了同学们极大兴趣，她们提出要去我家看看我爸爸的"智慧额"。我吓唬她们："你们敢去？我爸爸可要考你们的！"

杨玲玲昂着头说："不怕，他考我们，我们也会考他！"这话像一道闪电，掠过我心头：考考聪明爸爸，过去我怎么没想到？如果我们赢了他，那么以后我再也不必"噎饭"了。

于是我们在小树林里"密谋"起来。

小鸟又在树枝上吵开了："叽喳叽喳，聪明聪明。嘀嘀哩哩，明天赢你。"

我们快乐地大笑，相互搂着，大声唱着歌，走下山来。夕阳在我们背后镀上了金色，并把我们的身影拉得很长很长。

　　一早，有人敲门。我装作没听见，让爸爸去开。我那帮小麻雀似的伙伴，一个个跳进了客厅。爸爸还不明白是怎么回事，手里就被塞上了一束鲜花。"这是献给您的！"俞小丽脆生生的声音真好听。

　　"您是聪明爸爸，向您致敬！"她们"唰"地行了一个队礼。爸爸一时竟不知所措，尴尬地笑着，一只手不自然地举起来，大概是想还个礼，但别扭极了。

　　"我们暑假的队活动有一个智力大奖赏，我们想请您做主持人，来出题目。"爸爸的"智慧额"一下亮了起来。我把同学介绍给我爸爸：这是方程，这是开方，这是平方根，这是抛物线，这是平行线……爸爸不住地点头，十分高兴。他不知道我们的名字是一夜之间变成数学符号的。

　　同学们很快分成两组坐下来。齐中中说："请主持人先熟悉一下我们的名字，以便记分。"爸爸搓着手，一个也叫不上来。齐中中对爸爸说："我们的名字都是数学符号，有必然的逻辑性，您可以按规律记住。"中中又介绍了一遍。除了阿尔法，爸爸还是没记住谁的名字。

　　第一回合，爸爸就输了。于是俞小丽笑着说："算了，您考我们吧！"爸爸想了一会儿，一口气出了好几道题目。别看我们这些女同学平时叽叽喳喳的，可成绩都不错，对他提的问题全能对答如流。

　　爸爸又出了一道题目，太简单了，大家几乎没有兴致回答。杨玲玲笑嘻嘻地拿出一张纸，上面写着："Cōngmíng bàba a bù cōngmíng！"我们一看，全都偷偷笑开了。爸爸认了半天："不像英语，是法语吧，也许是拉丁语，不，不，是世界语。"

我们终于忍不住大笑起来，我们又胜了第二个回合。

李晶晶说："这是拼音字母，是我们国家最新的语言结构，小学生都会。"她向我们挤了一下眼："所以请主持人必须讲普通话。"

这可难煞了爸爸，他讲的是宁波普通话，非常拗口，他每个字都卷舌，认为只有这样才标准。可他叫我们的数学名字时又犯难了，一个也叫不上来。这时，齐中中趁机撤销了爸爸的主持人角色，说："下面的智力竞赛采用一问一答的方法，谁得的分最多，谁最聪明。"

杨玲玲尖着嗓子说："我先出一个题目，请聪明爸爸回答。"

爸爸迫不及待地拍拍胸口："可以，可以，快说。"

"请问，您知道孩子与家长之间心灵沟通的桥梁是什么？"

爸爸凝神默思，绞着手，好不容易才说了一句："孩子听大人的话，这样不就容易沟通了吗？"

齐中中大叫："您说得不对，应该是平等相处。"

"好，齐中中得分，现在由她来提问。"

齐中中想了想，摆出一副老练的架势："您知道现在中学生最迫切的愿望是什么？"

爸爸不作声。

"您了解自己的孩子吗？"

"您的孩子有哪些爱好？"

"您的孩子常常把心里话告诉您吗？"

连珠炮似的一连串问题把爸爸搞蒙了。他气呼呼地说："怎么可以把乱七八糟的问题拿来考我呢？智力竞赛应该是纯知识性的！"

"好。假如您的孩子不聪明，您会发脾气吗？发脾气对人体有害吗？

对孩子心理、生理有影响吗？"齐中中不动声色地问。

"当然，发脾气对人体是有害无益的。"爸爸瓮声瓮气地说，显然有些不耐烦了。

看来，不必再让爸爸为难，因为我看见爸爸的"智慧额"黯淡了。他虽然挺着胸，但懊丧的神色，在他眼睛里明显地表现出来了。他有些恍惚，靠在椅背上一声不吭地沉思着。

为了打破房间里的沉闷，我们快乐地哈哈大笑，并且唱起歌来，一支接一支，唱过了《那年我十七岁》，又唱《人生小站》《童年的小摇车》和《妈妈的吻》。

唱够了、笑够了，同学们对坐在一边抽烟的爸爸说："郑安爸爸，再见啦！"

她们像风似的轻轻飘走了，房间里留下一片银铃般的笑声。

啊，真是个炎热的、艳丽的、明亮的夏天。风卷着热尖在空中打旋儿，阳光刺得眼睛很痛。知了耐不住热，烦躁地叫着："吹点风来，洒点雨来。"叫累了，便戛然而止。邻居家阳台上的米兰，散发着芬芳浓郁的香气，熏得人醉，熏得人想笑……

我们这帮小姑娘，一点也不觉得热。我们又凑在一块儿去玉潭玩，捧着肚子先笑上一阵，然后说："每个爸爸有每个爸爸的弱点，但是也挺可爱……"我们又耳语了一阵，决定下星期到齐中中家去，她不是有个"三面派"的爸爸吗？

整个暑假，我们去了解爸爸，但愿爸爸也了解我们！

留守父女

碧绿的湖水，水中有一弯如钩的银月。

荷花竟是那么香，香味淡淡地、轻柔地弥散开来。莲叶托着那粉色的花朵，像一片片的云，缓缓流动。远处柳梢上的珠灯，变幻着金色、绿色的光影，湖就变得像梦幻般美丽了。

微风轻拍着湖水，湖水轻拍着堤岸，堤岸在月光下舒舒服服地伸展。我仿佛听到了带着风声、水声的琴声，从远处飘过来。

那是贝多芬的钢琴奏鸣曲《月光》，舒缓、悠远，有冥想的柔情，也有优雅的音调。不一会儿琴声又变得急遽起来，像是汹涌的波浪……接着是舒曼的《童年情景》，充满快乐和梦幻色彩，唤起了我对童年情景的美好回忆。多么熟悉的旋律呀！是妈妈在弹奏吗？是妈妈隔着重洋，把琴声送来给我的吗？我眼泪汪汪地对着夜空睁大了眼睛。

一

妈妈是在半年前走的，到大洋彼岸的美国去了。

爸爸和妈妈是很不相称的一对。妈妈娇小玲珑，黑发垂肩，皮肤白皙，一笑有两个酒窝，走路总像小麻雀一跳一跳的。她烧饭也好，洗衣也好，梳头也好，总是哼着歌儿，快快乐乐地做着。爸爸呢，人长得高高大大，有黑而粗硬的头发、胡子，方正的脸、厚嘴唇。从我懂事到现在，爸爸好像从来没有笑过，看小品，看相声，看王景愚表演哑剧，我和妈妈笑得滚作一团，爸爸却一笑也不笑。有一次，我心血来潮，自己创作了一种熊猫舞，举手投足，憨头憨脑，滑稽极了。我故意去摸摸爸爸的胡子，去挠他的胳肢窝，爸爸一点反应也没有，就是不笑。

爸爸除了写论文、查资料、做卡片，就是买书、看书。书柜装满了，便堆到柜顶上，柜顶承受不了，书都掉了下来，掉在过道上，爸爸走路就要跨过许多"书山"。他面无表情，很耐心地一一跨越。

爸爸没课的时候，就钻进书堆看书，看得天昏地暗，废寝忘食。我放学回家按门铃，一遍、两遍，他不会来开，三遍、四遍，他连头也不抬，一定要等我把电铃按得像救火车的警笛声那样紧急，再加上我手脚并用地踢门、撞门，他才满脸迷茫地来开门，还问我发生了什么事。这个爸爸呀，唉！

冬天洗脚，他把脚泡在热水里，捧起一本书就读，读到后来，热水变成冷水，他还泡着。妈妈见了，拉我去看，我们笑得弯了腰。她对爸爸说："夫子，汝好勤读也，不亦冷乎？"爸爸还是管自己读着，什么感觉也没有。

夫子，是妈妈对爸爸的"爱称"。夫子，吃饭；夫子，你的衬衣该换了；夫子，你该去领工资了。我觉得夫子这个名字很有趣，便赶紧称爸爸为夫子爸爸，有时干脆简称夫爸。

妈妈是音乐系的教师，声音像银铃一样好听。她去参加学校的晚会，出场时穿一条黑天鹅绒长裙，胸前别着亮晶晶的树叶形的大胸针，侧着头，带着蒙娜丽莎似的微笑。台下立刻掌声四起。一曲唱罢，学生们把爸爸也推上台去，逼他也唱一支歌。爸爸急得在台上乱窜，搓着手想逃下台来，但给学生们团团围住了。我知道爸爸什么歌也不会唱，便在台下小声提醒他："小老鼠、小老鼠……"爸爸终于听见了，用那个大嗓门，别别扭扭地念起来："小老鼠，上灯台，偷油吃，下不来，吱儿吱儿叫奶奶……"这是我小时候在幼儿园学来的一首儿歌，爸爸念完后，真把全场的人逗乐了，学生们又吹口哨、又拍手、又跺脚，把爸爸抬起来往上抛，晚会真正达到了高潮。可我瞟了爸爸一眼，他却一笑也不笑。

我问过妈妈："你怎么会爱上这个夫子爸爸的呢？要我，怎么也不会爱他。"妈妈笑笑说："就爱他这个夫子模式呀！"于是，妈妈给我讲了爸爸青年时代的几件事。

爸爸的古板，在学校是出了名的。当他在图书馆阅读时，几个女同学搞恶作剧，故意坐在他旁边挤他，他只好往旁边退，一点一点退到桌子尽头，可女同学还是挤过去，到后来，爸爸便跌到桌子底下去了。当时妈妈也在这批搞恶作剧的女同学中间，她有点不忍心，还有点可怜他。还有一次下大雨，爸爸撑了把黑雨伞，从寝室楼跨着大步到食堂去吃饭，妈妈没带伞，叫他等等她，等她去寝室拿了饭盒再一起去食堂。谁知到了寝室，别的女同学已把妈妈的饭打回来了，大家就嘻嘻哈哈地吃起来，妈妈完全忘了让爸爸等她这回事。等吃完饭，她去水池边洗碗，才发现寝室楼门口有人撑着一把黑伞，静静地站着，冷风吹得他直打战，这时妈妈的心怦然而动……

二

妈妈和爸爸进行了一次长谈。妈妈柔声细气地对爸爸说："夫子，我这次去美国顶多两年，我想进修一下声乐，顺便把外语水平也提高提高，你不反对吧？"

爸爸没说话，只是点了点头。妈妈又交代了许多话，譬如家务活怎么干，要注意些什么；洗青菜要一棵一棵地洗，千万不可只在水里冲一下就算；烧鱼的话，记住不要忘了放姜和酒；千万不要忘记勤换洗袜子，柜子下面的抽屉是放袜子的地方；还有小芸……妈妈一提到我，声音就发颤："小芸这个孩子一切都拜托你了……她才十岁，我就要离开她了。寒冬酷暑，刮风下雨，你能照顾好她吗？头疼脑热，你能及时带她去看病吗？我真放心不下，要不，我过几年再走。"爸爸不耐烦了："我会尽力照顾好小芸的，你早去早回便是了。"

妈妈拭干眼泪，打开了琴盖。清越、隽永的琴声，像小鸟的翅膀，飞翔在十二平方米的空间。我不由泪流满面，大声哭叫着扑向妈妈。妈妈紧紧搂着我，她的泪和我的泪融合在一起，亮晶晶的一颗颗滚落在地板上。

我醒来的时候，妈妈已经走了。爸爸拿着一个黑乎乎的大面包站在我床前："吃吧，吃吧，吃了上学去。"

我想起了平日里妈妈给我准备的早餐：面包切成一片片的在烤箱里烤得喷香，一大杯牛奶，还有几块夹心饼干和一个煎鸡蛋，吃得舒心极了。我推开爸爸的手："我不要吃早饭！"然后赌气地背上书包走了。

中午回家，爸爸已做好一大锅白米饭和一盘放了许多油的青菜。青菜炒得太生，又沾着一股生油气味，我扒了一口饭，就不想吃了，爸爸却吃得津津有味。

晚饭又是带着生油味的生青菜。我夹起一筷子，眼泪不由扑簌簌掉下来。我想起妈妈在家的时候，每天的菜都变着花样，不是炸得金黄香脆的大排，就是雪白的鱼丸汤上面漂着碧绿的菠菜，再不就是鲜笋炒蘑菇。一想到明天、后天都要吃这样的菜，都要和这个一点笑容也没有的夫子爸爸生活在一起，我就想哭。于是，我索性号啕大哭起来，爸爸在旁边急得抓耳挠腮，手足无措。

三

学校里的老师喜欢称我们班的学生为"留守人士"，因为我们班有三分之二的同学都是爸爸或妈妈在国外。今年春天妈妈一走，我成了名副其实的"留守女儿"，加入了留守行列。

我们班里的"留守人士"们这几天很是热闹。王灿灿穿着一双正宗的美国耐克旅游鞋，故意在教室里走来走去，引得大家都去看他的脚。陈小如不服气，说："一双鞋有什么大惊小怪的？你们见过美钞吗？我有！而且一张张全都是真正的、崭新挺括的钞票，明天就带来给你们开开眼界！"

小个子金豆说："这有什么稀奇？要看请到我家去看正宗的外国名牌家用电器。你们肯定没见过。"他那股神气劲儿，一下子就把刚才那几个"留守人士"给镇住了。

第二天，教室里更热闹了，就像在举办精品展示会。下课时，"留守人士"们捧着各式各样的洋玩意儿，相互品评着。有袖珍电子游戏机，有小屏幕电视机，有电子表，还有水果削皮机、可爱的洋娃娃、音乐盒等等,令人眼花缭乱。陈小如真的拿来了一叠绿莹莹的、崭新的美钞,于是大家起哄,说首富是陈小如,然后评二富、三富……教室里的气氛乱糟糟的,评上的人咧嘴傻笑,评不上的人不服气,扬言明天将带更多的洋货来学校。

王灿灿突然像想起了什么似的说:"林小芸,怎么没看见你带洋货来?你妈妈不是去美国了吗?美元总有吧?"

我一声不响地走出了教室。

昨天晚上妈妈从美国打来了电话,她用疲倦的声音告诉我们,目前情况并不很理想,学习紧张,工作也不好找,但她会坚持下来的,让我们别担心。妈妈还说她很想我,等我生日那天,她要给我寄礼物来。我听妈妈讲到这儿便在电话边大喊:"妈妈,等你回来,你生日那天我要跪着给你梳长长的头发……"捧着话筒,我泣不成声。那边,妈妈大概也哭了,抽抽噎噎地说不出话来。

晚上,我睡不着,竭力想象着妈妈在美国的样子。她穿着花绸连衣裙,夹着讲义,一跳一跳地去上课。早上她对着窗子练声:"吗——咪——吗——"那百灵鸟似的声音,惊起了邻家的鸽群,它们都飞起来,绕着妈妈的房顶飞舞,每只鸽子的身上都披着一缕金色的太阳光。那景象多美呀!我又猜着妈妈给我寄的礼物。是一盒精致的巧克力?不,我不喜欢吃糖。是一艘红色的小帆船,放在水里,就会嘟嘟地开走?是一只胖胖的小熊,见了人会举手敬礼?不,我希望妈妈能送给我一个像白雪公主那样的漂亮娃娃:皮肤像雪一样白,嘴唇像红樱桃那么鲜红,头发像乌木一样黑。而且,上紧发条,娃娃就会随着叮咚的音乐声跳起舞来——这是个音乐娃娃呀!我想着想着,脸上挂着泪珠,带着微笑,进入了梦乡。

四

爸爸这几天总捧着一本烹饪书如饥似渴地读着。他的烹饪手艺有进步了，不再是每天一盘炒青菜了。他有时给我煎荷包蛋，煎出来的却是两块黑乎乎的东西，分不清蛋黄和蛋白；他炒牛肉丝，炒出来的牛肉丝硬邦邦的像是番薯干。看着爸爸系着花围裙，忙得满头大汗，活像童话里的笨熊妈妈，我觉得爸爸变得可爱起来，菜也好吃多了。

有一次，奶奶还专程来指导，她教爸爸做的糖醋排骨又酸又甜，大获成功，吃得我直舔盘子。

星期天，吃过早饭，我利索地洗好碗，正准备摊开作业本做作业，却见爸爸穿着一身运动装，站在我面前，说："走，我们去外面玩玩！"我睁大双眼，简直不认识爸爸了。

这是我和爸爸第一次到郊区去玩。我们俩骑着车，一会儿我追上了他，一会儿他又追上了我。风在我耳边飒飒地吹过去，飞舞的落叶擦着我的耳朵，痒痒的。天，透明得像一块蓝宝石，有一群群大雁排队往南飞。

我一高兴忍不住唱了起来："小老鼠，上灯台，偷油吃，下不来……"爸爸竟然哈哈大笑起来。这可是惊天动地的事，爸爸居然会笑！我目瞪口呆，差一点撞到人行道上去。

爸爸兴奋地说着我小时候的故事。他说我小时候讨厌穿鞋子、袜子，每次给我穿时，我就大叫："鞋子走！袜子走！"还说我小时候趁大人没看见，把图画书、蜡笔、小汽车、一盒糖，通通从阳台上扔到了马路上。说我用小飞机的尖翅膀，在家中所有的纱门上都刺了一个个小洞，晚上蚊子满屋飞，他们才发现是我干的"好事"……说着，他又哈哈大笑起来。

这一天,我们玩得很开心。爸爸在草丛里给我采野草莓吃。我们还脱了鞋到小溪里逮小虾、小鱼。溪水像丝绸那样柔滑,水面有好看的花纹,水底有晶莹的五彩石。我抓了一把石子往上抛,掉下来时,爸爸的鼻子上、眉毛上便挂着晶亮的水珠,滑稽极了。爸爸还郑重其事地说,下次要带我去河塘里摸河蚌,那才有意思呢,说不定河蚌里有许多珍珠,可以给我和妈妈一人穿一条珍珠项链。这些话说得我开心地大笑。

没想到离开书本的爸爸童心大发,变得这么活泼可爱。我问他:"爸爸,你怎么想到要陪我玩的?你从前为什么不喜欢玩?你今天才像个爸爸!你从前不像爸爸!"

爸爸脸上露出一丝歉疚的笑容:"小芸,爸爸以前是不是太书呆子了?你一定不喜欢吧?以后,爸爸一定改。"

以后的每个星期天,我们或在树林里拾梧桐子,或在河边放纸船,或捡了树枝在野地里煨玉米吃,或满山遍野拨开荆棘找野果子……

五

我生日那天,妈妈真的寄来了一个包裹。让我眼睛发亮的是一个精美的、系着粉红色蝴蝶结的盒子,打开来一看,果然让我心动,这就是我梦寐以求的音乐娃娃呀!她穿着粉红色绸缎连衣裙,朝我微笑着。一拧发条,叮咚叮咚的音乐声响起来,漂亮的娃娃慢慢抬起手来,眼睛一眨一眨的,啊,她还踮着脚呢,旋转着,舞蹈着,姿势美得像天鹅湖中的那只小天鹅。这一切简直让我着迷,我把脸紧紧地贴在音乐娃娃的脸上,在心里轻轻地说:"妈妈,谢谢你!"

第二天,我就兴冲冲地、献宝似的带着我的娃娃到学校里去,把她放在桌上，让她表演一番。女同学们围拢来，脸上流露出羡慕的神情，对着娃娃叽叽喳喳地评头论足，再也不肯走开了。只有陈小如在一边冷冷地看着，他问："是你妈妈从美国带给你的？"

"当然，这是我的生日礼物嘛！"我响亮而不无得意地回答。

"是正宗美国货？"陈小如又问。

"从美国寄来的，当然是美国货啰！"我觉得陈小如太烦人了，抱起我的宝贝娃娃就想走开。

谁知，陈小如飞快地跑过来，一把拎起我手上的娃娃翻过来，不屑地哼了一声："什么美国货！明明上面有'中国制造'的英文，骗谁呀？"

教室里一阵哗然，几个女同学不知怎的竟尖厉地笑起来，这笑声直刺到我的心里。王灿灿这时也凑过来看："啊，'Made in China'，果然是中国货！"他也古怪地冲我笑起来，他旁边的几个男同学打哈哈说："中国货又怎么样呢？"

我的泪水已在眼眶里打转，但竭力忍住了。我抱着音乐娃娃一口气跑回了家，我觉得自己被当众羞辱了，我不明白为什么要这样。昨天我向崔小莉借橡皮用，她爱理不理地说："我的橡皮可是正宗日本产的，你去问别人借国产的用吧！"洋货和国货，什么时候变得这么势不两立了？我很困惑，总也想不明白。就算爸爸妈妈去了美国，我们也依然是黄皮肤、黑眼睛的中国人哪！难道陈小如、王灿灿、崔小莉用的东西是洋货，人也变成洋人了，高人一等了吗？

六

爸爸系着花围裙，手里挥舞着锅铲来开门，一见我，满脸得意地说：

"你看，爸爸今天给你弄了什么菜？鹌鹑蛋，用酒浸过的，喷香！"

"爸爸，为什么东西总是国外的好？"我把学校里的事情，一股脑儿对他说完，就抱着音乐娃娃坐下来生闷气。

"什么、什么？让我想想！"爸爸的黑胡子、黑眉毛全都皱在一起，"那不能一概而论，我们得承认，有的东西外国比中国制造得好，但有的东西，中国比外国制造得巧。在美国，中国的货物很多，而且很受美国人的欢迎。有些中国货与美国货放在一起，甚至根本分不清。瞧这个音乐娃娃，黑眼睛、黑头发，造型就非常美丽。她会唱歌，又会跳舞，在同类产品中，她是精巧绝伦的，所以连美国人都十分喜欢。说外国什么都好、都高贵，这是形而上学。"

我虽不懂什么叫形而上学，但爸爸的一席话，却说得我破涕为笑："爸爸，我喜欢这个音乐娃娃。"等闻到了满屋子的焦煳味时，我和爸爸才手忙脚乱地奔向厨房，白米饭已变成焦米饭了。不过，我还是大口大口地吃起来。

第二天，我又抱着音乐娃娃上学去了。当同学们又围过来想取笑我时，我故意笑嘻嘻地问他们："你们看到过会唱歌同时又会跳舞的娃娃吗？中国能制造出这么精巧绝伦的产品，真是棒极了！我喜欢她！"同学们你看看我，我看看你，什么也没说，都散开了。

快要考试了，班级里的气氛似乎不像以前那么活跃了，有几个同学已离开学校，去了国外。那位"首富"陈小如这几天情绪不佳，耷拉着脑袋，斜背着书包，表情漠然。听说他那在美国的爸爸正在跟他的妈妈闹离婚，他究竟跟谁还不清楚。有时，看着他上课时回答不出老师的提问，愣在那儿的傻样，我不免同情起他来。

王灿灿有一天悄悄对我说："如果我爸爸妈妈离婚，我马上就离家出走！"我吓了一跳，不过，他又苦笑起来，说："现在还不知道，他们只是老在电话里吵架，但我好像有预感，现在有点思想准备也好。"

我也傻乎乎地去问爸爸："要是妈妈不回来了，你会跟她离婚吗？"

爸爸苦笑："我也不知道，但是你妈妈是一个很好的人。"

爸爸的毛衣袖口有一根线脱落下来，他想用手掐断，结果却越拉越长，他只好把线头塞进去，那线头却很调皮，一会儿又钻出来了，他笨拙地跟这个线头斗争了几个回合后，只好败下阵来。以前妈妈曾教我用棒针织过小手套、小围巾。晚上，在灯光下，我像个大人一样，一本正经地给爸爸织补他的毛衣。爸爸感激地看着我，眼睛里有几点湿润的东西在灯光下闪亮。

七

我和爸爸相依为命，度过了两年没有妈妈的日子。

爸爸的菜已做得非常出色，不但能变换花样，而且色香味俱全。他会做油炸香蕉，包千张包子，还会烧家常豆腐。金黄色的香蕉用碧绿的生菜衬底，千张包子配上粉丝和红艳艳的胡萝卜丝，叫人胃口大开。我的个子长得特别快，衣服、鞋子全都小了。我心中也有了许多小秘密，记在小本子上。只是房间太拥挤了，没有一个地方可以珍藏我的秘密。我想，等妈妈回来，她一定会腾出一个带锁的抽屉给我的。

自从我帮爸爸织补了毛衣的袖口以后，我觉得自己干家务活有一手，便常常督促爸爸换衣服、换袜子。有时，我就全包下来洗了，晾干后叠得平平整整地交给爸爸。爸爸慈爱地看着我，胡子、眉毛间已溢满了笑意。

星期六晚上，我们总爱在妈妈的钢琴旁坐一会儿，喝点茶，吃爸爸炸的油煎小果子。这时，我们仿佛就听到妈妈弹奏的美妙的琴声流泻出来，在屋子里久久回旋。

窗外，雪花漫天飘舞着，无声地粘在玻璃上，变幻着各种图案。一枝蜡梅开得正盛，把枝条横斜过来，使景物变得极有情致。

今天说不定妈妈会来电话，她将会告诉我们什么消息呢？如果她回来的话，我和爸爸一定要去机场接她。爸爸喝着冒着热气的茶，慢悠悠地说："嗯，留守父女，留守得蛮不错嘛！你妈回来，你可别乱告状哦！"

我故意说："幸亏你做了留守爸爸，要不你还不知道该怎么当爸爸呢！这下可好了，两年中你不仅改善了父女关系，做了称职的爸爸，还赢得了女儿授予的'三级厨师'称号。放心吧，我不会告状的！"

爸爸眉开眼笑，突然心血来潮："我给你念儿歌吧，小老鼠，上灯台，偷油吃，下不来，吱儿吱儿叫奶奶……"爸爸的大嗓门听起来怪腔怪调的，但又让我感到亲切、淳厚，我忍不住咯咯地笑起来。

这时，电话铃声响了，我和爸爸都起身扑向电话，但是爸爸跨了一步后又停住了，让我捧起了话筒。

"……妈妈……你要回来了，真的……回来了……"

我什么话也说不出来，激动、兴奋、期待、喜悦，种种复杂的情感包围了我。

我眼睛里噙着泪水，与爸爸拥抱在一起。

水晶球，水晶球

一

阳光从窗外透进来，正好照在写字台上那颗圆润、晶莹的水晶球上，水晶球顿时变成一颗闪闪发光的金球，通体透亮，能够清晰地看见水晶中包裹着的一根根金色发丝。这是一颗被爷爷称为金发晶的水晶球，据说金发晶在水晶中是很珍贵的，有吉祥如意、万事太平的寓意。爷爷说因为我是韩家三代单传，当年我出生时，他和奶奶欣喜若狂，立马去买了这颗价格不菲的金发晶水晶球作为我的护身符。

小时候，这颗水晶球总是跟着我走，先是裹在襁褓里，后来我会走路了，爷爷奶奶又把水晶球放在我的小口袋里。再后来，我已是一个会跑会跳的男孩子，常常在地上翻跟头，一翻过去，水晶球就骨碌碌从口袋里滚出来，害得全家大人们常常满地去寻找这颗宝贝水晶球。爷爷说东西万一弄丢了，失去辟邪的作用不说，关键是很难再买到同样品质的金发晶了，还不如安安稳稳地放在家里写字台上。爷爷说："这颗宝贝水晶球会保佑我们家陶陶的。"

爷爷认真地一再嘱咐我，每天做作业时要用手去摸一下水晶球，沾一点灵气。

水晶球晶体通透，里面的天然金色发丝非常柔顺，一根根向着同一个方向生长，我常常感觉它是一个透明的小人儿，它的头发会飘起来，里面躲着一双透明晶亮的小眼睛，我的一举一动，小人儿全看在眼里。

有一天，看着水晶球，数着水晶球里那一根根漂亮的金色发丝，突然，我的心里莫名其妙有一种紧张感，我的头好像有点疼，我的手上全是濡湿的汗，恍惚中，我想起这个学期开学进入五年级以后，在我身上发生的很多奇奇怪怪的事。

我不再确定自己究竟是不是一个乖孩子，还是不是那个被妈妈叫作"小暖男"的宝贝儿子，我也不太确定最近自己在班上是不是已经不受女孩子欢迎了。因为按以往的经验，如果女孩子喜欢你，她们会突然跑到你面前，故意打你一下，然后轻轻地跳开，捂着嘴巴咯咯地笑，下课时会悄悄地挨过来问："喂，韩陶陶，要不要吃东西？"可是，最近她们既没有打我，也没给我吃东西。唉，我的情况有点糟糕！

平时，每天早上是最紧张的一段时间，随着妈妈嘴里不断发出"快点，快点"的催促声，我像打仗一样飞快地起床、刷牙、喝水、咕嘟咕嘟喝牛奶、稀里哗啦扒稀饭，最后手拿一块面包边啃边跑出家门，新的一天就这样忙忙碌碌地开始了。

可是这段时间我变得有点奇怪，妈妈连珠炮似的催促声我像是一点也听不见，闹钟响了十遍我也无动于衷。好不容易起来了，我在卫生间待的时间比以前要长两倍，我会一遍又一遍刷牙，一遍又一遍洗手。我可以不吃早饭去上学，中午在学校食堂一点想吃饭的念头也没有，我像神仙一样每天只需要吃一顿饭就可以。我的鼻子比外婆家那条叫"羊奶"的小狗还灵，我在食堂会闻到别人闻不到的奇怪气味。我坐在教室里喜欢重复做一件事，那就是在作业本上不停地用橡皮把做好的作业擦掉，再重新写上去再擦掉，直至筋疲力尽。美术课上也是这样，我一遍遍画画，又一遍遍把画好的画用橡皮擦掉。我对自己要求很高很高，总想把事情做得很漂亮，但是又觉得很无奈，因为我没有能力让自己做得更好。我常常自己对自己发脾气，忍不住没来由地揪自己的头发。我这是怎么了？

二

星期一早上，我一点也不想吃早饭，在妈妈一声声催促下，勉强接过妈妈递过来的一个包装漂亮的小蛋糕，磨磨蹭蹭地出了门。

秋天，正是我们这个城市桂花飘香的季节。妈妈轻轻吸了一口桂花香，很享受地说："这可是今天早上吸的第一口桂花氧，你也赶紧吸几口，神清气爽呢！"

我不作声。我没有兴趣。

和以往一样，妈妈开车把我送到离学校门口还有一百米左右的小巷口子上。我的脑袋有点晕，好不容易下了车，但不知为什么，我的两条腿突然像钉子一样被钉在那儿，一动不动。

妈妈正准备将车掉头开出去，但是细心的她从反光镜里看到了我反常的样子，她马上把车停靠在小巷边上走到我身边。

其实，我站的地方看得到学校大门，此刻，同学们都陆陆续续往校门口赶，门口站着值日的老师。

咦，今天是我的班主任李老师值日，她是我喜欢的老师。李老师年纪很轻,个子小巧玲珑,说话轻声轻气,嘴角抿起来,好像有点害羞,尤其是她吃惊的时候,眼睛是亮亮的、黑黑的,眼睫毛往上翘,有点像芭比娃娃。我们班的同学一点也不怕她,但是却很听她的话。她见我那么认真做作业,一遍遍擦,一遍遍写,有点害怕,总是一再劝我:"韩陶陶,求求你不要再重写了,你已经做得很好了,我给你吃糖炒栗子!"

但是,现在我无论怎样也迈不开腿,我好像不会走路了,我一点也不想进学校的大门。

妈妈开始拽我的胳膊,想把我拉进学校,但感觉我的力气比她还大,她拉不动。她开始东张西望,好像是想搬救兵。

这时候,女同学张露露和姚苹朝我飞奔过来。她俩平时对我最好,张露露老说我是她的"冤家",我不明白,为什么我是她的冤家,她还对我这么好,总是要把好东西塞给我。她会悄悄打我一下说:"真是个呆子,你没看古装戏里女的总是对男的说'冤家'!"哦,她是戏迷,还得过市里少年戏曲"小梅花奖"呢,她喜欢才子佳人那一套,常常把自己当"小姐"。

姚苹总是称自己是女汉子,她喜欢和我称兄道弟,每次见我不去食堂吃饭,她就会跑过来拍拍我肩膀说:"哥们儿,你在修什么功啊?连饭都可以不用吃啦,什么时候教我两招?"

张露露跑到我身边说:"'冤家',你这是怎么啦?"

姚苹则跳过来大叫道:"哥们儿,自己走呀,难不成要让我来背你进教室啊!"

我木然地看着她俩。

李老师闻声也过来了,她轻轻地问:"怎么啦?陶陶,你不想上学啊？你不是很喜欢做作业的吗？"

我低下头，一声不吭。我自己也搞不清今天为什么会这样，脑子里就一个想法：不想进学校，感觉很烦很烦。

妈妈见我这样，心里一定很难过，她的眼圈微微有点红，轻轻对老师说："真是对不起！今天陶陶不上学，就先让他回去吧，我和他谈谈。他是不是有什么不愉快的事？"

李老师吃惊地说："好像这段时间在学校里没有发生什么不愉快的事啊，昨天上课时他还举手发言呢。"

张露露说："'冤家'，你可别想不通啊，脑子想多了，会很痛很痛的！"

姚苹大大咧咧地对我挥挥拳头说："哥们儿，你如果不上学，当心我揍你啊！"

李老师叹了口气，只得转身拉着张露露和姚苹朝校门口走去。

三

就这样，我回家后蒙头睡觉，一连三天，不说话也不去想学校里的事，谁跟我提去上学的事，我就烦躁。

爷爷奶奶闻讯赶来，他们带来一堆我平时喜欢吃的东西：龙虾、牛肉、蘑菇、千张包、宁波汤团、茶糕、小馄饨、比萨……把冰箱塞得满进满出。爷爷一进门就急着把水晶球搬到我面前，恨不得挂到我的脖子上。他们惊惶地看着我，不知该对我说什么好。

在我很小的时候，爷爷就告诉我说，他和奶奶年轻的时候没有机会读书，只读到初中就下乡去了，所以我是他们的希望，一定要好好读书，长大给他们争光。

我在幼儿园时喜欢一个人玩，别的小朋友主动来叫我一起玩，我常常不理不睬。我不喜欢叫人，看到老师也从来不叫，笑一笑就逃走了。每次妈妈耐心教我要懂礼貌，看见大人要打招呼，爷爷奶奶就会冲过来护着我说："他从小就是这样的，不喜欢叫人又有什么关系啊，不要老是逼孩子！"妈妈只能无奈地摇摇头。

　　上小学以后，爷爷总是以我为豪，逢人就夸奖他的宝贝孙子，他最喜欢说的话我都能背下来："我家陶陶那个聪明啊，不是一般的，上次生病三天没去上学，考试照样拿第一名！""我家陶陶从小聪明，唐诗三百首随便背，熟记英语单词上千个，书法比赛得冠军，不得了！怎么会这么聪明啊！"然后就幸福地大笑，笑得胡子不停地抖动。

　　爷爷奶奶拉着我的手开始给我讲很多道理，比如读书有多么重要，学校是一艘大船，载着我们驶入知识的海洋，所以，一定要去学校好好读书……他们讲得口干舌燥，眼泪汪汪，感觉他们已经在求我了。我面无表情地看着爷爷奶奶，还是不说一句话。我也不知道事情为什么会这样，我更不知道自己到底想干什么。

　　这天，李老师来家里看我，她也跟我讲了好多道理，我一个劲点头。最后她说："好，现在我们拉钩吧，拉完钩，说明你已经答应明天去上学了。"我木然地伸出手与李老师拉了钩，李老师笑起来，长长的眼睫毛翘起来很好看。临出门时，她走到爷爷奶奶、爸爸妈妈身边轻声地说："我看陶陶的样子和他在学校的种种迹象，感觉他似乎有点心理问题，你们千万不要责怪他，这不是他的错，是心理出问题了。赶紧带陶陶去看心理医生吧！"

　　李老师走后，爷爷奶奶、爸爸妈妈一时间全愣住了。家里一片寂静，空气仿佛凝固住了，感觉这时候如果谁划根火柴，马上就会爆燃。果然，爷爷突然两眼瞪得很大，好像会喷出火来，他生气地大叫道："完全是一派胡言！老师怎么可以这么说话?！我家陶陶是聪明的孩子，学习成绩这么好，怎么会有心理问题?！绝不可能！"

奶奶更是情绪激动："我一手带大的孩子，多么健康啊，从来不生病的！他只是有个性！他认真写作业是追求完美，这很正常。怎么可能有问题?！"

爸爸像一头发怒的狮子，脸涨得通红，大声咆哮道："陶陶绝对没有心理问题！"

只有妈妈显得冷静，但我分明看到她的眼睛里闪烁着晶莹的泪光，她说："你们情绪不要太激动，这样会影响陶陶的情绪。老师只是建议去看看心理医生，值得我们这么大动肝火吗？前几天我看到报上有篇文章，说每次新学期开学，总有很多孩子患上'开学焦虑症'，我在想，是不是带陶陶去第九人民医院儿童心理科看看专家？是不是他也患上了'开学焦虑症'？"

"什么？第九人民医院？那是专门看精神病的医院，我家陶陶又没得精神病，干吗去那儿?！"爷爷气得喉咙发颤，说话声音喑哑。

"陶陶没病，我看你倒是有病了！"奶奶对妈妈翻着白眼说。

"是啊，那是疯子看病的地方，陶陶不能去！"爸爸也坚决反对。

奶奶再一次把水晶球捧到我面前说："陶陶，快摸摸它，它会保佑你的。肯定是最近你学习太忙了，没有经常去摸水晶球！"奶奶一脸虔诚，小心翼翼地一只手把水晶球抱在怀里，另一只手想来抓我的手去摸水晶球，样子有点滑稽。我调皮地躲开奶奶的手，忍不住想笑。

全家人反对妈妈的意见，他们一致认为去第九人民医院是一件很丢人的事情。

被全家人孤立在一边的妈妈，流下了伤心的眼泪，她抹着脸颊上汹涌的泪水，坚定地说："这次一定要去看医生。陶陶小时候总是显得很孤僻，不太说话，我那时就想带他去做心理疏导，都是因为你们的反对拖到现在。大人有心理疾病，小孩也会有的啊！不让他去看医生就是害他！成绩再好，心理不健康全是空的！长大就是废人！"

没想到，最后这番话让爷爷奶奶和爸爸变得神情紧张起来。他们你看看我，我看看你，一时没了主意。爷爷有点尴尬地干咳一声："噢，小孩也会得心理毛病啊？"那个"啊"字音拖得老长，听起来有点悲凉。

爸爸摸摸后脑勺，有点无奈又有点着急地说："那就去看看医生，咨询一下吧。"

奶奶挤到妈妈面前神秘地说："去这种医院看病，不能从正门走，要从后门悄悄进去，要不让陶陶看见其他那些疯疯癫癫的病人，会刺激到他的。"妈妈点点头。

奶奶开始跪下来对着水晶球一阵狂拜，念念有词，好像在祈祷什么。然后拿着一堆银色的纸跑到院子里去烧，潮湿的空气里升起缕缕青烟，弄得满院子乌烟瘴气。

晚上睡觉时，我感觉平时松软的枕头下面好像有硬物硌着我的脑袋，很不舒服。我翻开枕头一看，傻眼了：一堆土黄色的纸包着各种奇形怪状的木制小人，纸上还写着我的名字"韩陶陶"，中间画着乱七八糟的符号，看着让人有点害怕。这是什么东西？为什么要放在我的枕头下面？接着，"咕咚"一声，另一个纸包里滚出了一个亮晶晶的东西，定睛一看，我倒抽一口气，原来竟是宝贝水晶球！肯定又是奶奶弄的，她就喜欢整这些神神道道的东西。我生气地把这一堆乱七八糟的东西全都抹到了地上。大人们是不知道我的心里有多么难受的，而且是一种说不出来的难受，虽不痛又不痒，但就是浑身难受。有谁能帮帮我啊，我觉得胸口憋闷，心跳加快，更莫名其妙的是我眼里竟然噙满了冰凉的泪水……

四

本来我是不想去医院的，但是我看到妈妈的眼泪，心一下子就软了，我答应去医院，我也不想一直这样下去，我的心里很失望、很沮丧。因为我知道妈妈对我的爱、对我的付出是世界上没有人能够代替的。我的情绪一直不稳定，不上学的日子我更是作息紊乱，日夜颠倒，白天呼呼大睡，晚上无法入眠。妈妈没有责怪我，她白天上班已经很辛苦了，但是晚上她总是陪在我的身边，不停地安慰我。常常是我还在对她说着什么，她却已经困得睁不开眼睛，即使这样，她还是强撑着精神，嘴里像梦呓一样地应着我。其实，这些我都明白，只是无法控制自己。

妈妈为我在网上提前预约了专家。这天一大早，我和妈妈正准备出门去医院，没想到爷爷奶奶出现了。

只见奶奶手上拿了一块花头巾，二话不说就往我头上包，我吓了一大跳，拼命用手去扯，奶奶一边包着我的头，一边轻声说："别动，乖，包上，这样别人就认不出你了！"奶奶神情怪异，动作夸张，最后还神秘兮兮地掏出一副墨镜架在我的鼻子上。弄得妈妈在一边很不高兴，连声说："这是干吗呀？别人认不认得他有什么关系啊？"

爸爸也有点不高兴："你干吗呢？把陶陶弄得像个偷地雷的！"

奶奶说："要是给周围邻居看到多难为情哟。再说啦，第九人民医院有我们的熟人，要是被他们看到我带孙子去看病，传出去说我孙子有精神病那可不得了，让我们的老脸往哪儿搁啊！"

"原来还是你们的面子要紧啊！"妈妈很生气地说。

就这样，我头上包着花头巾，戴着墨镜，一副很滑稽很奇怪的模样进了第九人民医院儿童心理科。

一位和蔼可亲的老医生给我看病。起先他也被我的装扮吓了一跳，后来他发现看病时，我的家人围了一圈，他问我话时，都由爷爷奶奶代替我回答，他俩还抢着说话，医生似乎明白了什么，慢条斯理地说："这孩子从小是祖辈带养的吧？"

爷爷一听，马上来劲了，得意地说："是的，是的，这孩子是我们老两口一手带大的，聪明得不得了！每次考试都是第一名！"

接下来我听到医生对妈妈和围在旁边的爷爷奶奶说："最近，每天都有将近十位小朋友因为开学焦虑症来我这儿看门诊。焦虑症的产生，和自身性格、成长环境、遗传等因素有关。当然，如果家庭教育不恰当，孩子的症状会加剧。"

医生给我做了心理检测，结果显示，我的焦虑情绪非常明显。医生说："小时候内向、孤僻、紧张的孩子，因为家长没有及时帮助疏导、矫正，上小学以后家里人又总是强化这孩子聪明、考第一等等，孩子就会经常给自己加压，总想比别人好，这些因素都会导致孩子焦虑、恐惧。所以，家长也要反省自己的教育方式。比如，刚才我发现你们总是不让孩子自己回答问题，大人喜欢代替孩子说话，这是不尊重孩子啊！"

爷爷奶奶愣在那儿，不知是没听明白医生的话，还是在思考。

医生建议："针对目前的情况，先是慢慢引导，然后要在现实生活中找到自信，建议平时和要好的同学一起游玩、看电影，去外面运动，跑跑、跳跳，慢慢减压。如果经常发脾气的话，可以进行放松训练和自我兴趣培养。必要的情况下，可以服用小剂量调节情绪的药物。"

爷爷脸色顿时大变："医生，我家陶陶没病，他很听话的，我只要跟他讲道理就行了。坚决不能给他吃药，把脑子吃坏了怎么办？"

医生再三强调："开学焦虑症属于精神类疾病，光是开导、讲道理是治不好的。一定要进行专业治疗，适当服点药不会影响大脑。现在你们及时来治疗还来得及，如果拖着不治，会影响孩子今后的成长。许多家长总是不肯承认孩子得了焦虑症，结果就会越来越严重。"

爷爷听完医生一席话，沉默不语，眼睛里是满满的忧虑和沮丧。

从医院出来，不知怎么地，我深深地吸了一口气，突然感觉全身轻松起来。奶奶忙不迭地追上来，要把那块奇怪的花头巾再给我包上，却被我一把扯下来扔到地上。看着惊愕不已的奶奶，我故意一边逃一边说："我不怕被别人看见！我是隐身人！"

五

第二天是星期天，我一大早就被咚咚的敲门声吵醒，开门一看，我呆住了——竟然蹦进来两个快乐的女孩子，是张露露和姚苹。她们看见我就笑。一个说："'冤家'，我来了，我们去看戏吧！"还做了个漂亮的甩水袖的动作。另一个说："哥们儿，老待在家里有什么好，不如我们出去溜个冰、踢个球好玩！"两个人连拉带扯，一会儿就把我拽出了门。

妈妈也跟出来对我说："陶陶，跟同学出去玩儿挺好的，出一身汗回来！"

女孩子就是喜欢笑，她们拉着我一路笑过去，笑得地上的树叶儿好像一直在那儿打转。

我们先去文化中心看了一场儿童歌舞剧，然后去旱冰场溜冰，那飞起来的感觉真是爽爆了！

出了一身大汗，姚苹抹抹脸上的汗珠说："哥们儿，去买点冰淇淋给我们吃啊！"

我没好气地说："我没带这么多钱！要吃自己买，我们不是实行AA制吗？"

张露露笑眯眯地迈着碎步轻轻飘过来说："'冤家'啊，奴家有三两银子，可以捐献出来买三个甜筒冰淇淋，你意如何？"天哪，戏里的台词都用上了，让我和姚苹两个在一边吃吃地笑，咦，我已经好久没笑了，笑的感觉还真不错。

吃完冰淇淋，我们快乐地各自回家了。临分别前，姚苹拍拍我肩膀说："哥们儿，以后，每个星期天我们都出来活动活动，别忘了带上点活动经费！"

张露露在一边故意甩着水袖抿嘴笑。

没想到和同学出来玩这么开心，我回到家显得比平时轻松多了。

六

这天晚上，妈妈拉着我出去散步。月亮很圆很明净，一直跟着我们走，好像在为我们点着一盏月亮灯。银色的光是那么柔和、那么亲近，我的心情很好，第一次和妈妈说了很多话。我说："等服完三个月的药，我一定会去学校上课的,请一定相信我。"

妈妈点点头说:"我从来都是相信你的!"

我们来到了小区的人工湖边,月亮照着湖水,湖边的亭子在月光的映照下像是镀上了一层银色的边,特别美。

这时,我突然想起了什么,从口袋里摸出那个晶莹透明的水晶球:"妈妈,你看,这是什么?"

妈妈吃惊地说:"陶陶,这是爷爷奶奶送给你的护身之物啊,你放在口袋里干什么?"

我伸出另一只手轻轻摸了摸水晶球,故作神秘地对妈妈眨眨眼说:"明天是爷爷的生日,我想把这个水晶球再转送给爷爷,希望水晶球保佑爷爷和奶奶。"

妈妈似乎有点明白我的意思,她说:"是啊,这颗水晶球确实很珍贵,寄托了爷爷奶奶多少希望和爱心哦。"

我有点激动地对妈妈说:"其实,对我来说,现在最需要的是医生!我是真的有病,我需要医生帮我治病。水晶球放在爷爷奶奶家是最好的,它会保佑我们全家人!"

我把水晶球举起来,对着湖边那一片璀璨的灯光,光影投射到晶莹的球体上,水晶球顿时闪烁出五颜六色、斑驳陆离的光,有点神奇,有点神秘,我仿佛置身于一片流光溢彩中,在闪光的水晶球中看到了自己的笑脸、家人的笑脸……恍惚中,那个曾经无忧无虑,喜欢笑、喜欢给别人带来温暖的"小暖男"又回来了!

善待 那一份朦胧

　　春天的小树林空气格外清新，小树的枝丫间绽出了绿色的嫩叶，小鸟在树林上空飞来飞去地唱着歌，悦耳动听。我一个人徜徉在林子里，享受这美妙的空间。我要好好想一想今天自己究竟是怎么了？我该怎么办？

　　下午放学的时候，因为布置墙报，我最后一个离开教室。走到楼梯口，碰见了高三的大个子刘源波。我朝他点点头，算是打招呼，他却像没看见一样往我侧面走来，就在擦身而过时，突然向我抛过来一个白色的小纸团。

　　那一刻我蒙了，下意识地接住了小纸团。而刘源波已飞快地溜走，走廊上空无一人。我镇定了一下自己的情绪，走到边上，轻轻打开那个小纸团，只见上面写着：

　　今晚7点在综艺剧院门口见面，有要事相告，不见不散。

刘源波

　　看完这张小纸条，我顿时感到耳热心跳，不知该怎么办好。赴约？

这可是第一次约会，应慎重对待。置之不理？以后还要见面，会被他认为是伤害他自尊心。

为了排遣心中的烦恼，我独自来到学校附近的小树林。我不断地问自己：如果我不去赴约，刘源波是不是会小看我，把我当成是妈妈身边的乖女儿、胆小鬼？

大个子刘源波虽说和我都是中学生合唱团的成员，但平时我们说话不多，对他印象也很平淡，我真的没想到他会向我发出信号。

再怎么犹豫也不会有结果，干脆，我豁出去了，赴约！看看这第一次约会到底会怎么样。突然间，我心里冒出一点好奇的念头和一点莫名其妙的兴奋，朦朦胧胧的感觉很特别，麻麻的，痒痒的。

晚上，我飞快地扒完一碗饭。自己心里有事，总觉得妈妈看我的目光有些异样，爸爸的笑声也带着嘲讽。我鬼头鬼脑地躲在房间里换好衣服，自认为一切准备工作完毕，便探头去看客厅里的情况，见爸爸妈妈已各自进入厨房和卫生间，我便敏捷地跳出来，故意高声说："我去同学家问作业，马上就回来！"不等他们应声，我已逃一般飞奔出门。

月亮很亮、很圆，我走，它也走，我跑，它也跑。一口气走到综艺剧院，见刘源波已站在那儿，1.85米的高个子、夹克衫、牛仔裤，头发上好像刚搽了摩丝，一根根头发黑亮亮的，纹丝不乱，不像个中学生，倒像个社会上的小青年。

剧院门口人群熙熙攘攘，刘源波走到我面前，压低嗓音，像地下工作者接头一样，说："跟我走！"

我们一前一后地走着，不时东张西望，生怕被熟悉或认识的人看到。

我的心怦怦乱跳，怎么约会一点儿也不好玩嘛，既紧张又严肃，还担惊受怕。

　　好不容易拐到一条清静的马路上，我便急切地问："有什么要事相告？快说吧，我还得回家做作业呢。"

　　刘源波愣在那儿，一个劲地搓手，不知说什么好。过了一会儿，他又把手插进裤袋。

　　路边的灯光照在人的脸上感觉是苍白的，但此刻刘源波的脸在灯光下却涨得通红。呵，我明白了，今晚的约会，对他来说也是第一次，他也紧张、羞涩。

　　过了大约一个世纪，刘源波的喉咙里才咕噜出一句："我们能成为好朋友吗？你应该明白是什么意义的好朋友。"

　　果然不出所料，正是这令人敏感的问题。这时，我都不知道自己怎么就变得伶牙俐齿了："我们成为朋友当然可以，但不可能上升为你所理解的特殊意义的朋友，但我会尊重我们之间的友谊。"

　　我奇怪于自己的沉着、老练。也许平时耳朵里听多了有关男生女生约会的事，轮到我自己反而处变不惊了。

　　刘源波的手从裤袋里抽出来，突然往上抬起，我吓了一大跳，闭着眼心想，完了，他力气这么大，一定要拔出拳头来揍我了。谁知他只是用手将将整齐的头发，尴尬地一笑，说："你说得很对，但我却很失望。不过，没关系，我们还是同学嘛。"说完他两手摊开，做出无可奈何的样子。

　　我总算放下心来，不禁想到，第一次约会终于圆满结束了。

　　回到家里，我躺在自己的小床上，轻轻地舒了一口气，没想到自己竟能得体地处理了这么一件大事。这是我心中的秘密，谁也不告诉，连妈妈也不告诉。

男女生之间朦胧的情感像云，像雨，又像雾，随着我们年龄的增长，这份情感就会成为永久而美好的记忆。所以，我没有拒绝这第一次约会。我想，一定要善待这份朦胧的情感，因为它是纯洁而真诚的。

少女的肖像

水珠经过太阳的折射，会变成赤橙黄绿青蓝紫的彩虹。十五岁的年华，正像彩虹般绚丽而又变幻无常，给人诗一般的遐想……

烦人的十五岁

走廊上响起轻快而有节奏的脚步声……

我轻轻地拉开一条细细的门缝，他正好走过我家门口，细高个子，浓密的头发，脸上架着一副近视眼镜。

他根本不会发现门缝里那一双黑漆漆、亮闪闪，在偷看他的少女的眼睛。他径直向四楼走去。

我的心突突地跳着，脸颊火烫火烫。

真是的，这些天我都想了些什么呀？朦朦胧胧，飘忽不定，像是躲在云层里的月亮，又像弥漫在江边的晨雾，我常常被这些纱幕般忽隐忽现的思绪苦恼着。一会儿觉得有点莫名其妙的忧伤，一会儿又想痛痛快快地大笑一场，好像在渴望着什么。我自己也理不清这团充塞在我心头的乱麻。

我常常做梦，梦中的我是一个窈窕少女，美丽的长发，美丽的曲线，美丽的衣裙。我站立在海边，一个非常英俊的男子在云端向我微笑，缥缥缈缈地向我走来……近了，近了……突然梦醒了。

我开始寻觅各种爱情小说，躲在房间里看。为琼瑶小说中男女主人公的美好结局无限欣慰，也为古典小说中的悲剧而默默流泪。我很想问问别的小姑娘：恋爱究竟是什么滋味，是甜？是苦？是神秘？是浪漫？

有一天，我去找楼上的阿玲。她和我一样，也是十五岁，长得好漂亮，胸脯高高的，穿一件大红的宽松衫，露出雪白的手臂，配一条牛仔裤，常常骑一辆小巧玲珑的女式自行车。我和她一块出去，小伙子的目光都热切地注视她，对我却是一瞥而过。我有点嫉妒，有点怅惘。

我悄悄问她："假如你喜欢一个人，那么，你敢告诉他吗？"

"嘻嘻，怎么不敢？我会和他一起去玩，去看电影，像电影上那样……真的，谈恋爱很快活，结婚也一定挺有意思。"阿玲轻轻松松地说。

谈恋爱快活？这么说，她一定已经谈过恋爱了？

"以前我不知道结婚后为什么会生小孩儿，嘻嘻，我现在全知道啦。"阿玲耸耸微翘的小鼻子凑过来神秘地说。

我的心狂跳起来，鼻尖上沁出了一颗颗晶亮的汗珠。

他就住在我家楼上。

是一个月夜，我睡不着，打开了窗子，月光像水那样涌进了我的房间，风也溜进来了，带着那淡淡的紫丁香的幽香，树影朦朦胧胧地在地板上画出各种图案。我有点烦躁，有点不安，突然听到楼上读英语的声音，那浑厚的、好听的男中音从月光中、花香中传过来，简直像幻觉似的……

"娜塔莎赤着脚坐在窗台上,听着安德烈在叹气,于是她变得钟情于他……"我模模糊糊记起读过的爱情小说。呀! 这不正是我的"安德烈"吗? 是这样的月夜,这样的轻风和醉人的花香,他是在朗读给他的心上人听……从这一刻起,我这个"娜塔莎"要狂热地爱上他了。于是我常常偷看他,希望他也能够注意我。

　　十五岁,多烦人的十五岁哟!

　　这几天阿玲总是很忙,晚上常常出去。打扮得越来越讲究,她把头发束得高高的,抹了腮红,像两个小小的红太阳,嘴唇涂得血红,高跟鞋咔咔响,一点也不像个十五岁的中学生。她掩饰不住内心的兴奋,见了我却故意抱怨说:"有什么办法呢? 外校的男生老是喜欢找我玩。"

　　我很羡慕,希望"安德烈"也能够来邀我去散步,或者看电影,但是我的"安德烈"却一点反应也没有,他没有第六感。

　　我真想和父母说说心里话,可他们忙,妈妈要备课,爸爸要看书。这段时间我好像特别想和爸爸在一起,我找各种借口逗留在他身旁,希望他还像以前那样,用他温热的大手拍拍我的肩膀,摸摸我的脑袋,然后说些什么……

　　也许爸爸觉察了什么,他用极其陌生而单调的口气说:"小莹,你应该去做功课,别到这儿来妨碍我!"

　　一阵孤独、寂寞的感觉涌上心来,眼眶里不禁骨碌碌滚出两行泪珠。我背转身,走回自己的房间,把头埋在枕头里大哭了一场。

　　轻快而有节奏的脚步声终于近了,他走过来了,来了,越走越近了……

　　我像发疯似的突然拉开房门,冲到他面前。他从眼镜片里看着我局促、忸怩、惶惑的神色,惊愕得差点把手中的书掉在地上,奇怪地张开嘴,像是一个圆圆的问号。

真傻呀，我的"安德烈"。我脸上涌起了红晕，努力使自己镇定和勇敢起来，然后羞怯地、文雅地朝他微笑着。

他终于也尴尬地朝我笑了笑，露出两排洁白的牙齿。浓眉下一双挺精神的眼睛，不安地瞅着我。不知不觉中，他的手捏住了我匆匆塞过去的一个粉红色信封。

我像个罪犯似的逃离了现场。

等待我的将会是什么呢？不知道，我也不愿想。反正这封信送到他手里了，我心中漾起甜甜的快意，轻轻地松了口气。

这以后，走廊里再也听不到那轻快而有节奏的脚步声，也听不到他朗读英语的声音了。他似乎从地球上消失了。

"娜塔莎"的梦呀，只有短短的二十四小时。

有一天，我的父母突然找我谈话："小莹，你要注意啊，女孩子十五岁是个危险的年龄，楼上的阿玲就因为'早恋'，后果真不堪设想啊，昨天被送到医院去了……真是个坏女孩！"

我感到一阵悚然，心在往下沉……

也许我从此应该关起那刚刚开启的爱的心扉之门。也许荒唐的恋爱，可笑的单相思，将会使我变成坏女孩。可是心潮还是强烈地撞击着，那种渴求、向往、希冀还是不断骚扰着我。这一切究竟是怎么回事？却没有人来和我说说，也没人来告诉我。

唉，烦人的十五岁！

快乐的十五岁

你一进家门，便会带来一串连锁反应，先是咯咯地笑，然后是撞倒了脸盆架子，稀里哗啦滚下几只脸盆，你笑得更厉害了，于是又踢翻了桌旁的方凳，转过身将书包一甩，又正好把桌上的花瓶甩到地上……

妈妈皱起了眉头："频频，你整天毛手毛脚的。"

爸爸叹口气："唉，这丫头，老是风风火火，不得安宁。"

你嘟起嘴说："我又不是故意的！"忽然你想到了一句雄辩家也难以驳倒的话："谁叫你们把东西放得不好！"看到爸爸妈妈惊诧得变了形的脸，你觉得更好笑了，笑得透不过气。

你做作业也不安分，一边听着收音机播出的轻音乐，一边往嘴里不停地送着话梅，斜着身子写字，斜着身子去抓吃的。

你想唱歌了就唱，天天都要唱，喜欢唱。校园歌曲、流行歌曲一支又一支，自我感觉很好，越唱越开心，越唱越响亮。

姐姐捂住耳朵从里屋奔出来大叫："你小点声行不行，吵死人了！"

你不在乎，凭你的嗓子圆圆润润又带点沙哑，是可以当个小歌星了。你回敬姐姐："你嫉妒了吗？人家是一颗将要升起的新星！"

这天，姐姐带来一个小伙子，又高又大，身高差不多有两米。姐姐让你叫他"哥哥"，你不叫，凭什么对这陌生男人叫哥哥呢？你看了他的高大身材和小姑娘似的腼腆样子觉得好笑，便肆无忌惮地咯咯笑个不停，把这位"哥哥"闹了个大红脸。

笑完之后，你又仰起脸来打量他，从下到上，在他的脸部足足停了两分钟。你的脖子好酸呀。你做了个鬼脸脱口而出："嗬，大人国来的巨人！"

以后你每次见到他就叫他："喂，'巨人'！"

"巨人"经常来你家，他十分欣赏你的歌喉，这使你很快乐。你说，全家没有人能像"巨人"那样理解你。"巨人"常常弹起吉他为你伴奏，你便唱起来："我心里埋藏的小秘密，我想要告诉你，那不是一般的情和意，那是我内心衷曲……"你模仿歌星的样子，一会儿对伴奏的人唱，一会儿对观众唱(那是父亲和姐姐)。高兴了，你还会和"巨人"跳迪斯科，一高一矮，扭得和谐，但也十分滑稽。那时，"巨人"就变成了一头十足的大笨熊，扭动着粗腿，粗胳膊，粗腰，大脑袋。你看了便会大笑起来，笑得脸上挂着晶亮的泪珠。你站到桌上大声宣布：家中和平、安乐的气氛，是你创造的，你是快乐之神！

"巨人"和你平等相处，你和"巨人"成为朋友了，只要是发生在你周围的有趣的人和事，你都会叽叽喳喳地告诉他。

"嘿，真带劲儿，放学后一个男生递给我一张小纸条，说请我上他家去做作业，他家里有好多旧唱片，让我尽情欣赏。"也许别的小姑娘会把这样的事当作秘密，而你却不当一回事，嗓门儿挺大。

"那么，你去吗？""巨人"问。

"你说呢？"你笑起来。

"那得你自己决定。"

"可惜那些唱片是旧的。"你又笑。

"喂，'巨人'，再讲个事给你听听。我们数学老师是个老头儿，上课时老咳嗽，他常常在口袋里摸索半天，然后摸出一块皱巴巴的手帕擦嘴。今天上课时，他又在口袋里掏了好久，谁知道竟掏出来一只长长的，富有弹性的尼龙袜子。起先他还没发觉呢，拿着那袜子就往嘴上送，我实在忍不住了，便大叫起来：'别擦，那是长筒袜！'于是全班哄堂大笑，老师也跟着我们笑，眼泪都笑出来了，我的肚子笑得痛死了。"你一边说，一边做着滑稽的动作，说完你倒在沙发上一个劲揉肚子。

"巨人"也大笑起来，他的笑爽朗、浑厚，感染了里屋的姐姐，她跑出来笑得倒在他身边，接着妈妈从厨房里出来也莫名其妙地笑，最后连平日一本正经的爸爸也忍不住笑起来，眼镜似乎也忍不住笑起来，一颠一颠地往下跳，要从鼻梁上掉下来。

全家每一个人的笑神经全部搭牢，你是中枢神经，这使你大为开心。

以后，你改称"巨人"为"巨人哥"了。因为"巨人哥"已被你接受，他在你心目中终于坐稳了哥哥的宝座。

你觉得生活中到处充满了阳光，连夜晚的月亮你都觉得是橙色的、柔和的。你想对月亮讲话，挤眉弄眼想逗月亮笑，费了好大劲也是白费心思。

有一次你和同学去郊游，死活要把家中新买的照相机带去。你坐在草地上正和女同学嘻嘻哈哈地笑着，吃着东西，不知谁喊了一声"班主任来了"，你们赶紧逃，把照相机掉在地上，摔坏了。这天你呆呆的，没讲话。但到了下午，你又唱歌了，使劲憋着嗓子，姐姐问你照相机坏了怎么办，你说："我赔不就得了，抽屉里还有压岁钱呢。"你心里是一片纯净的蓝天，不知道什么叫烦恼和忧愁。谁不羡慕你这快乐的十五岁，金色的十五岁啊！

姐姐和"巨人哥"到海南岛写生去了。没几天，姐姐来了一封信，信上说爱情真没意思，她后悔爱上了那个"巨人哥"，他们吵架了，要分手等等，写了一大堆气话。

你纳闷了半天,奇怪得要命,爱情是这样的吗?你根本没想到姐姐有一天会和"巨人哥"分手,你以为两个相爱的人,只要拉过手、接过吻就不会再分手了。那天,你做作业做累了,跑到里屋去拿吉他,看见姐姐正和"巨人哥"拥抱在一起,你觉得很有趣、很好奇,也很开心,在门外听他们说话。姐姐喃喃地说:"你是我梦中的你……"那"巨人哥"也轻轻地说:"白帆载着我,也载着你向茫茫海天驶去……"反正说来说去,反反复复都是这样的话,于是你故意在门口跺着脚吓唬他们。一会儿他们拉着手出来了,满脸的笑,满脸的幸福。你冲他们大笑,他们也冲着你笑。

"巨人哥"怎么会和姐姐吵架了?真没羞!海誓山盟原来是骗人的,你气呼呼地坐下来写信,你想写好多话,还想到要引用名人关于爱情的名言。你去翻书橱,把书弄得乱七八糟。最后你决定不用那些"参考资料",提笔就写:"亲爱的姐姐:假如'巨人哥'欺骗了你,不要难过,不要悲伤,抬起头来走向前方,那里有玫瑰的芳香,有夜莺的歌唱,有父母的爱,还有我这个妹妹的力量,我将保护你,不惜一切牺牲和巨人较量……"为了表示你的立场,你重重地在后面加上三个又大又黑的惊叹号。

过了一个月,当你还在为姐姐的爱情愤愤不平时,姐姐和"巨人哥"突然出现在门口。他们亲亲热热地回家来了,姐姐偎依着他,仿佛什么事也不曾发生过。而你却把眼睛瞪得有鸭蛋那么大,你渴望做姐姐的坚强后盾,可姐姐竟背叛了你……

没一会儿,"巨人哥"和以前一样弹起了吉他。你忘记了一切,高高兴兴地唱起来,边唱边向姐姐他们调皮地吐舌头。

你又笑了,笑得很开心,尽管你稚气的眼睛里带着许多问号,生活中有许多事你还弄不明白，不过你也不想弄明白。生活在你眼中，是那般美好、绚丽。你真心诚意地向它问好！

笑吧，唱吧，快乐的十五岁！

谜样的十五岁

她很喜欢找点刺激——如果今天天塌下来，我就带上个大饼，钻到壁橱中去，然后等人来救。那时学舍塌了，老师不去了，哈哈，不用念书啦！

她常常躺在床上看侦探小说，有时看得毛骨悚然，用被子蒙住脑袋，有时又高兴得哇哇乱叫："哈，破案了！"

她喜欢热闹、新奇，很愿意开点玩笑。

有一天，她在课堂上惊慌失措地报告老师，说她放在书包里的两百元钱没有了。

她说得头头是道，有鼻子有眼的，妈妈怎样给她两百元钱，让她买一架小录音机学外语，她又怎样小心地塞在一个小信封里，放进了书包，可是上完体育课，钱就不见了。

老师又气又急，把全班同学留下来查问此事，没有人承认。实在无奈，报了警。

很快，事情就弄清楚了，她自己记错了，根本就没有把那两百元钱带到学校里来。公安人员狠狠地批评了她一顿。谁知她竟笑嘻嘻地说："你们还真有两下子，这么快就破了案！"大家为之瞠目。

她突然被琼瑶小说迷住了，变得文文静静。一会儿觉得自己像《在水一方》中的杜小双，便试着写了很多朦胧诗；一会儿自己又变成了《心有千千结》中的女护士，还把家中的阳台当成是烟雨楼，靠在阳台上望着星星叹气。

看腻了琼瑶的小说，她又对撒哈拉沙漠里的三毛狂热地爱起来。

她向往着有朝一日能够到沙漠去，单峰骆驼的驼铃声，叮叮动人地响着，昏黄浑圆的落日把沙漠照得金光闪闪……她似乎看到了三毛和荷西搭的帐篷。她兴奋、激动，简直想大叫起来。

她想当科学家，做中国的居里夫人；想当探险家，到黄河的源头用橡皮筏顺流而下；文学家也不错，她一定会写出使中学生一面看、一面流泪的巨作。

她懂得，要达到这个目的，就得成绩好，成绩好就得分数高，这是她的逻辑，简单明了。期中考试卷发下来了，数学清清楚楚是89分，她伤心地哭了。

可等她哭够了，就一觉睡到第二天中午，她醒来后就像完全忘记了前一天的伤心事，又开始随心所欲地去做自己喜欢的事。

她无拘无束、任性，一会儿下雨，一会儿天晴。

她幻想着出走的乐趣。

这天，她从柜子里翻出了一只大挎包。妈妈说这包曾用来装她小时候的尿片。她觉得很滑稽，吃吃地笑，然后在包里塞进一条白色牛仔裤，一件红衬衣，两块巧克力，一张全国地图。

离家出走，心里兴奋得要命，她后悔没养条小狗，要不身边带一条聪明非凡的小狗，一定更有浪漫色彩。

走啊走，没多久肚子就饿了，掏出巧克力吃了一块，真香，忍不住又吃了一块，只一会儿，还是感到饿。

天黑下来，突然想家了。柔和的灯光，温馨的小房间，十几个会摆动的小玩具，还有做了一半的作业。她当机立断用剩下的钱买了回家的车票。她不想出走啦，出走一点也不浪漫。

没多久，她开始变了。

走进走出不说一句话，见到爸爸妈妈也不理。回到家来在一个小本子上伏案便写。写完之后鬼鬼祟祟地看看四周，然后"嗒"地锁在那只属于她一个人的小抽屉里。

小本子是日记本，扉页上用黑墨水醒目地写着：未经本人允许，一律不准偷看，偷看者法律制裁！

她变得爱和父母顶撞，用挑剔的目光看着妈妈走路的姿态，心想："真像一只老母鸭！"看到爸爸读报的样子，头一点一点的，很像鸡啄米，便无端地大笑起来。

她在小房间的墙上贴了好多相片，有月光下的少女，有音乐会上的两姐妹，还有美国电影明星。墙壁五彩斑斓。而且还不断地往上面贴。不但贴，还自己画，画的都是长头发、大眼睛的外国女郎。上课时也画。每本书和练习本上，都是一个个美人头。这是她心中崇拜的偶像。

她变得特别爱唱反调：妈妈唠叨她爱打扮，她索性穿起了牛仔裤；爸爸劝她考重点学校，她偏说不做分数的奴隶！

她爱听梦幻的音乐，肖邦的，舒伯特的，听得痴痴的，眼睛闪着亮。

手上捧着的书不再是冒险和侦探，她竟也看起了厚厚的《战争与和平》，似懂非懂，脸上显现出一种迷迷茫茫的神色，可她还在看着。

她的朋友多起来了，都在一个城市，居然有人给她写信，她也给别人写。信里常夹一张小小的、精致的卡片，上面印着："祝福您，这属于您的日子，生日快乐！"有时还夹上几瓣散发着淡淡清香的玫瑰花瓣。

第一次收到信，她欣喜地跳起来，迫不及待地去撕信口，对站在一边大惑不解的妈妈说："这是我们女孩子的事！"

她的身体一下子变苗条了，胸口也鼓起来，一说话脸上泛起淡淡的红晕，还汪着两个小酒窝。她变得爱照镜子，注意别人时新的衣衫和时新的发型。

妈妈吃惊地看着她，连声说："女儿变得太快啦，认不得了，唉，真是女大十八变哟！"

呀，变幻着的、谜一样的十五岁！

加拉
白垒

一

远方的山谷之上，它就在那里，背靠着湛蓝的天空，壮美又安宁，宛若一尊慈祥的神像。只有缠在它宽阔肩头的云朵在快速地飞翔，提醒着它所庇护的世界时光的流动。

"央迈，那么，我们十天以后，还在这里见面，好吗？"父亲回过头，右手提起那根闪烁着银光的登山杖，敲了敲脚边碎石堆中一粒硕大的圆石，走向前，捧住央迈的后脑，吻了吻她的额头，"你能做到的，我们都能做到。"

这便是告别了，央迈知道。她张开双臂抱紧父亲雪松般厚实的身子，目光却难以离开加拉白垒那嵌入天幕的巨大山体。

父亲不再言语，转身上路，在阳光的凝视下慢慢变成央迈视野中一个茶色的小点，在天地之间，在不远处的冰川下，变得不可触碰。

央迈迟迟不愿移动哪怕一步，她试图去记忆这个时刻，记忆碎石在她的鞋底为她留下的模糊触感和山风对她冰凉面颊的反复研磨，也试图回想究竟是什么时候，她与父亲拥有了此刻的约定，计划好这一趟旅行，也终于在无人的荒野分道扬镳，走向各自的征程。

"央迈，我们该上路了。"这个声音对注目远眺却再无目标的央迈来说太过陌生。山谷上方尖啸的风声里，这近在咫尺的呼唤听起来如同幻觉般细弱。

央迈在两天前认识了亚丁，来自雪山西麓鲁朗村的男孩。父亲在亚丁家残旧的土屋门前大笑着抱住这个羞涩的少年，招呼央迈。亚丁古铜色的面颊上有一道牛角状的伤疤，他望向央迈，不自觉地抚摸着脸孔，似乎想遮住那道只属于他的神秘印记。然而，当他们在凌晨时分离开鲁朗村村口斑驳湿滑的石阶，进入雾气弥漫的森林小道时，亚丁告诉央迈的第一个秘密，就是这道来自童年的攀爬之痕。

"我只是想上到那石柱子的顶上，看看我们村子下的林海。"亚丁解释道，语气里有愧疚，像是犯了难以挽回的错，却掩饰不住对登山的渴望与向往。

尽管央迈和父亲对这条路线计划了很久，但她明白，她和亚丁将要面对的绝不是一条轻松的旅游路线，他们要渡过奔腾的激流，跨过积雪的高山垭口，穿过遍地裂缝的冰川，也许还会遇到暴雨和山崩。央迈努力不去想那些未知的危险，她深深呼吸，安静地注视亚丁深棕色的双眸，感到初见雪山时的压迫和恐惧削弱了一分。有了这个熟知大山的淳朴少年，也许这段环山的旅程才真正有了实现的可能。

现在，该上路了。央迈终于把视线撤出了直面自己的魔鬼似的冰坡，那被喜马拉雅山风侵蚀得如同千万条雪蛇蜿蜒爬过、壮丽而汹涌的雪原。她就在这个时候忽然明白过来，这一次，父亲在加拉白垒山下离她而去，才是旅程的目的。这标志着属于央迈自己的登山生涯终于启程，从此，她必须独自判断途中的风险，或许很快也能彻底自由地感受天地万物。

哪怕她才十六岁。

"亚丁，你说这会儿容易吗？"央迈轻轻地说，像是问自己。他们正在离开视野宽阔的山口，面前是一段崎岖的下坡，朝着河谷的方向。

"阿爸可是要上到雪山顶的呢，我们的路，不算什么。"亚丁的呼吸显然更平稳，其实他比央迈还要小一岁，只是山区和峡谷的风雨气象都似乎通过那道精巧的伤疤渗入了他的肌体，告诉他的心肺应该如何面对不同的环境。

"那么，普天下的山峰，最美的是哪一座呢？"央迈本以为亚丁会斩钉截铁地告诉她，是父亲正在前往的那一座。

"在河谷的对岸，躲在雾里，你看不见她。我们都叫她羞女，很少有人能见到她，因为她太美丽了。"亚丁伸出红彤彤的手背，指向云雾缭绕的南方，"上一次阿爸来的时候，他见到了，因为他是个好人，仙女才愿意见他。"

加拉白垒却不像它故弄玄虚的姐姐，它拨开云雾，注视着自己脚下两个步伐灵动的少年，穿行在森林与垭口之间，在它亿万年来守护着的一方沃土上留下轻浅而清晰的脚印。

二

央迈跟在步伐稳健的亚丁身后，感受裹挟着针叶林特有清香的空气浸润胸腔，思绪渐渐明朗。几年前，父亲第一次来到大峡谷，认识了同样热爱登山的男孩亚丁，父亲希望亚丁能成为一名优秀的向导，让外来的登山家和旅行者更深入地了解亚丁的家园,感受大峡谷震撼人心的美丽,同时也能够改变亚丁的生活和命运。

央迈想念父亲沧桑的脸庞,他的眉角似乎永远粘着几粒无法剥离的雪山冰晶,在距离阳光更近的高山上熠熠发光。停下脚步时,他坚毅的目光望向山顶缥缈的旗云,自信地扬起嘴角,重新迈开步子,缓慢而坚实。陪伴他一路上山的却只有偶尔掠过头顶的苍鹰和自己粗重的喘息。

"当心,央迈!"亚丁的吼声划破了她安静的回忆,她失去对脚下的专注太久了,丝毫没有注意到前方的危险——山坡上有成群的灰色石块正在滚落,赛跑般地滚向谷地,腾起几米高的扬尘。然而这一切在空旷的荒野却又是如此静谧,它们行动得悄无声息,像是精心布置的一个危险陷阱。亚丁神情紧张却也镇定,拦在央迈身前,注视着不远处的滚石阵。央迈觉得歉疚,闭起眼,恼怒地甩甩头,父亲常对她说,登山过程当中,没有什么比失去注意力更致命了。

两人一前一后等待许久,直到阳光照向山谷的另一边,他们才重新踏上步道,转过滚石坡的下沿,小心地进入河谷。亚丁指着远方冰川尽头几个移动的白点:"那是个背夫小队,他们要去加拉白垒的营地。"满载物资的背囊压弯了他们的腰,包裹住他们的上半身,纤细的双腿迈出的步子倒是平稳踏实,在乱石嶙峋的羊肠小道上有序地前行。央迈默默为他们祝福,恳求神圣的山峰对这些攀登者宽容些。

他们离开陡峭的山崖,面前广阔碧绿的高山草甸铺满了央迈的视野,一条青蓝的大河切开大地,婀娜地在山岭中舞蹈,泛起纯白的浪花,不顾冰砾碎石的阻挡,一路向东狂奔。亚丁消失了一会儿,就在央迈四处找他不见的时候,他又出现在不远处的山坡上,手上竟握着几朵漂亮的山花。

"现在是花季呢，"亚丁把色彩缤纷的小花放进央迈手里，"我只认得这白色的，它叫葶苈，可不容易见到。"

央迈轻抚这几朵娇艳的野花，小心地把它们放入口袋。她忽然看到在山坡上有一个敏捷的身影在裸岩中穿梭，她招喊亚丁，亚丁定睛一看："是雪豹。"

哪怕距离很远，央迈还是可以分辨出雪豹奶黄色皮肤上玫瑰形的黑色斑点，它像精灵般如履平地地奔跑在雪线附近，不一会儿就消失在灰岩巨大的阴影当中。虽然转瞬即逝，央迈还是激动得难忍泪水。父亲对她说过，如果能看到雪豹，那说明大自然爱你，愿意让你见到世间最灵动的生命。

"大河、野花、雪豹，我所目睹、触碰并且为之感动的自然，这一切都关于什么呢？"当他们穿越这片平缓无垠的高山草原时，央迈依旧沉浸在思索中。父亲对群山的热情和渴望带着她来到这世外净土，她感到自己被那来自生命本源，难以名状的雄浑力量拥抱、爱抚着，也被推动着前往未知的前方。

从鲁朗村到山南侧的潘拉寺有整整三天的路程。央迈和亚丁在星光璀璨的黑夜里搭起帐篷，宿营于旷野。央迈并不觉得这有多困难，她早在几年前跟着父亲去登山时就有了风餐露宿的经历，那是在天山脚下，遥远的北疆。此刻，没有父亲在身边，寻找合适的营地、生火烧水煮面，这些本不需要她关心的事情都必须亲自去做了。她看着疲惫的亚丁沉沉睡去，平静规律地轻声呼吸，自己却难以入眠。终于进入梦乡，脑海中也多是泥流和猛兽，这让她几次惊醒，害怕地走出帐篷，看看是不是真的发生了地震，或者被狼群包围。

他们在不同的海拔高度中艰难跋涉，湿地草原处处充满泥潭和沼泽，前人留下的古栈道腐朽脆弱，有些地方两人只能脱下鞋袜蹚水而过；寸草不生的荒凉山谷让他们不寒而栗，溃塌的滑坡上总是有落石下坠，封住他们的必经之路，他们只能屏住呼吸全力冲过滑坡面，与死神打了不止一个赌；而在高处，为了穿过一道深不见底的冰裂缝，两人在冰川上寻找许久，才终于在裂缝的最窄处踏着一条摇摇欲坠的石架渡过难关。

三

终于，经过两个昼夜的跋涉，在寺院的不远处，出现了一条宽阔的大路，两排挺拔的杨树卫士般伫立着，彰显着与周遭密林的区别。这座沙石铸成的古老庙宇就在大路尽头荒凉的石阶上，宛若一座苍凉的土城。寺院浑黄色的外墙四处开裂，有些地方已经坍塌。它就像一个老迈而孤独的僧侣，在蓝天、山脉与草原的三重奏之间茕茕孑立。

几头乌黑的牦牛在墙外踱步吃草，远一点的地方有四散的羊群，围着山脚下的一条清溪，怡然自得地徜徉漫步。央迈丢开这几天提着的心，奔向草原，欢叫着，奔跑着，她渐渐发现她离牦牛和羊群竟然是那样遥远，就算跑到力气全无也不可能到它们跟前和它们说说话。但她还是要奔跑，草原赐予了她奔跑的冲动，她觉得自己就是一匹快乐的马驹，或是一只好奇的小兔子，在草原和山峰之间感受家园的清风和水汽。她不愿停下，也没法停下，直到耗尽了残存的所有力气，她才坐上一个敦实的草垛，傻笑着望向遥不可及的羊群。

他们在寺院宁静的墙院中休整了一天，准备选择另一条靠山的小路向北前进。

不过央迈永远都弄不明白，究竟是什么力量注入了南方汪洋上的那一朵小小云团，推动着它贪婪地膨胀、扩张，发疯般径直向着这座雪白的神山呼啸而来，终于变身为一场暴虐的风雪，不可逆转地改变了她的旅途。那一天夜里，她和亚丁走在晴朗无云的星空下，一起翻越了行程中最高的明玛山口，终于望见前方古朴的季岭村。这个村庄屋宇密集，像是在两座大山的缝隙处铺下了一张棕色的巨网。央迈用心算了算日子，今天就是父亲冲顶的时候了。父亲现在大约会在望得到山顶的营地里。海拔很高，他睡不稳，半梦半醒，到了凌晨时分，他在月色中启程，轻装前进，在缺少氧气的山脊上与高空的风搏斗，完成最后这段最困难的路程。十个小时之后，父亲就会站在加拉白垒的顶峰，振臂高呼，深吸一口气，面朝故乡的方向，长跪不起，感谢神山保佑他有惊无险地一路走来。透过山顶的彩云，他也许会又一次看见大峡谷对面耸立的仙女峰。从那个高度看，景色一定无比壮丽。

"对了，"央迈兴奋地告诉亚丁，"爸爸会把我的照片留在山顶，那是我第一次学习攀岩的时候拍的。"

"那你可不是永远被留在了山顶？"亚丁说笑道。这些日子和央迈一起同甘共苦，让他不再像最初那般羞涩。

"如果有一天，我登上了加拉白垒，找回那张照片，看看小时候的我，会不会也是一件幸福的事呢？"央迈幻想着自己站在山顶的样子。

"总有一天我们也能爬上最高的山，"亚丁的梦想可不仅仅只在大峡谷，"我要去珠穆朗玛的山顶看星星。"

山风迎面而来，央迈不再说话，她想象父亲安全归来的场景，全身就不再感到寒冷。她相信这一切都会发生，她只需要走好自己剩下的几天不算太难的路途，就能和父亲再见了。

然而同一时间，来自大洋深处那愤怒的风暴已经来到了山脚。云层奋力撞向高耸的加拉白垒。乌云下，树叶般大小的雪片狂怒地倾泻，迅疾地将山道上的央迈和亚丁吞噬。央迈从没见过这样恐怖的天气，她眼睁睁地看着灰黑色的冰冷浓雾由远而近，将自己团团包围，她再也看不见亚丁，更听不见亚丁的呼喊，甚至连自己的双腿都看不清楚。她唯一的念头，是抽出腰间那一支小巧的冰镐，紧紧攀住身边的崖壁，半蹲在风雪中，一步步向着记忆中村落的方向移动。她觉得窒息，思绪被抽离了身体，胸口发紧，一步步失去了感知和意识，只有透过雪花之间狭小空隙的呼吸维持着一点点残存的信念：不能停下，停下就是被雪掩埋，被山神和风神一起收走。

可是雪越下越大，肆无忌惮地压在央迈头顶。积雪没过了她的双膝，每一步都要花费太多的努力。"好累啊，我不走了。"她像是要放弃，弱弱地叹息。

她已经不知身在何处，路在何方。她坐下，眼前是绵延的雪山，像一群静坐的白发高僧，它们弯腰的时候，冰川就气势磅礴地顺着山谷一泻千里。一条围巾般的大河在山腰处改变了原本的流向，切出一道幽深的峡谷，峡谷孕育了森林草地，成群的牛羊在峡谷中来回奔跑。央迈在雪线上注视这温暖的世界，渐渐失去体温。她的身边没有植被和动物，只有无情的冰雪和岩石。她感到自己正在向天空和河流道别，就像亚丁采下的小野花，一言不发地离开，接受它们的宿命。央迈想合上眼放松地睡去，永远不用再面对这些她永远无法征服的山峰了，她只想回到青草地上，做一只在溪边吃草的小羊。

四

然而一切都没有结束啊，央迈。这个声音像是父亲的，也像是亚丁，更像是自己。央迈用她似乎是最后的好奇睁开眼，竟看见一只雪豹兀立在她跟前，琥珀色的眼睛望着自己，目光透出一股能化冰融雪的暖流，就像朝阳的光，却又更细腻轻柔，穿过纷飞的大雪，照亮央迈灰色的脸颊："我们还得赶路呢，翻过这面悬崖，你就能看到金色的山峰了，跟紧我。"雪豹说完转过身，仿佛确定央迈会跟上，头也不回地向前走去。央迈伸出手，想抓住雪豹的尾巴，手心却只有坚硬的雪。她叫着"等等我"，却发觉自己哽咽无声。"我得去看那群山的日出，爸爸会在那儿等我。"她鼓足力气，从大雪里站起身，重新回到路上。她这才注意到，几只高山兀鹫在头顶的低空兜着圈，迟迟不愿离开。天色依然漆黑一片，雪豹矫健的剪影映在大雪的帷幕中，在不远的前方散发出青幽色的微光，为她照亮脚下。

她远远望见了父亲的营帐，显眼的玫红色帐篷像是一朵开在刀削般的山坡中央的红莲。央迈走进营帐，里面却空无一人。"爸爸大概还在去山顶的路上呢，我就在这里等他。"她坐下来，觉得安心，再也抵挡不住扑面袭来的疲乏和困倦，沉沉睡去了。她知道等天亮了，父亲会刮刮她的鼻梁，摇醒她，和她说说顶峰的景色，带她下山，一起回家。

央迈觉得自己全身被坚冰包围着，一翻身，跌入一个黑洞般的雪窝，失重地下坠了不知多久。夜色渐渐消散，她听见了人声，也似乎看到几个人影向她跑来，这些影子踩着她周身的厚雪吱吱作响，他们抬起她，她觉得自己轻得像一条丝巾，却压得他们几步一停。他们走得好慢，像是怎么也到不了村庄。央迈感受不到自己的双手和双脚，又昏昏地睡去了。

"央迈，快醒来吧。"亚丁近乎哀求的呼喊穿过央迈耳中细碎的冰碴，央迈感觉自己终于拨开大雪，重回了人间。她的知觉缓慢地恢复，她看到自己的手脚浸泡在腾起雾气的热水中，头上耀眼的阳光让她不得不闭上了眼。她想哭也想笑，僵硬的脸却做不出一个表情。

"你没事了，"亚丁的泪水滴落在她的额头，她觉得这触感像极了父亲留给她的那个吻，"幸亏你晚上自己摸索着走下了那个山口，又顺着路在雪里滚下了山坡。要是你到不了山坡下面，我可就真的找不到你了。"

是啊，我真幸运，我也以为自己走不动了。央迈在心中默语。谢谢你，亚丁，谢谢你。

"雪山保佑你，派我和几个好心的老乡把你抬回了村子。"亚丁忽然想起了什么，"阿爸他还在山上，雪山也一定会保佑他。"

虽然自己挣脱了死神的锁链，但是一想起父亲，央迈就觉得头痛、心痛，害怕又惶恐。

两天后，他们再次启程了。阳光爬上央迈的面庞，空气沁入她的身体，一切温柔如初。他们面前出现了一个山间大湖，湖水澄澈如镜，碧波荡漾，湖岸四周却岩壁耸立，寸草不生，枯树成林。央迈和亚丁登上当地村民一艘细长轻快的彩色渡船，小舟划开湖水，向下游漂去。加拉白垒壮阔的躯体扎入湖中，风雪过境后的神山看起来更加纯洁安宁。央迈紧锁着双眉，竭力眺望，祈祷山神能保佑父亲平安下撤。他们顺流而下，亚丁回望湖岸尽头锯齿般的山峰，告诉央迈："这是个堰塞湖，十年前的一场大山崩掩埋了河边的两座村庄，堵住河水，切断山路，河变成了湖，人们的交通工具也变成了小船。"

央迈一怔,她感到浑身发热——这趟生死旅程的意义终于混合着她的记忆逐渐清晰起来,就像一只大手,在天空中揽住灿烂的阳光,涂抹在她的面颊上,让她感到不可思议的幸福和感动。"我给你讲个故事吧,亚丁。"亚丁点点头,抱住双膝,坐到央迈身旁。

很多年前,有一个男孩,他生来喜欢爬山,就像你,亚丁。他对山峰有着别样的迷恋。他年少时就爬遍了家乡附近的所有山头,但他做梦都想着去攀登更高的山。长大以后,他离开家乡,如愿以偿地来到天山和昆仑山,总是挑那些最高最险的山峰,独自上到顶,然后迅速下山,不留痕迹。他乐此不疲,永远在山峰之间的路上奔波,每一次攀登都让他感到满足和快乐。后来,他一路向南,来到了雄伟的喜马拉雅。喜马拉雅高耸的雪山让他沉醉,却也注定不可能让他轻易地攀登。于是他留了下来,生活在山区,和雪山成了邻居。

直到有一天,他在大峡谷和一支登山队不期而遇,队里竟有个年轻的女孩。男孩和女孩都热爱雪山、天空和自由,一见如故。虽然那一年季风来得太早,他们没能登顶,男孩和女孩却收获了彼此,他们相爱了,一起下山,开始了新的生活。

两年后,心里始终放不下雪山的男孩女孩做足准备,再次来到加拉白垒。但在前往顶峰的路途上,迎接他们的竟是一场无情的雪崩。暴雪中,耗尽力气的男孩没能在陡峭的悬崖上救回女孩,他的运气差了一些。

央迈不再说下去,亚丁却想知道结尾:"故事像是还没完呢。"

"好吧,后来,男孩放弃登山很多年,成了一个攀岩教练。直到有一天,他对我说:央迈,我总是还得再去一次加拉白垒,那是一切开始的地方。这次，我要登顶，你走一趟环山的路。"

夕阳西下，起风了，风声破开水面，飕飕地响。雪山在黑夜即将降临之时为大地留下一抹炫目迷人的金光，这个熠熠生辉的瞬间仿佛一场永远不会流逝的梦。

"我想我不会停下来了，亚丁，我会跟在男孩和女孩的身后，去登山。"

"我可以一直做你的向导。"亚丁语气坚定。在他身后，夜色笼罩，群山无言。

又是个风轻云淡的好日子，央迈回到了与父亲分别的雪坡下。威严的加拉白垒在群山簇拥中露出真容，俯视脚下生机盎然的大峡谷。

"爸爸，亚丁和我完成了我们的旅程，你呢？"

央迈与亚丁踏上碎石堆，静静等待着。

姐
姐

Jiejie

以后的日子，我也许还会继续流浪，在这极大又极小的世界上，寻觅着，创造着自己精神的家园。

——张抗抗

夜航船 🌳

　　我要记下关于夜航船的事，是因为自从我在五岁那年坐过夜航船之后，我便从此再没有能够摆脱它。天快黑下来时，我们踩着一条宽宽的跳板，走上了一艘木船。

　　记忆中的那条船，船篷很特别地刷成长长一排白色，在暮色里看上去灰秃秃的。船篷下黑黝黝的，使人想起山洞和妖怪。我呆望着船舷两边悠悠荡去的河水，迟迟不肯走进那"山洞"去。

　　后来有戴着毡帽的老头，吆喝着推移那些船篷，篷原是半圆形的，像一把弯弓。他们把几张篷叠架在一起，就有黄昏的余光照出了"山洞"的原形：竟是一舱底擦洗得晶亮的船板，从头铺到尾。贴着一边的篷角，有几十个卷起的铺盖，下面露出船板旧而干净的木纹。那木船的宽度，恰好可躺下一个人。已有陆续弯腰进舱来的旅客，规规矩矩脱下自己的鞋放在铺板一角，然后歪下身子，在蓝花布的棉垫上七仰八叉地躺下去……

　　那会儿我忽然意外地发现，唯有五岁的我竟然不必弯腰就可以走进那低矮的船篷里去。

我发现所有的大人在钻进船篷之前,就已低下头做好了弯腰的准备。

我发现所有的大人一旦钻进了船篷之后,便再也不想或不能站立起来。

于是我以极快的速度从船头到船尾跑了一个来回,在船板上使劲踩着我红色的灯芯绒棉鞋,用小手拍打那坚硬冰冷的船篷。我居然可以挺直了胸脯,趾高气扬地直立行走在这条船上,自由奔跑跳跃,我感到船身在我微不足道的小身体下轻微摇晃起来。

我真希望一辈子坐夜航船。

那船篷终于被平平实实地拉合上了。一层压一层,很像冬笋的硬壳。船篷两头挂起了厚厚的棉帘子,船篷中央吊着一盏昏暗的汽油灯,若隐若现地照出篷顶上一根根弯曲的竹筋和编成十字形花纹的竹篾。忽然有一只大手拧灭了那悬挂的汽油灯,四周一团漆黑。黑暗中有一亮一灭星星点点的红火闪烁,我的喉咙被弥散在四周的那股呛人的烟味熏得痒痒。我拼命睁大了眼睛,觉得自己像是被塞进了一只黑匣子顺水漂流……

我嘤嘤地哭起来,我的心里充满恐惧。那时我还是一个地地道道的小女孩,我从来只有在自己家里的床上睡觉。那么,难道这些大人上船就是为了睡大觉来了?这些大人真是一点都不懂事。

船舱里很快安静下来。从船舱的另一头传来低低的咳嗽声和喘息声,还有船尾那些被捆绑的活鸡鸭发出的暗哑的挣扎声。在那些声音的间歇中,渐渐升起一种有规律、有节奏的响动,像是什么人在开启着一扇古老的木门,又重新合上,周而复始……

是摇橹人草鞋踏着船帮的声音,妈妈说。

又夹杂着断断续续的音乐。好听，却悲哀。像运河的摇篮曲。

是摇橹人唱的小调，妈妈说，摇橹人很苦。

似乎因着这橹声，才知自己确在行走。船身随木桨一左一右地摇摆，倾斜中，我觉得自己轻微地眩晕。

便缠着妈妈讲故事。

橹声渐渐远去，像消失在小巷深处的卖炒白果的竹板。

却不知为什么我越发地眩晕起来，手心沁出了一层湿汗。后背的棉袄烫得像刚灌好的热水袋，喘不过气。我热，我说。那时我不会说闷，其实一定是闷。我闻到空气里有一股呛鼻子的臭鞋臭袜子味儿，还有陌生人的陌生气味。像笼子一样，我难受，我大声说。那时我不会说窒息，其实一定是窒息。

有人猛地翻了一个身。

我觉得自己也被人猛地翻了一个身，什么东西从心口使劲往上蹿。我呃了一声，我听见妈妈慌慌张张地搜寻着什么。终于我哇的一声——有股热乎乎的东西从喉咙里喷出来。我死死抓住妈妈塞给我的一只冰凉的圆盆，在黑暗中倾其所有地吐了个痛快。

天亮后我才看清妈妈塞给我的那只圆盆竟是一只痰盂，就是离开家时，妈妈一直让我自己用网兜拎着的那只洁白的小痰盂。既然妈妈明知道坐夜航船会呕吐，为什么还要带我来坐这令人呕吐的夜航船？

记不清我吐了几次，那条一摇一晃的夜航船始终没有放过我。它好像因着我的不肯睡下而故意惩罚我。它好像更喜欢那些乖乖趴下的大人。后来我听见在船的另一头也有人发出哇哇的声音，原来大人们也难逃呕吐，既然他们知道要呕吐，为什么还要坐这令人呕吐的夜航船呢？

我便吵着要尿尿，也许真实的小心眼儿是想离开这憋气的船舱。

后来果然就让妈妈牵着，跌跌撞撞地从那一个个铺盖卷的空当中小心地跨过去。当妈妈撩开那厚重的门帘时，我第一眼看见的是深蓝的河边上跳跃的一丛橘黄色的渔火，还有远远的岸上微弱的灯光。

现在我还能记得当时的情景：河很宽（既然很宽船为什么那么窄？），水很平（既然很平为什么船会摇晃，像走在七高八低的石子路上？），天空是灰蓝色的，很高很远（既然天那么高，为什么船篷那么低，只能让人躺倒？），我们的船很小很小，孤零零地在大河里慢腾腾地挪动。大运河里其他一条船也没有，岸边上模模糊糊奇形怪状的桑树林，很像一幕幕皮影戏。没有月亮也没有星星，而舱板上很亮，看得见摇橹人手中那支巨大的木桨，在水面上激起亮晶晶的水花。

忽然前面的天空中就架起了一座单孔的石拱桥，当船身从桥洞里缓缓穿过的时候，竟如手指滑过古老的琴键，水波在桥洞空阔的琴腔里发出嗡嗡的回声，很是奇妙。

又忽然，河心就出现了一所小房子。房子的基部有十几只柱脚，像鹤一样立在水里。房子四周有一圈用竹篱笆围起来的栅栏，妈妈说那叫渔寮，住着看守鱼塘的人。当船经过栅栏时，便听见一声短促的哨声，船底擦过落闸的竹篱，伴着长长的"唰——"声，像叹气也像撕信封开口，舒服而快意。又掠过一阵飘着鱼腥味的凉风，竟把我的燥热、我的恶心、我的眩晕都驱走了。

原来夜晚的大运河是这样美丽而有趣的，却为什么要把我们关在那黑咕隆咚的船篷下？

睡吧，妈妈说。她攥紧了我的手，她的手冰凉。

她弯下腰低下头掀开门帘把我送回舱里去。我摸索着从那些蜷缩的人形空当中跨过去。我几乎踩在了大人们的鼻尖上，大人们在睡梦中发出含糊不清的咒骂。我知道我绝不可能再重新去甲板上撒尿。我的反抗已到了尽头。更糟糕的是，我回到自己的铺位上便重新开始了眩晕和呕吐，一直吐到根本没有一滴尿为止。

我终于发现自己也乖乖地躺了下来。

站立不可能，终于是连坐着也不可能了。

远远地有雷声传来，可我后来悟出那不是雷声而是鼾声。摇橹人的小调萦绕在我的头顶，妈妈轻轻拍着我。这情形很像摇篮，但我已经不再需要摇篮了。

我记得那个时刻我很绝望。我知道自己唯一的选择就是入睡。同那些大人一样，在黑暗中度过黑暗。

那以后船上的一切声音都突然终止，只剩下妈妈臂弯里运河欸乃的桨声。那绿色的漩涡和水流从我枕下穿过，流向一个无底的深潭。

忽然就被一阵骚乱惊醒。黑暗中感觉到船身不再摇晃。妈妈轻声说到了。头顶的船篷发出咚咚的响声，继而被移开去，投下一道苍白的晨光。从那被移开的船篷向外望去，朦胧的曙色中一爿临水的灰色房屋，一条黄狗冲着河面懒洋洋地叫着。岸边一间青石砌成的亭子里，站着一个头发花白的老人。

是外婆家。在一艘陌生的船里同一些陌生人一起走过陌生的夜路后，就到了外婆家。从此夜航船永远同外婆家不可分离。从此外婆家永远是夜路尽头一个晨光熹微的梦。

那一夜我吐出了我童年的天真。

那一夜我失去了我的可以直立的夜航船。

　　后来也许还坐过几次夜航船。当时从杭州去杭嘉湖平原水乡的洛舍镇，这是唯一的交通工具。那时人们没有别的船可以选择。我记得每一次去坐夜航船心里都充满忧虑：待我长大以后，是否也将如同那些大人们一样，弯腰低头钻进船篷，在这无法直立的船舱中去走那黑夜的航程？那么长大意味着什么？长大便不再是我自己了吗？

　　幸运的是待我长大时，小火轮和汽车已替代了那漫漫长夜的木船。我幸免于探望外婆时那一夜的忍耐与焦灼。然而，那五岁时的夜航船却无法从我记忆中消失——我从此害怕睡觉，从此晕船、晕车、晕飞机，从此呕吐不止。那夜航船的幽灵在噩梦中缠绕我时，我总是不能直立地蜷着身子，从黑暗中那一个个似人又非人的空当中摸爬过去……

橄榄

冬天从这里夺去的，

新春会交还给你。

——海涅

　　那一片密集的橄榄林，伫立在黄褐色的山坡上，树梢上似乎挂着几片低低的灰色浮云。虽值冬令，树叶儿仍是青苍葱郁。然而在那油绿的叶片背后，秋天时缀满了枝头的尖尖小果，却早已被采摘得一干二净，连一颗也不曾剩下。它们真是一颗也不曾剩下吗？我愿走遍这橄榄林来找到它们……可是，我知道，我是再也不可能找到他了。因为"我没有看见过他的脸，也没有听见过他的声音，我只听见过他轻踮的足音，从我房前的路上走过"。我到哪儿去寻觅他呢？实在我连他的模样也记不得了啊。在我纷繁的记忆中，他很像崇山峻岭中的一条小溪流，隐没在遮天蔽日的林木深处，只在偶尔的一瞥中，能看见溪水的闪烁，却找不到它的来源，也寻不见它的去路。有时候，他好像在我的生活中永远地消失了。可是，在记忆触及不到的瞬息闪电中，他又清清楚楚地站在我的面前。想要忘掉他是不可能的。尽管至今我并不知道他的名字……

我徘徊在这一片生机勃勃的林中，于是，那多年前尝过的橄榄——小小的、生脆的青果，那甜津津的苦味，又从嘴边汩汩地流进了心底……

"给！"他的一只大手掌摊开在我的面前，手掌上似乎滚动着什么。我不想看，我正在伤心地哭泣，没完没了地抽动着肩膀，泪珠儿沾湿了胸口的红领巾，又掉落到化妆室的地板上。

"给！"他重复说，一只手颇有耐心地伸在那里。我不想理他，我也不认识他，他大概是业余广播剧团新来的学员。他也想和大伙儿一起来嘲笑我吗？我今天上台朗诵诗时，就算念错了几个地方，那能怪我吗？导演昨天才给我的诗稿。我继续哭着，似乎要让全团的人都知道我的委屈……

"哎哟，小姑娘，你的眼泪是咸的，我的果子是苦的，可是你想不想试一试，眼泪也许会变甜哩……"

他说什么？嗓音像低沉的巴松。

我抬起头来，面前是一个细高个的男青年，穿一件洗得发白的旧拉链衫。他的手掌上有几颗绿色的、椭圆形的小果。

"生橄榄？"我摇摇头，"它太苦啦。"

"苦，是吗？"他耸了耸肩膀，叹了口气，"大人们都不喜欢苦的东西，小姑娘也不喜欢。……可是，苦和甜难道是可以截然分开的吗？你吃橄榄，好像苦，一会儿就变甜了，它会变，相信吗？"

我咂咂舌头，好像上头流过了一种甜丝丝的味道。我不情愿地把橄榄塞进嘴里去。多奇怪呀，它真的会变哩，它比眼泪的涩味好多了。我为什么要哭呢？多没出息。下次演出，我不也会变出一首顶漂亮的诗来吗？我嚼着小青果，瞧着他，就破涕笑了起来。他也笑了，像一个温和的大哥哥。

演出结束了，汽车送我们到电台门口。电台离我家两站路，每次我都自己走回去。

"不害怕吗，小姑娘？"他跳下车，朝我走过来。

怎么不害怕呢？今天太晚，都10点多钟了。

"我正好和你同路！"他说。

我在他旁边蹦蹦跳跳地走着，哼着歌，已经忘记了几小时前的不快。那橄榄真好。可他这会儿为什么变得这么严肃了呢？

"你的诗一共十六行，念错了三个字，漏掉了一句。"他说。

我吐吐舌头。

"教室的室，应念shì，不是shí；蜘蛛的蜘，应念zhī，不是zī，南方人总是zhi—zi不分的。"

"shi—shí，室。"我愁眉苦脸地念道，"怎么能把所有的字都记住呢？"

"查字典呀，一个一个地查。"他的口气，好像在大提琴的弦上用了加倍的力气。

我不作声了，冬夜的风，钻进我的纱巾里，我弯腰去捡路灯下的一片梧桐叶，像一片透明的细网，边上缀着珍珠似的梧桐子儿……

"不过，你朗诵时感情是真挚的。我喜欢这个。"他补充说。

梧桐叶随风飘落了，像一只弯弯的小船，要去远航。梧桐子留在我的手心里。

冬天从这里夺去的，

新春会交还给你。

他低低地念起诗来,庄严得像一位童话中的王子。他的诗,像一首委婉而优美的大提琴奏鸣曲,从我的心上缓缓流过。旋律仿佛要把我整个儿包围起来。寂静的马路上,好像寒冷的冬天过去了,蝴蝶在街心公园的绿草地上翩翩起舞……

"海涅,知道海涅吗?这是海涅的诗。"

我点点头,呵,莫非他也想当海涅那样的诗人吗?

"你长大干什么呢?"他忽然问。

"考重点中学呀,再考重点大学。"我一本正经地回答。我当然不敢告诉他,我如何崇拜当时最出名的一个女作家。

"和我一样,我也想考最好的大学。可是总考不上。"他笑了笑,"不过不要紧,会考上的,明年就会考上。到时候我请你吃糖,吃巧克力,好不好?考不上也没关系,就像生橄榄,有人觉着是苦,有人却以为是甜。苦和甜,人和人的感觉还不一样哩。……"

那天晚上,我还来不及把他的话很好地想一想,就看见了爸爸妈妈在小巷口的路灯下朝我走来。他们来接我了。我欢喜地扑上去,忘记了和他说再见。

下一个星期六,再一个星期六,他照例对我说:"走吧,咱们同路。"我们照例在马路上念诗。……他像第一次那样,纠正我的发音,不知不觉就走到我家的那条小巷,爸爸妈妈又在那儿等我。我总是迫不及待地跑上去,即刻把他忘得一干二净。回到家里,才想起来没同他说再见。他好像并不生气,下一次,他仍然送我。他每次对我说的话,总和别人不一样。可他到底是干什么的呢?他叫什么名字?那时我好像还没有懂得大人们交朋友的习惯，我总没有想起来问他。

过了很久，又是一个星期六，没有我的节目，我在电台大楼的走廊里闲逛，忽然听见从一个空屋子里传出叮咚的钢琴声，是我最喜欢的儿童歌曲《是谁吹起金唢呐》，我推门一看，竟然是他在弹，弹得那么专心。我悄悄溜进去，站在一边听着。听着听着，我也跟着唱起来："……梨花像云朵呀，桃花像朝霞，牵牛花儿爬上了小篱笆……"

外面街上走过几个青年，把脸贴着窗玻璃看了一会儿，怪声怪气地唱道："哎哟——小妹妹唱歌郎弹琴……"

那一曲正好终了，我便好奇地问他："他们唱什么'狼弹琴'，狼难道会弹琴吗？狼弹琴，我才不唱哩！"

他忽然脸红了，呆呆地看着我，很快站起身，"砰"地合上琴盖，走了出去。那琴键还在跳跃着，欢乐的曲子在地毯上飞舞，一会儿便消失在那关闭的琴盖里，无声无息了。只留下我一个人，莫名其妙、惶惑不安地站在那里。

晚上出来，他不再送我了。那琴盖"砰"的一声响，好像把我们之间的一种什么打断了。我难过了好几天。好在不久功课紧张了，准备升学考试，我一连好几个星期没去电台，也就把这件事忘了。升学考试以后，我又生了病，一直到8月中旬拿到了录取通知单，我才欢天喜地地出现在星期六的播音室门口。

我的眼睛在急切地转动，搜寻着他。我要告诉他，我考上了全市最好的中学。而他呢？还在生我的气吗？他考上最好的大学没有呢？他说他要考中央戏剧学院导演系，他没在这儿，一定是考取了，去北京了。他说过要请我吃巧克力的呀。

"考上了吗？考上哪儿了？"大伙七嘴八舌地问我。

"杭一中，重点学校。"我心不在焉地答道。

"给你！"突然一双白皙的手，递过来一包东西。

"你的哥哥走啦。"有人同我开着玩笑，"这是他留给你的糖。"

"他，他去北京了吗？"我快活得喘不过气来。

"去新疆建设兵团了。……又没考上……一连三年，文学、外语、口试、小品，都是第一，每次参加复试，都在前三名。可是，又没录取……"

我的心，好像一下子掉入了冬天的西湖，冰凉冰凉。"为什么，为什么不录取他呢？"我叫起来。

"他父亲……呵，不清楚……"他们没有说下去。

我明白了。默默走出去，我想哭。我想到了我自己。将来，是否也有同样的命运在等着我呢？他送了我那么多次，竟然一句也没对我说他自己，他一定是把我当成天底下最傻的小姑娘了。现在我到哪儿去找他呢？我连他的名字都不知道啊！

我悄悄走进了那间他弹过钢琴的房间，一个人打开了他留给我的那个纸包，并不是什么巧克力，而是乌溜溜的几颗橄榄，扑来一种奇异的香味。橄榄上有一张小纸条，写着两行小诗：

冬天从这里夺去的，

新春会交还给你。

没有名字，也没有地址，他就这样走了，走到谁也不知道的地方去了。我到哪儿去找他呢？我再也见不到他了。

我哭起来。成串的泪珠从脸颊上滚落下来。不知为什么，我觉得很悲伤。在我那尚未受过挫伤的童稚心灵里，第一次充满了一种对人的深深同情，也有对我自己未来的恐惧。可是他，为什么还喜欢吃橄榄呢？生的橄榄，苦涩的青果，说什么对苦和甜，人和人的感觉是不一样的，苦和甜是会变的。他是多么奇怪的一个人呵！

我长久地哭泣着。为他，也为我自己。他说过，咸的泪水不会变成甜的。可是橄榄为什么不是生来就甜呢？如果青果是甜的，大人和小姑娘们都会喜欢它了……我要哭，也为橄榄。

我徘徊在这一片密集的橄榄林中，寻觅着枝头也许会侥幸留下的小小的青果，仿佛要找到自己的过去。后来的这些年中，命运像对待他一样，也无情地把我抛出了西湖那温暖的摇篮。我当然是没有再考上什么最好的"重点大学"，而是像他一样，毅然别家而去，远走天涯。在那漫长的艰苦岁月中，我常常想起他来，想起他发白的拉链衫，也想到那颗橄榄。

有时我觉得，他是从我的生活中永远地消逝了。可是不知什么时候，他像亮晶晶的小溪流一般，从千折百回的山岩里转出来，在我面前倏地一闪，又欢欢乐乐地奔向密密的丛林里去了。那时候我才体会到，一个似乎很平常的人说过的一句似乎很平常的话，也许会对另一个人的一生产生不平常的影响，它留在记忆仓库的一角里多年，说不上什么时候，当你也面临一种相同的处境的时候，你才会真正理解它。尽管你也许根本想不出这句话来自哪里，也记不起那个陌生人是谁。

然而，我还是渴望着能够找到他。我幻想着他现在已经是一个出色的导演，带着一台最轰动的戏，从新疆来到北京的舞台上。我坐在观众席上看戏，看着看着就像孩子一样哭起来。那时候他就会说："哎哟，小姑娘，眼泪是咸的，橄榄是苦的，可眼泪不会变甜的呀……"

也许就因为这神秘的、会由苦变甜的橄榄，我们才使自己止息了哀叹和哭泣，从那阴暗的小屋里走到了开阔的原野上；我们才度过了那些没有太阳的日子，寻找着我们期待的光明。他在十八岁前就懂得了这一点，他是多么幸福啊。也许这本来是一个简单的道理，只是还没有很多人懂得或者愿意像他那样去做。

我终于在一株瘦弱的橄榄树下捡到了一颗尖尖的黄褐色的小果，它的皮已经变得很皱，要不了多久，它就会化为泥土，融进深厚的大地中去。它将不复存在，只留下一粒坚硬的橄榄核。然而，这又有什么呢？"冬天从这里夺去的，新春会交还给你。"

我多想再尝尝那苦滋滋、甜丝丝的生橄榄啊。

假如再做
一次女孩

假如让我重新做一次女孩，最重要的事情，我仍然要选择我现在的妈妈再做一次我的妈妈。我的妈妈和别人的妈妈不一样，别人的妈妈操心孩子吃饭穿衣那些事情，她都是马马虎虎的；可无论你对她说什么，她都仔细倾听，帮你出主意，就像一个真正的好朋友。有人说她有一颗童心，我觉得她倒是像一个女孩。所以和她在一起，总是很轻松很开心的。我认为一个家庭无论贫穷还是富裕，假如有一个好妈妈，天上的太阳就会永远微笑。

假如我重新做一次女孩，希望自己能长得胖一点儿，当然个头还是像现在这样。太瘦的女孩看上去像个精灵，别人都以为你聪明得不得了，会让你很心虚。长相倒无所谓，不要太丑就行，只是眼睫毛应该长一点，像个布娃娃，傻傻的好可爱。然后扎一把粗黑的马尾辫，再系上一只漂亮的蝴蝶结，玫瑰红色或天蓝色，我在风中奔跑的时候，蝴蝶结像翅膀那样飞起来，我就变成了一只风筝。

假如我重新做一次女孩，我一定要穿超短的连衣裙和背带裙，格子的、小碎花的都好看，配一双白色的连裤袜，还有一双小红皮鞋。我希望自己的房间，有一张小床，墙上贴满了我喜欢的画儿，当然不是明星海报什么的，我可不想当追星族，长大了我只想过一种散淡普通的生活，做一点自己愿意做和喜欢做的事情。当然，这些都没有关系，我真正想要的是一架钢琴。我奇怪现在许多女孩怎么不喜欢钢琴呢？我一直梦想自己的琴声从窗口飞出去，引来许多五彩缤纷的小鸟，叽叽喳喳聚集在窗台上，为我的琴声伴奏。练琴虽然有点儿乏味，但美丽的音乐会滋养女孩的心灵，让她变得丰富而温情。弹琴的女孩会有一双纤细灵巧的手，她不需要说很多的话，琴键就替她说了。也许，练琴的女孩学电脑会比别人更省力些呢。

假如我重新做一次女孩，暑期里，除了游泳、看电视、打游戏机、练琴还有到外婆家去，我仍然会学习做饭烧菜，学习自己钉扣子缝衣服，坚持写日记，并且看很多很多的书。我仍然会喜欢童话、少儿大百科和儿童文学，但我一定要看一些大人看的书，包括爱情小说和侦探小说，我认为这样才会有更强的抵抗力。我要说服爸爸和妈妈相信我。也许我还会偷偷写点什么，但不会再寄出去发表。过早发表习作，会使一个女孩误以为自己天生要当作家的，就像一棵树还没长大就开花结果，把底肥都用光了，而作为骨架的枝干却很孱弱，将来支撑不起一树繁花。

假如我重新做一次女孩，我会玩命儿学外语，最好是英语，全世界通用的。我真正做女孩的时候，在杭州一中学的是俄语，当时自以为成绩还不错，后来不用都忘光了。外语不好的人，走出国门后(包括在国内)，就像聋哑人似的，对世界的了解有点儿残疾。即使不出门，在网络上也走不远、走不顺畅。当全球一体化时代到来，就更寸步难行了。何况，不能与各种各样的人对话，会减少许多的人生乐趣。

假如我重新做一次女孩，我希望自己就像一般的女孩那样，柔声细气地说话，不要那么爱哭爱生气，不要那么咄咄逼人凶巴巴的。我不会再和爸爸顶嘴，我要做一个开心女孩，一个玩笑大王，最好什么都不在乎，心情总是万里无云的。我挽着爸爸的胳膊去散步，像朋友那样对他说："嘿，哥们儿！"

假如我重新做一次女孩，无论别人对我说什么，我都不会再轻易相信。我只相信自己的眼睛看到的，自己的耳朵听到的，自己的心感受到的。我不想被任何人和事摆布，不会非当三好学生、班干部不可，更不会一定企图成为全班最优秀、最出色的女生。我曾经是一个什么都相信的女孩，下一次，我会多问一个为什么，学会独立判断。

假如我重新做一次女孩，我希望自己的心是软的。

一个雨天，那个拾垃圾的农村妇女湿淋淋地从我家门前经过，我会像妈妈那样，在雨中追出门去，交给她一顶草帽，哪怕是一块塑料布，她惊讶地回头，我就像小白兔那样跑掉了。

其实根本就没有什么"假如"，每个人的人生都不可重新设计。当你从小女孩终于长成一个女人的时候，遗憾会让我们越发珍惜生命。

有生肖 图案的碗

"啪——"一记清脆的瓷碎声响，饭碗已连菜带饭，四分五裂进撒一地。紧接着是家长的吼声、鸡毛掸子挥舞的响动和孩子委屈伤心的哭嚎。

饭碗的碎片最后在大人的叫骂声中，被扫入簸箕。隔一天，新的瓷碗在大人的抱怨声中被放上餐桌。然而，没过三天，新碗却又粉身碎骨……

关于破碗和新碗的无限循环往复，是许多家庭习以为常的功课。在我们幼时，在邻居家，打破饭碗，是孩子们经常受罚的重要原因。

那时候，还没有现在那种精美的塑料餐具制品。瓷器落地，一碎一个准。所以才会有一种野花叫作"打碗碗花"。

也许全世界的爸爸和妈妈们，心里都在冥思苦想着同一个问题：怎样才能使孩子们在长大的过程中，少打破几个碗呢？

在我童年时，有一个表舅家里，总共有七个孩子，每个孩子之间的年龄相差两岁到三岁左右。每年春节，妈妈带着我到他们家里去吃饭，席间总会遇上一次"饭碗事件"。今年是这个，明年是那个，不是老三端着碗在门槛上绊了一下，就是老四一只手没扶住打了滑。一旦碗碎菜翻，未等家长发话，那孩子便抢先大哭，哭得惊天动地，大有主动认错和悔改之意。孩子一哭，表舅便忙不迭地过来安抚，一边替孩子擦泪，一边嘴里嘟哝着说一声"碎碎(岁岁)平安"，也就完事大吉了。舅妈会仔细察看孩子的手指，留意有没有被瓷片伤着皮肉，倒像是在慰问鼓励似的。在我的印象中，他们从来没有为打破饭碗的过失，大声责骂过孩子。

以七个孩子每年轮流打破一个饭碗的速度计算，他们家餐具的损坏率，既大刀阔斧又细水长流，大概是他们家政管理中一笔不小的开支。有一次妈妈忍不住向舅妈建议说，不如干脆都换成搪瓷碗好了，贵是贵一点，毕竟耐用。舅妈摇头，说洋铁碗给孩子用，一天到晚磕磕碰碰，虽是不碎，但碰掉了漆，坑坑斑斑的，时间一长生了锈，对孩子的健康也不利。所以我们每次去做客，桌上总是又有了新的碗，然后过不久就无影无踪。

记得有一年过节，舅妈笑嘻嘻地抱出了一摞漂亮的新碗，是做饭碗用的那种小白碗。每只小碗有四个色彩鲜艳的生肖图案，或虎或鸡，憨态可掬，很是招人喜爱。表哥表姐表弟表妹们欢欣鼓舞地呼啦涌过来，急着"认领"属于自己生肖的那只碗。最小的表弟三岁半，已经学会自己吃饭，他用两只手紧紧抱着自己那只有小狗图案的饭碗，盛上饭以后，还用一只手牢牢护住，我想摸一下他碗上的小狗，他就会尖叫，含糊不清地嚷嚷说那碗是他的，打破了要我赔。七个孩子的生肖都不重复，七只碗正好分配得很公平。唯有大表哥一个人，面对着他那只有老鼠图案的碗，一副愁眉苦脸的样子。表舅妈属羊，十二生肖碗中也有她的一个。可惜表舅属牛，恰好同表姐一个生肖，先就着表姐，表舅只好用一只没有生肖图案的普通碗,端起碗,表舅做出无可奈何的样子,使得孩子们幸灾乐祸得好得意。

还剩下四只碗,其中有一只是有小猪图案的碗,妈妈属猪,运气好,领到了有自己生肖的那只碗。最后麻烦的是我,我与表弟同属虎,只是我大他几个月,这样就与他的虎碗发生了"冲突",舅妈让他今天暂时先"借"我用一回,他死活不肯,说来说去,他竟然急急地从盘子里夹了几块肉放在饭上,端着自己的碗,躲到楼上去吃了。我只得和表舅一样,用一只没有生肖图案的碗吃饭。在整个吃饭的过程中,我只觉得那些个表兄弟表姐妹始终用同情的目光望着我,一会儿看看我那只有一条蓝边的碗,一会儿低头看看自己碗上的小兔子小马驹,三口两口便把饭很快地吃了下去,又双手捧起空碗举着说:"我还要一碗!"

妈妈诧异地对舅妈说:"真想不到,你们用这个办法教育孩子,还蛮灵的嘛。"表舅回答:"我想来想去,要让孩子们懂得爱惜东西,给他们讲道理,只是一个方面,更重要的是,要在他们心里培养出一种责任感,使他们觉得这样东西与自己的利益和荣誉有关系,不能轻易失去,那么他们就会自觉自愿地爱护它了……"

话音未落,地上传来"砰"的一声脆响——又一只碗,打破了。

是大表哥那只有老鼠图案的碗。瓷碗的碎片上,四只老鼠抱头逃窜……表姐表妹尖声叫起来:"是他自己故意打破的,我们看见了,是他自己……"

大表哥涨红了脸,咬紧了嘴唇,并不分辩。

舅妈若无其事地说:"嗬,我晓得,你在'除四害'呢,是不是?好了,老鼠也粉身碎骨了,以后你就在那剩下的四只碗里头挑一只自己喜欢的,当心别再打破了啊！"

尽管表舅关于生肖图案饭碗的整体设想，由于没有估计到大表哥缺乏对于老鼠的荣誉感，而曾遇到小小的挫折，但公平地说，这一计划基本上奏效。一年以后，我们再去表舅家做客时，那些有生肖图案的碗，除了老鼠以外，都还健在。那天饭后在厨房里，我看见小表弟踮着脚尖对保姆说："你洗碗的时候小心一点呀，不要把我的狗碗敲破了。"表弟对于自己的属性一向十分热爱，吃点心的时候，有谁说"快去把你的狗碗拿来！"，他就噔噔噔跑到厨房里去，对保姆喊道："快拿我的狗碗来！"

在我的印象中，那十一只有生肖图案的碗里，狗碗是保留时间最长的一只，我最后一次看见它的时候，它的尾巴都秃了，两只耳朵也短了一截，碗边上有了锯齿的小口。那年表弟已经十二岁，那只碗被他用了八年多，可以算是一个奇迹。寿命第二长的，是大表哥在赶走了老鼠后，自己挑选的那只有小龙图案的碗，多年后壮烈牺牲于一次猫的入侵。

当然，对于今天的独生子女家庭来说，我们已不可能也不再需要模仿或是借鉴当年那十二种生肖碗的教育形式了，商场的柜台里出售着琳琅满目的各式永久性餐具，人们不仅不怕打破泥坯饭碗，就连金的铁的饭碗，也都在选择或是抛弃之列。

然而，那些有生肖图案的碗，还是给我们留下了一种家庭教育方法的启示。人们常说寓教于乐，常说在孩子的课程里应有知识性和趣味性的结合。我们也许还可以从中开掘出新的层面，即在教育的切入口处，寻找责任心、道德感和每个生命个体之间的必然联系，捕捉行为同正当利益驱动的内在契合点。两者达成默契时，会有水到渠成、事半功倍之效。

两个钩子
的大吊车

阳阳是一个真正的汽车大王。

在他刚过四周岁生日时，他已经拥有了几百辆汽车。

除了奔驰、蓝鸟、标致、雪佛莱、奥迪、桑塔纳、夏利等各种牌子的轿车……还有救护车、翻斗车、大卡车、洒水车、水泥搅拌车、集装箱运输车、冷藏车……最小的那一辆，小得就像大人的指甲盖那么一点点；最大的那一辆，差不多有柜子上的烤箱那么大了。

可惜那都是些玩具，只能在房间的地板上开来开去，弄得我们家里的每一寸土地都布满了"地雷"，几乎没有缝隙可以落脚。从早到晚，桌子下沙发上到处行驶着各种牌号的汽车，床上架有双层的高速公路，一辆辆小轿车排着长队等待通过，处处塞车，交通状况一片混乱。

虽然是玩具，但每一辆都是真正名牌汽车的仿真微缩模型，于是我们家简直就成了某个汽车推销商的销售网点，免费展览全世界的名牌汽车。

假如带阳阳上街，偶尔坐上一回出租车，阳阳就神气得有些忘乎所以。一路上用翘翘的手指点着马路上来来往往的汽车，一辆一辆地叫出它们各自的牌子，绝对不会有错。每次都把司机逗得肃然起敬，心悦诚服地将他视为同行。有一回还差点免收汽车迷的车费。

阳阳的大名叫陈冬筱，是我妹妹的儿子，他管我叫大姨妈。

他的妈妈给住在北京的大姨妈打电话时，他经常抢过电话插嘴。

有一次，阳阳忽然在电话里对大姨妈说："你不要再给我买汽车了啊。"

大姨妈觉得很奇怪，就问那是为什么。

阳阳说："我已经有很多汽车了，我不喜欢一样的汽车。"

"那买什么呢？"大姨妈说，"难道买一只玩具熊吗？"

阳阳想了想，郑重其事地说："你给我买一辆两个钩子的大吊车，好不好？"

大姨妈愣了一下，问："什么是两个钩子的大吊车？"

在那以前，大姨妈从未听说过两个钩子的大吊车。她对于吊车这类东西是很陌生的。哪怕是一个钩子的吊车，她似乎也没见过。

阳阳说："两个钩子就是两个钩子，不是三个钩子，也不是一个钩子。那两个钩子是生在汽车背脊那个地方的，摇一摇，就吊起东西来了，能吊很重的东西呢，只有大吊车才有钩子的啊……"

大姨妈听得一头雾水，只好又问："你在哪儿看过这种大吊车啊？"

阳阳回答说："在上海！"

大姨妈想起，阳阳最近确是刚刚同他的妈妈去了一趟上海回来，便对着话筒说："让你妈妈来同我讲话。"她问阳阳的妈妈，既然在上海有这种两个钩子的大吊车卖，当时给他买下来，不就省了这麻烦了吗？

阳阳的妈妈有点摸不着头脑。她说："上海？可我根本没看见这种两个钩子的大吊车呀。"

阳阳在一边大声嚷嚷说："我看见了！在上海，上海有北京就有！"

于是寻找这种背脊上有两个钩子的大吊车，在很长一段时间里，竟变成了我上街购物的重要内容和动力。与其说我希望满足阳阳对于一种新的玩具汽车的欲望，莫不如说，是我自己对这种两个钩子的大吊车产生了好奇。

"请问，有两个钩子的大吊车吗？"——在一个又一个玩具柜台面前，我总是兴奋而又有些不好意思地问。那段时间我对汽车已经有了过敏反应，一见玩具就条件反射。

摇头。白眼。漠视。偶尔有热心的售货员，倒反过来向我请教这是一种什么样子的新型玩具，是不是新进口的外国产品，等等。白费口舌，只得自己低头贴着玩具柜台一家家耐心寻访，然而，不仅根本没有两个钩子的大吊车，就连一个钩子的大吊车也没有踪影。

就好像世界上的玩具商，根本还没有制造出这种两个钩子的大吊车。

我在失望和沮丧中恍然顿悟，这种所谓的两个钩子的大吊车，必定是阳阳这个小坏蛋自己想象和虚构出来的。

我给阳阳的妈妈打电话说："我根本不知道那两个钩子的大吊车是什么样子的，让你儿子把它给我画出来。"

大吊车的图样很快就寄来了。一辆两个钩子的大吊车堂皇地立于白纸中央，形状像一只蓝白相间的风筝，只是顶部竖立的那两根金黄色的辫子，朝天翘立，怒发冲冠。除了他自己以外，大概没人能看明白那是个什么东西。

若是按图索骥，我即便找到月亮上去，恐怕也是徒劳。

我对于购买这种两个钩子的大吊车已不抱希望。谁能知道那个四岁的汽车迷汽车大王，是否在同我们开一个关于发明新型汽车的玩笑呢？

就在我几乎快要把两个钩子的大吊车彻底忘记的时候，忽然有一日，就在离我住处不远的一家新开的小商店里，有什么东西从我面前匆匆掠过。一辆壮硕的汽车，从柜台凌乱的货架上，猛地开足马力，朝我冲了过来。

我定了定神，用眼睛慌慌地将它接住。没错，真的啊，真的是一辆两个钩子的大吊车——白色的车头，蓝色的货斗，背脊上向上翘着两根并列的金黄色起落杆，杆的顶尖部坠着两根精巧的黑色弯钩，用线绳系着，晃晃悠悠的好可爱。在起重臂的两端，有两只小小的把手，轻轻一摇，那钩子便悠悠上升，再摇，又缓缓下落。

正是我寻遍无着、踏破铁鞋的两个钩子的大吊车啊！

"是新来的货吗？"我问。回答是，店里就试着进了两辆，刚开包。

我顾不得还价，付了钱，抱着车就跑，唯恐它会自己开走。回到家便打电话。这回轮到妹妹吃惊，说："你还真当一回事呀，他怕是已经忘干净了呢。"旁边有声音大叫，说："没忘记，我说上海有北京也一定有吧。大姨妈你要快点把它带来杭州给我……"

我放下电话，对着这辆让我牵念数月的玩具吊车久久出神。它曾经活跃于我们的想象与疑问之中，我寻找它似乎只是为了证明它是否真的存在，当它终于出现时，一个孩子的戏言突然变得如此庄重和诚实。我知道自己内心的欢欣，更多的不是来自买到了两个钩子的大吊车这件事本身，而是来自实现阳阳那一个小小的愿望，却给予了我许多的真诚和信任。

两个钩子的大吊车体积太大,把它"运"回杭州,还真是件麻烦的事。

一直没找到朋友托带,它便静静地藏在我的衣柜里,权当车库。

阳阳已等得不耐烦了,每次电话都急急地催问。

被逼无奈,大姨妈就告诉他说:"大吊车已经自己开到杭州去啦,但是公路上有许多汽车,它太小了,只好慢慢开,开到杭州要几个月呢。"

阳阳在电话里笑起来,对这样的解释很满意。他很高兴两个钩子的大吊车是自己开回杭州去的。他的等待变得十分耐心。下一个星期他问我:"大吊车现在开到了什么地方?"我说大概是天津吧。后来他就开始自己来安排大吊车的行车路线(他非常喜欢看天气预报,因此对城市的位置十分熟悉)。他不断地向全家报告,大吊车现在已开到了济南——青岛(顺便旅游一下),再就是武汉——南京,途中居然还拐到西安去了几天,后来不知为什么在上海停留了很长的时间(他说大吊车要回去看朋友,他一直认为大吊车是在上海出生的),我猜他是为了给我留出足够的时间到达,否则从上海一出发,终点站杭州就在眼前了。

眼看他的大吊车已驶到上海,我急得火燃眉毛,终于物色到一位坐飞机的朋友,从空中起吊,超过阳阳那辆尚在公路上慢慢行驶的大吊车,先期抵达杭州。

那辆两个钩子的大吊车终于开进他的房间时,他说:"开了这么多的路,一点都没坏啊。"

我始终不明白,阳阳那鬼精灵,难道真的相信大吊车是从公路上开回杭州的吗?还是他故意在配合和成全我的小小幽默?

后来的故事,如同我们预料的那样,他在长达几个星期的时间里,对其余那几百辆玩具汽车视而不见，整天就同那两个钩子待在一起。他尝试用那两个钩子，不厌其烦地起吊他的小板凳和所有能够挂在那钩子上的重物——当然，两个钩子的大吊车命运可想而知，等到大姨妈春节回杭州探亲时，那辆大吊车上，已经连一个钩子都没有了。

面对残缺不全的大吊车，大姨妈仍然没有忘记去问阳阳：

——那次你去上海，是在哪儿发现两个钩子的大吊车的呢?

——在商场里的一只盒子上。他仰着头回答，妈妈买东西的时候，我自己看见的。

我恍然。他只有那么一点高，所以他看见了柜台底下的东西，而他妈妈没有看见。

"安妮"  来了

安妮来了！那个可爱的红头发女孩儿安妮，终于从加拿大来到了中国。

安妮是谁？你真的连鼎鼎大名的安妮都不知道吗？若是借用大文豪马克·吐温的话说：安妮是继不朽的爱丽丝(指《爱丽丝漫游奇境记》的主人公)之后，最令人感动和喜爱的儿童形象。安妮是"乘坐"着上千页白纸装订成的四架"纸鹞"，飘过大海穿过白云飞过来的。安妮一定没有见过中国桂花，所以她选择了在桂花飘香的日子，降落在美丽的杭州——浙江文艺出版社。在这之前，安妮已经在世界各地的少年读者中，畅行无阻地周游了近一百年。

几年前，"安妮系列"的第一本《绿山墙的安妮》，已经由马爱农女士译成汉字折成的纸鹞盘旋在中国上空了。正因为有那么多熟悉安妮的读者渴望知道她后来的故事，如今这厚厚的"安妮系列"的另外三本——《少女安妮》《女大学生安妮》《风吹白杨的安妮》——像一个个正在长大的俄罗斯套娃，排成天使的队列走来，在我们眼前粲然一亮。

安妮来到中国好像有点儿太晚了，今天有许多孩子，或许"智商"出众，但是"情商"与情感、想象和心智却正在一日日衰退。所以其实安妮来得正逢其时，在这个人与自然越来越疏离的年代，我们正急切地等待着安妮来临——期盼着她的热情、坚韧和坦诚，给那些干涸而冷漠的心灵，输送高能营养液以及滴灌清水。

"安妮系列"是一部优美的成长小说。故事从爱德华王子岛上绿山墙的卡思伯特中年兄妹，决定领养一个男孩帮着做田里的农活开始，而令人大吃一惊的是，孤儿院送来了一个整天耽于幻想、喋喋不休、脸上长满雀斑、不受欢迎的安妮，讲述了安妮这个精灵般的红头发女孩，如何像一阵清风吹进了闭塞的乡村。她很快爱上了这个望得见蔚蓝色的大海和红色的灯塔、路边长着高高的冷杉、开满了苹果花和樱桃花的美丽的阿冯利村。孤女安妮以她的率真消除周围人的敌意，以爱心赢得友谊，以浪漫抵御孤独，以倔强坚持自己的天性。在安妮大胆而离奇的想象中，她为自己每一处心爱的自然景观起了富于诗意的名字："情人的小径""闹鬼的森林""悠闲的旷野""闪光的小湖""紫罗兰溪谷""森林女神的水泡"等等。许多年以后，书中描述的这些地方都已成为著名的旅游胜地，每年都有数以万计的游客慕名前来。安妮的故事好像就发生在昨天或是正在发生着，在这里时间或是消失或是成为永恒。百年前的安妮依然是一个跺着脚唱着歌扑到你怀里的亲亲小姑娘，她那些饶舌的话让你想起来就觉得好笑又亲切，安妮能感染每一个见到她的人，安妮实际上没有国籍没有年龄，安妮未经污染的健康心智与纯真情怀，超越了一个世纪的人性，所以直到今天，我们还得读安妮，还在读安妮。

在《绿山墙的安妮》中，我们会遇到许多这样的句子：我能听到小溪的洪亮笑声一路传到这里。你留神过小溪有多么快活吗？即使在严冬，我都能听到它们在冰层下面的笑声。

尽管日常生活有时会粗鄙、烦琐，充满了各种烦恼，但在安妮那儿，正如读者黎雅说的那样："幻想在平庸中灿烂。"安妮的天性中有一种奇特的力量，能够在艰难与沮丧中发现被人们疏忽了的美与爱。安妮是个极度情绪化的女孩，快乐与悲伤大起大落，最终却总是能以达观与善良拯救自己；有时候安妮醒着做梦或是梦里也洒满阳光，安妮是一个真正拥有幸福感的人，因为她能创造出诗情与乐趣，感染自己也感动周围的人。

安妮也会因偶尔的冲动、小小的虚荣、奇异的冒险想象或是过分的自尊而犯错误，甚至可以说，安妮的成长几乎就是由她不断犯下的一连串错误，以及她对错误的勇敢克服，还有她的"错误"中那些真正有价值的因素组成的。读者无论是爱上安妮还是迷上安妮，都会连同她的错误一起爱上。

《少女安妮》讲述了中学毕业后十六岁的安妮留在阿冯利村小学当老师，试图"改造"阿冯利村的一连串多姿多彩而又多灾多难的故事。经历了家庭的变故后，安妮逐渐变得更有责任心而坚强，重返大学，便有了《女大学生安妮》。安妮开始恋爱了，真诚化解了她与一直暗恋着她的童年伙伴吉尔伯特之间的误解与怨恨，成熟的安妮终于懂得质朴与高尚才是她所追求的真爱。大学毕业后的安妮，来到远离家乡的夏缘镇做中学校长，她在白杨树叶的倾诉声中给未婚夫写信，于是有了《风吹白杨的安妮》……

四部"安妮系列"每一部书尾的彩页上，都附有一些中学生和大学生对"安妮系列"发表的精彩读后感；每一部书中的插图都是如此传神：挎着篮子调皮的小姑娘安妮，戴着帽子咄咄逼人的安妮，坐在草地上沉吟的宁静的安妮，穿着曳地长裙亭亭玉立的安妮……告别了少女时代的安妮，依然好奇地品味着每一天遇到的每一个精彩的细节。

若是你从此结识安妮，你也许会觉得当今那些所谓的偶像明星，其实多么苍白。

安妮来了。安妮教会我们去爱——热爱人和自然。安妮点亮了我们心灵中麻木了的或是沉睡了的那个角落，让我们看见自己曾经的梦想依然在暗处熠熠发光。

在人们越来越频繁地呼唤"情商"这个词的今天，可爱的安妮其实是一个有关"情商"的鲜活而生动的范例。"安妮系列"无意中给我们泄露了关于培育情商的秘诀。试着去幻想、梦想或是想象吧，很多时候人们抱怨生活，只是由于丧失了感受快乐的能力。

期待着那位曾风靡世界的加拿大女作家露西·莫德·蒙哥玛利的"安妮系列"的后三部——《梦中小屋的安妮》《壁炉山庄的安妮》和《彩虹幽谷》能够早日飞落中国。安妮婚后养育了六个可爱的孩子，我猜想，那些孩子也许个个都比童年的安妮更"另类"，但他们都会像安妮一样浪漫而充实地成长。

谜面： 九十九

门铃尖叫，是那个"爱丽丝""爱丽丝"……叫到第三遍，我终于想起来，这个星期六的上午，爸爸妈妈都出去了，此刻，家里除了我以外，没有别人。

我从电视机前慢吞吞站起来，轻手轻脚挪到门口，踮脚从猫眼里往外张望。奇怪的是门外并没有人，门铃却还在继续响个不停。我知道了，这个按门铃的人，身高低于猫眼的位置，噢噢，这么说，肯定是秋一这个家伙了。我一边开门一边大叫："蚯蚓蚯蚓你烦死了！"

果然是秋一。他的头发湿漉漉地竖立着，湿衣领软绵绵地耷拉下来——他每次洗过头都是这副样子。"小阿哥来过没有呢？"他站在门口，目光往客厅里扫射。

"没有没有。"我说，"小阿哥又不是火车，哪里那么准时呢。"

秋一有点失望，两只脚在鞋垫上蹭了蹭，像是要进来，身子却站在那里不动。

小阿哥是我们这栋楼里的邻居，比我和秋一大两岁，已经考到外语学校去读初一了。小阿哥各科成绩都好，业余时间除了热爱足球和象棋，还有一个爱好，就是喜欢让人猜谜语。他的谜语大多是从网上搜罗来的，因为他家里的电脑装了宽带。而我和秋一，连电脑都还没有。父母已经答应等我上了初中就给我买电脑，而秋一，也许要等到高中也说不定。所以，小阿哥每个周末从外语学校回来，总要抽空来找我俩玩一会儿，然后趁机把他弄来的新谜语让我们猜。

他第一次给我们猜的谜语就很难，那个谜面只有五个字"春秋雨绵绵"——字谜，打一姓氏。我顿时觉得眼前起了大雾，模模糊糊地只见秋一扑在桌子上，把"春秋"两个字在纸上写了一遍又一遍，人离桌子越来越近，快要钻到桌子里头去了。

小阿哥笑起来，他说："你们第一次猜，我先教你们一点窍门吧：你们看，春秋雨绵绵，就是说没有晴天，'春'字里头有个'日'字，日是太阳，没有太阳了，就剩下'春'字上半部的三横一撇一捺了；再看'秋'字，老是下雨，柴火都湿了，当然就点不着火，没有火，就剩下个禾木偏旁了。那么，把'春'字的上半部同'秋'字那一半的禾木，重新拼起来，就变成了另一个字……"

秋一忽然从桌子上抬起头来，大声叫道："哦哦，我晓得了，是个'秦'字！"他使劲捶着我的脊背："小春小春，你姓秦，我也姓秦，这不是我们的姓嘛，连自家的姓都猜不出，笨死了笨死了……"小阿哥有点幸灾乐祸地教训我们说："现在晓得啦，猜谜语很有趣的，算是智力测验吧，还可以训练自己的反应能力。我们老师说，关键是要找对方法，要像油井的钻头一样钻到地层里去……"

我承认猜谜还是蛮好玩的，尤其是当你知道答案之后，谜面和谜底对拢来，真相大白的那个时刻，"噢"的一声大叫——真的很过瘾。不过，要猜得准可不太容易，简直可以说太难了。我一听到谜面就会晕头转向，什么字谜、物谜、名谜，小阿哥每一次都会把我彻底搞昏。你想想，老师布置的那些没完没了的作业，已经把我的脑子塞得一点缝缝都没有了，假如再挤进去一个谜语，马上就被轧扁了，轧得像纸片儿一样。说实话，我只喜欢谜底揭开的那个时刻，但一点都不喜欢冥思苦想猜谜语的那个过程。

秋一笑嘻嘻地对我说："哎，小阿哥上次说的那个谜语，我猜出来了。"

我说："噢，又是打一地名，谁不知道啊。谜面'航空信'——谜底'高邮'，'一路平安'——'旅顺'，'风平浪静'——'宁波'，小儿科啊，蚯蚓同学。"

"不是不是，不是打地名，是动物名。"

一听动物，我的脑子就发胀。你想想，我们每天从家里到学校，除了小猫小狗，谁见过什么真正的动物呢？没有见过的东西，又怎么猜得出来呢？秋一的外号叫蚯蚓，其实，同学中根本没人看见过蚯蚓，据说，蚯蚓同菜场里卖的泥鳅或是海参有点像。鱼这种动物我们倒是常见，各式各样的鱼，都是在餐桌上认识的，它们从来不游来游去，因为已经被烧熟了。

秋一像背书一样流利地说："就那个，你听着：'坐也是坐，立也是坐，行也是坐，卧也是坐。'十六个字，我可以肯定，答案是青蛙！"

我反驳说："不对，我看像是猫呢，猫咪就一天到晚坐着……"

"但是猫咪走动的时候，就不是坐的样子啊。只有青蛙，睡觉也坐着……"

"你怎么知道？难道你同青蛙一起睡觉了吗？"

"我到菜市场去了好几次，每一次去，我都看见它们一动不动坐在那里睡觉。"

原来秋一为了猜谜，会到乱哄哄的菜场去寻找"动物"啊。我觉得他的脑子有点搭牢。我故意说："那甲鱼呢，我看甲鱼也是整天坐着的。"秋一涨红了脸说："甲鱼是趴，不是坐，只有青蛙是坐，我对照过图片了，它的四肢总是弯曲着地的，只有人把它杀掉之后，它的四肢才摊开伸直，不坐了……"

"那是蹲，青蛙是蹲，不是坐。"我坚持着。我们就这样争来争去的，争了好一会儿也没有结果。正在这时候，"爱丽丝"又尖叫起来。我迅速冲向大门，在猫眼里看见一顶橘黄色的帽子，秋一说肯定是小阿哥来了。门开了，果然是小阿哥。小阿哥刚刚踢球回来，深蓝色的汗衫后背都湿透了。我问他："你难道涂婴儿爽身粉了吗？后背上白花花的一大片。"他说："给你们猜个谜语：来自水中，却怕水冲，回到水里，无影无踪——打一物。"

我看了看秋一，他正盯着小阿哥汗衫后背上那些白色的东西发愣。后来，他揪住那件汗衫，猛地伸出舌头舔了一舔。"盐！"他狡猾地笑起来，"你回家塞进洗衣机里，它就无影无踪了。"

说实话我有点忌妒秋一，为什么每一次他都比我先猜到谜底呢？我一点都不认为他比我聪明，他的爸爸妈妈给他买旅游鞋或是衣服，他总是挑最便宜的那种。我想，我只是在猜谜这件事情上不大在行而已。这是一种特殊才能，不是任何人都具备的。

小阿哥好像对他的回答很满意，就说："那我今天要给你们猜几个难一点的了，这可是最新的升级版，都是同数字有关的。"一听数字，我的脑子就开始发木，秋一却把腰弓了弓，好像就要百米赛跑似的。

小阿哥说："九点——打一字。"

我的脑筋还没有发动，秋一就飞快回答说："'丸'，'药丸'那个'丸'。"

小阿哥点点头，又说："十二点——打一字。"

秋一眨了眨眼睛，只想了几秒钟，说："'斗'，'斗士'的'斗'。"

小阿哥好像很不甘心，又说："十三点——打一字。"

我脑子里拥挤的缝缝忽然裂开，有一丝亮光照了进来。顺着刚才秋一猜谜的那个思路，我脱口而出："'汁'，'果汁'的'汁'。"

小阿哥哦了一声，诧异地看了看我，说："小春原来你蛮厉害呀，以前是装的吧？好，再给你猜一个：九十九——打一字。"

我脑子里的缝隙立刻全都合拢了，一团漆黑。

这一回，就连秋一都被难住了。他紧紧地咬着嘴唇，一声不响。看来这真是一个难猜的字谜，九十九，九十九就是九十九，一个数字能有什么意思呢？

小阿哥撩起自己的汗衫，用衣襟擦着脸上的汗，等了一会儿，见我和秋一都傻傻地愣着，就心满意足站起来说："好了，我回去了，下个星期六见，你们慢慢猜吧。"

小阿哥走后，秋一在原地站了一会儿，招呼也不打，转身默默地消失在猫眼后头了。

这个该死的九十九，像一张九十九个洞眼的网，把我和秋一从头到脚罩了起来。无论走到哪里，它都死皮赖脸地跟着我们。走路去学校，走了九十九步，才刚刚走到街口；到了校门口，一眼看见九十九个都不止的男生女生，正在朝教室里拥进去；下午听观摩大课，两节课并起来，也是九十九分钟……九十九无处不在，可惜，这些九十九都不能也没有变成一个我和秋一想要的"字"。你想想，九十九怎么能变成一个字呢？九九八十一，而八十一能凑成个什么字？放学回家的路上，我对秋一说，那是个"全"字，秋一偏说"全"字不对，多了一横。我说是个"杂"字，秋一也说不对，"杂"字多了一竖。我泄了气，对秋一说："那你自己去猜好了，我反正猜不到了。"秋一也是一副愁眉苦脸的样子，脸上九十九根汗毛都卷起来了。我又说："要是在寒暑假，时间多一点，我保证你能猜出来，可现在作业这么多，脑子里哪有一点点空地方呢？算了算了，不猜了，就让小阿哥说我们低智商好了……"

秋一摇头。我继续起劲地说服秋一："你看，我们一进家门，吃了晚饭就要开始做作业，一直做到10点钟。洗好脚上床，刚刚想要猜谜语，就睡着了。要是一边吃晚饭一边偷偷猜谜语呢？爸爸马上就会问：'哎，你是不是脑子烧坏了？'"秋一打断我说："可以利用早晨上厕所的时候呀，对，坐在马桶上，人就很专心。"我说："可是一猜谜语，我肚子里的东西就全部塞牢了。"秋一说："那就在去学校的路上猜好了。"我说："那样会被大人的自行车撞倒的。"

我们一直走到了家门口，还是想不出什么好办法。这幢公寓楼一共20层，我家住9层，秋一家住12层，小阿哥家住19层。我站在大门口的防盗铁门前掏钥匙，秋一忽然说："哈哈，我有办法了，我们可以不坐电梯，一步一步走上去。楼梯里很安静，每走一步，脑子就会震动一下，肯定会震出灵感来的。"我望着黑暗的楼梯，想起了小阿哥脊背上的盐花。

我说："秋一你走楼梯好了，我肚子痛呢。"一边说着，脚上的鞋子已经朝着电梯口挪去了。电梯门合起来的时候，我朝他喊了一句："走到九十九步，答案就会出来的。"

事实证明秋一的这个法子也不灵光。第二天早上我看见他的时候，他的脚一跛一跛的，眼眶发红，眼睛发乌，小脸整个成了个"谜"面，是迷糊的迷、入迷的迷，却连一个谜底也没有。我想原来秋一的脑髓也有不通的时候啊，秋一猜不出，我当然更猜不出啦。我立刻原谅了自己。上学的路上，我觉得书包和鞋子都轻巧了许多。更奇怪的是，九十九的谜底连个影子都没有，但我却猜出了以前一直没有猜出的另一个物谜："青树结青瓜，青瓜包棉花，棉花包梳子，梳子包豆芽。"那天晚饭后妈妈剥柚子给我吃，我一下子就想起了这个谜面，忽然就把谜底破了。第二天我兴奋地去告诉秋一，他却说："柚子？没有九十九瓣的。"

每天傍晚放了学，秋一仍然坚持走楼梯回家。他连再见也不同我说，老鼠一般蹿到昏暗的楼道里去了，好像那一层层弯弯曲曲的楼梯，真的藏着什么宝贝谜底。他的脚越来越跛，眼睛越来越红，头发越来越乱，小脸越来越窄，目光发直心事重重一言不发。以前我妈妈总说秋一不知道长得像谁，我发现他还是比较像他家那个从事科研工作的爸爸。

转眼就到了周末。这天小阿哥回来得特别早，公寓电梯快要关上的时候，他冲进来，我逃也逃不掉了。他像个老师一样提问："呵呵，九十九，怎么样了？"我不说话，紧跟着他直达19层，在他家门口，郑重其事地对他说："求求你小阿哥，你把谜底告诉我们算了。"

小阿哥很诧异，甚至有点生气。他说谜底应该猜出来，不是说出来的，说出来就是作弊。我低着头看着地面，用蚊子一样的声音说："秋一假如再天天爬楼梯，他的脚会断掉的，他的考试成绩也会变成倒写的阿拉伯数字99……"我说得差一点哭起来了，小阿哥不停地抓着头皮。后来他终于说："好吧，不过，谜底我不能告诉你一个人，明天上午，你让秋一到你家等着，我会来的。"

"爱丽丝"又响起来，像小姑娘的哭声一样刺耳。小阿哥走进来，脸上笑眯眯的，很有同情心的样子。他把双手插在短裤的口袋里，用老师的腔调说："一个星期过去了，你们没有进步，也许我上次没有说清楚，这个九十九，不是阿拉伯数字，也不是中国汉字的大写，而是汉字普通数字的写法，是一，二，三的那个九。"他用手指在空中比画着，又说："为了不影响你们学习，现在我决定把谜底告诉你们，同时也教给你们解谜的另一种方法……"

房间里突然发出一声尖叫："不要！小阿哥，不要告诉我，不要告诉我谜底，我一定要自己猜出来！我会猜出来的！"

我回头看秋一，他脸色苍白，呼吸急促，好像马上要晕过去了。紧接着，他急匆匆走到门口，飞快地走了出去，好像再晚走一步，耳朵里就会听到小阿哥泄露的谜底。

我和小阿哥都愣在那里，事情怎么会变成这样？

我的脑子里忽然跳出很久以前，小阿哥给我们猜过的一个谜语："不是葱不是蒜，一层一层裹紫缎，说葱长得矮，说蒜不分瓣。"那次，我一下子就猜到了谜底——大头洋葱。

秋一不是蚯蚓，是个大头洋葱！

小阿哥脸上的笑容不见了。他走到门口，背对着我说："你也应该像秋一那样，猜不到就一直猜下去。好了，下个星期六见！"

下一个星期六，秋一根本没来我家。上学放学的路上，他总是不停地在手掌里划道道，我真怕他会得关节炎。到了再下一个周末，期中考试的成绩单出来了。一向双百分的秋一，算术课得了99分。呵呵，这可是个新闻炸弹，我心里暗暗地幸灾乐祸。但在回家的路上，我还是装出一副惋惜的样子对秋一说："不要难过噢，你只是差了一点点，99分离100分只差了1分，没关系，好比少了一小撇，下次再补回来好啦……"

"你说什么？你再说一遍？"秋一忽然停下脚步，眼睛瞪得快要掉出来了。

我只好把刚才说过的话又说了一遍。

秋一突然蹦起来，像一只灌足了气的足球，嘴里发出哦哦的怪叫。然后他又快快蹲下，弯腰在地上寻找什么。后来他总算找到了一粒小石子，他招手让我挨着他蹲下，我凑近了看，他在灰白色的水泥地上，用力划出了一个"百"字，紧接着，他用拇指把"百"字上头那一横抹掉了——"百"字就变成了一个"白"字。

"你看，这就是谜底——"他点着那个白字，汗珠从他额头一粒粒冒出来："九十九，九十九就是一百差一，'百'字抹去一横，不就是个'白'嘛，肯定没错！你说呢？"他使劲拍着自己的后脑勺："这么多天，怎么就没往这里想呢……"

我拼命点头表示赞同，我恍然大悟，这个'白'其实就是为九十九预备的呀。谜底出来的那一刻，你会发现猜谜原来就这么简单。我真想狠狠地给秋一一拳头出出气。我说这个谜底应该算我们两个人猜的噢，全靠我提醒你的。秋一说算就算，只要小阿哥说对了就好。

但是那个双休日，小阿哥被他爸爸带到普陀山去了。我们没法知道这个"白"字猜没猜对，我们像两只热锅上的蚂蚁，在电梯里团团转，一趟一趟去按小阿哥家的门铃。但小阿哥和"爱丽丝"好像都一起消失了。

后来我们都累了，坐在楼下的花坛沿上歇息。秋一说："哎，小春我给你猜一个新的谜语吧？"我说："不要不要，我反正是不知道的。"秋一说："这个谜语很容易，是我自己编的，你听啊：'坐也是立，立也是立，行也是立，卧也是立——打一动物名。'怎么样？"

我说我明天到动物园去，先和动物们认识一下再说。

其实我后来很快就猜对了谜底。（不过，这里暂时先不告诉大家了，让你们也去猜一猜。）当我把谜底说出来的时候，秋一却说，他编的谜语还不够好，等他的知识再多一些，他会编出更有趣的谜语来。后来他又说，谜语这种东西，只不过是一种练习题，答题的方式可以多种多样。所以，"九十九"也许另有谜底也说不定，大家可以继续猜下去的。

我发现，其实最难的不是猜谜，而是能够编出既好玩又好懂的谜面。

安安静静 一个家

其实，我对于"家园"并没有什么奢望。

我甚至很少使用"家园"这个词。我的祖籍广东、出生地杭州、十九岁离家去北大荒下乡、二十七岁到哈尔滨上学、20世纪80年代中期开始在北京定居，二十年中三次搬家——如此四处游走漂泊，早已淡薄了传统意义上"家园"的概念。

使用"家"或是"住房""居所"这些语词，会使我感到亲切实在。

那么我的"家"和"居所"应该是什么样子的呢？

以前房子拥挤的时候，就希望面积能略大一些，好放下那些越来越多的书籍。那些买来的或是别人赠送的书与日俱增，书橱里实在塞不进去了，就一本本摞起来，堆在墙角和走廊里。半夜里常常被沉闷持续的坍塌声惊醒，昏沉中疑是地震，冲出卧房去看个究竟，却被绊倒在满地狼藉的书堆上……

房子略大了一些之后，就希望周围的噪声能小一点。电视声汽车声人声市声汇集的那种就像空气快要爆炸的嗡嗡声浪，真是让人烦躁不安。

你甚至不知道那些声音究竟从哪里来，究竟什么时候能结束。遥遥无期的声音骚扰无异于一种精神强暴，但无处逃脱……

房屋面积和环境噪声的问题若是略有缓解，那么"住所"的清洁卫生，是我衡量这个家生活质量的主要标准之一。在这个尘土飞扬、空气污染的城市里，总该有属于自己的一方"净土"。假如自己的"家园"都弄不干净，世上恐怕就没有什么地方能干净了。地板书桌书橱电脑如果布满灰土，心情也会变得灰蒙蒙的；厨房到处积满油污，思维会油腻腻地滞重起来。为了家里的清洁是宁可挨累的，劳动的付出换回"精神"的愉悦；只有清洁的环境，才能使我享受到属于自己的舒适与安宁。

好像还缺点什么？精美的陶艺瓷器？名贵的字画文物？高级家具和电器？

都不是。而是——有生命的绿色植物。

曾多次说过，一个家，即便简朴到简陋，即便家徒四壁，只要有书，这个家就不会令人觉得"空荡"；只要窗台上屋角上有绿色的植物，哪怕是一盆最不起眼的仙人掌或是绿萝，整个屋子都会明亮起来。

20世纪80年代我曾住在一所大学家属宿舍四楼的一套小单元房里。装修的时候，在旧式的窗帘盒上方，留出了60厘米左右的空隙。我买了六个最小的花盆，插下了几株鸭趾草的小芽。鸭趾草随遇而安，很快发出了油绿饱满的叶片；然后把绿叶茸茸的小花盆依次摆放在窗帘盒的上方，没多久，那些绿叶追着窗玻璃上的阳光蓬勃疯长，流苏般地垂挂下来，变成了一道浓密的绿色瀑布。阳光从绿叶的间隙里穿过，那是我家窗户上一道独特的风景……

至今我依然怀念那个"森林里爬满青藤的小屋"给我带来的欢愉和

惊喜。

　　如今，我的"家"已有充裕的空间存放书籍和资料；除了鸟叫声，周围没有喧嚣的市声和吵闹；我的床单被褥和用具，也许已经很旧，但总是干净而清洁的；我拥有许多绿色的植物，还有一些普通的花草。我没有昂贵的衣物首饰，我的家没有一处豪华的装饰和摆设，但我的家里有书有绿、无声少尘——我的有关"家园"的愿望都实现了，所以我很知足。

　　忽然发现：书籍、植物、清洁，原来我所喜欢的，竟然都如此寂然冷清、沉默寡言。由此明白了自己有关"家园"的理想，原来只不过是一个能让自己安安静静思索、悄然藏身而心灵恣意飞扬的地方。

　　这个"家园"也许只适合我和我的家人。这个家园之梦只同我的性格和生活方式相关。四海为家的现代人，其实早已没有了可称为故乡的"家园"。因而，我只能带着自己的书和植物行走，因为那是我精神的家园。

第三辑

不会丢失的爱

爱是我们姊妹一生的
精神财富。

姐
姐

Jiejie

以后的日子，我也许还会继续流浪，在这极大又极小的世界上，寻觅着，创造着自己精神的家园。

——张抗抗

我的节日

　　每个人的生命都纯属偶然。为什么那个时刻未经自己选择就偏偏有了你？为什么你又偏偏选择了那一天降临？

　　我的生日在夏天。按阳历，最热的 7 月初。从那一天开始，我成为一个"人"，地球的生命中，就有了一个"我"。所以生日是唯独属于自己的节日。世界上也似乎只有一个人与你的生日有关，那就是生育你的母亲。

　　小时候过生日，正是考试的关键时刻。每次生日，老是紧紧张张的，弄得我很不愉快。好几次，过完了才想起来，就缠着妈妈要补，妈妈便笑嘻嘻地拿出早已准备好的生日礼物给我——差不多总是一本精美的图书、一支新的笔，或是一个笔记本儿。那时家里经济不太宽裕，整盒的奶油蛋糕是生日的梦想。偶尔的，也许让大人带着，到西餐社买一小块切好的长方形蛋糕，上头的奶油花纹已支离破碎，却很心满意足，还把沾上奶油的手指舔了又舔。

　　十九岁那年初夏，去了北大荒的一个农场，从此就把生日扔在了杭

209

州老家。离开母亲似乎就离开了自己的生日。再没有人会来关心你曾经哪一天来到人间或是你对于人间的印象如何。就连我自己也在终日的劳累和挫折中，淡漠了疏忽了对自己的兴趣。

真不记得曾经怎样纪念过生日。留在记忆中的只是一团浑噩而灰暗的史前星云。金色的不是蛋糕而是窝头，蜡烛很多却是为了照亮黑夜。也许那个日子是为自己采过荒原上的野花的，它很寂寞地被插在一只漱口杯里，没有人知道它的名字，也没有人想知道它在想些什么……那时的人都极渺小极微不足道，不存在一个生命同另一个生命的区别。

忽然有一天就收到一封厚厚的信，信中夹着一方雪白的真丝手绢，手绢的一角用红色的丝线绣着一行拼音字母：kang kang。顿时眼眶一热，差点就落下泪来。字母是妈妈亲手绣的，绣的是我的名字。妈妈说，家人在这一天，为祝贺我的生日，特地吃了一回面条。万里之遥，这件礼物仅是全家人的一点心意。便终于觉得自己还活在世上，还被人惦念着，还有让人重视的权利。这一日就赫然地兴奋、振作起来。以后的日子无意就扬起了头，天空也云开雾散的明朗。因着生日对自己生命的提醒与珍爱，浑噩中有了初始的自信。恍然记起年龄，不过是二十几岁，人生尚遥远，不知将以什么奉献给未来每一年的这个日子，即使不为自己，也为了在这一日的痛苦挣扎和淋漓鲜血中生养我的母亲。

从那一天开始，我对生命的来历有了恐惧和疑问。我不知自己究竟从哪里来，要到哪里去。我只知道我必是从某地来，也必得到某地去。我发现自己已长大成"人"，但却没有成为"我"——我把自己失落在何处？一个没有"我"的人生又何必用我来活？

我要从此确立我的节日，是为了一年一度召唤自我。

就这样匆匆忙忙磕磕绊绊地过了三十年。

1980年春，我在文学讲习所学习。夏天的一日，所里组织学员去北戴河休假。临上车时，忽然想起今天是自己的生日。三十岁生日——三十而立，毕竟是个值得纪念的日子。狠狠心，特地去买了许多漂亮的酒心巧克力。上了车，忍了又忍，终于还是忍不住，便把糖果迫不及待地分给大家。很郑重其事地宣布说今天是我的生日，愿大家同我一起分享。车厢里就热闹起来，可惜那时都还不会唱《祝你生日快乐》这首歌。有人说你生日旅行，看来这辈子总要来来去去了。

望着车窗外无垠的田野，以往的岁月也如疾速后退的树木和房屋悄然逝去。我虽然无法再看见它们，而它们却终是留存在大地上。三十年活得认真活得勤勉，没有很多欢乐却有些许收获。三十岁的生日给我安慰也给我命运的警示：正如这隆隆作响呼啸奔驰的列车，我已无法止步无可选择。我是否将注定载着一代人的希冀，去茫茫宇宙探寻人生的使命？

那个中午，同学们在海边的一家饭店聚餐。海很近了，只几步之遥，听海浪声声喧哗，撩拨人心；清凉的海风习习，带走了闷热都市的暑气与浮躁。那天我喝了许多祝贺的啤酒，我记得我并不快活但心里升起很多的愿望，我多想用我的全部生命去体验、去理解、去表现这个世界啊。

傍晚时我们一齐涌入大海。海天无垠，海水温暖又凉爽。脚底踩着柔软的沙滩，身体被海浪微微晃动着，视线可及是遥远的天尽头。

那个瞬间我领悟到人生的短暂和自然的永恒，心里充满人生的幻灭感——每个人的生命都不可再生，一切的创造物在出生的同时就含着虚无和毁灭的悲剧意味。我将如何去超越、超脱自我，在这一个仅属于我一次的人生中不致因追求"生"的成功而异化了生命本身……生日之海的"洗礼",如云缝之光,给我某种彻悟和永远的难忘。

恋爱了之后,就有了男朋友而不再是妈妈一起与你过生日。年龄的数字一回回增大,却总是属虎。从一只小老虎变成中老虎最后终于会有一天变成老老虎。心里一向挺喜欢老虎的,人有虎性虎虎而有生气。果然就有各种姿态各种质料的玩具老虎工艺老虎,作为男朋友赠我的生日礼物存入箱底。偶尔翻看,便唤起在那个早已流逝的年龄里,涉猎人生情爱的种种经历。

三十三岁那个生日的前一天,我收到了一个寄自北京的邮包,邮包里有一个小小的木盒,木盒里是一个黑色的印盒,印盒里有一方棕黄色的普通大理石图章,刻着我的名字。覆在图章的顶端,立着一只精巧又稚拙的小老虎。印盒的盖内,覆着一张狭长的纸条,上面用钢笔写着四个字:生日快乐。那一天我很快乐。其实我已有很多的图章,唯独这一个,它朴实无华却又别具特色,恰是我所期待因而也是最珍贵的。那时我们已决定结婚,不久后他便成了我的丈夫。

以后年年的生日总有鲜花。丈夫天生热爱小动物也爱植物,于是阳台上就种满了各种各样的花草。鲜花和爱伴随,似水流年,滋润和照亮日渐成熟的生命。生活中有鲜花和理解足矣。慢慢就悟出,写作时留着虎性,而做女人,猫为虎师,还是"猫"一样的温柔为好。

那一年眼看快过生日,恰在哈尔滨开会。往家打了电话,丈夫说他立即要去外地讲学,怕是等不到我回来过生日了。一想到今年的鲜花无着,便十分扫兴。仍是赶着生日那天回到家里,果然空无一人。正沮丧懊恼,忽然眼前一亮:我的书桌上,一枝雪白的马蹄莲插在花瓶中,鲜艳欲滴翘首以待——他没忘了我的生日礼物。欣喜旋即却又心里纳闷,不知为何往常的一束花变成了一支？到中午为自己弄吃的，打开冰箱门——嗬，整整一大束菖兰，鲜红的淡粉的橘黄的花瓣，晃得我睁不开眼。花束送来阵阵幽幽的清香，在暑热中散发着爽人的凉意。透明的花袋中夹着一张小纸条，写着：祝你生日快乐。先生居然能想到冰箱保鲜，还特意在桌上单插一枝作为引子，可见煞费了一番苦心。惊讶之余，终是又一次被深深打动。我的节日不再孤独。它属于我们两个人。

7月是火热的季节。7月很忙碌也很疲倦。

也许是命运的褒奖，生日总有故事。

三十五岁生日前后，远在联邦德国访问。就在生日那一天，访问的日程安排是参观首都波恩的贝多芬故居。那幢白色的小楼就坐落在市区的一条大街上，古老的建筑宁静而简朴，前门窗口开满鲜红的绣球花。我踮着脚尖轻轻走向大师生前谱写过不朽之作的古旧的钢琴，脚步踩响了他曾遗留的每一寸空间里的音符。我在二楼的窗前留了影，窗口低低回荡着大师庄严而深沉的乐曲。我听见命运诡秘的敲门声，听见田园温柔的低吟，听见英雄凯旋的号角，听见全世界欢乐的合奏……我听见他说：

"竭力为善，爱自由甚于一切，即使为了王座，也永勿欺妄真理。

"凡是行为善良与高尚的人，定能因之而担当患难。

"噢，人啊，你当自助！"

在地球的另一端，在正直与真诚的大师故居度过自己的三十五岁生日——我不能不与人生重新缔约。贝多芬以他的一生告诉后人如何生如何死，漫漫人生，我知道自己与命运的搏击永无休止。

就这样曲曲折折又坦坦荡荡地走到了四十岁。

终于是"四十而不惑"了。疑惑的是，自己怎么竟然就可以四十岁？

惑也不惑，就奔天命的年龄而去，便越发地让人疑惑。

四十岁生日之前一年，丈夫就出了远门。临走时说，在我生日的那天，无论他在哪里，都将为我祝福。因着他的一这番心意，黯淡中也有了一线亮色。我想起有一年杭州的一位朋友曾寄给我一张生日贺卡，她在上面亲手画了一只大大的蛋糕，还插着许多蜡烛。后来我们在蛋糕上划了几条斜线将它"切开"，就算是"画饼充饥"，然后开心地瓜分"吃"了。可见真情有时务一点虚，倒也蛮空灵怪浪漫的。

就准备自己一个人清清静静地过一个四十岁生日。

临近生日的时候，偏就有朋友打电话来，说为我特意订了生日蛋糕，还在上面专门写了祝贺的词句。又有杭州的朋友来北京出差，带来了妈妈委托他送给我的鲜花。她们都说了一句同样意思的话：既然你丈夫不在家，我们就得替他担负这个义务。

我独自面对着这些礼物，猛然间泪眼蒙眬。我忽而明白，四十年的人生，支撑着我的柔弱生命之力的，是亲人、友人全部真挚的爱。

这爱可以驱使你走遍天涯海角，直至走到生命的尽头。

有了鲜花和蛋糕，一个人独享未免可惜，便突发奇想地行动起来——向我的五位单身女友发出生日聚会的邀请。既然是一个丈夫缺席的聚会，我便声明一律不许带男友和礼物。那天我们交谈许多女人的事，那一天我们都自由自在无拘无束。

四十岁生日是我迄今为止经历过的最有趣味、最丰富多彩，甚至发生了某种奇迹和不可思议之事的节日。生日的前一天，我收到了寄自杭州家中的一盒磁带和儿子的贺卡。生日那天早晨我起床后的第一件事，便是打开音响来播放这盘磁带。从音响中传来的第一声是我表弟和弟妹的,他们一前一后最后又一齐说:祝你生日快乐!那般郑重其事如同真正的电台播音员。然后是音乐,音乐以后就传出了我父亲的声音,他讲了许多话,那些话很深刻,令我感慨万千。然后又是音乐,音乐以后便是母亲讲话。后来就有我妹妹和妹夫,再以后又是音乐,音乐中有一种奇怪的和声,当我明白这是我妹妹刚出生四个月的儿子的哭声时,禁不住捧腹大笑。那个时刻我们全家人的声音充满了我的房间,我似乎又回到了童年时代,生活在纯真和友爱之中。虽然相隔千里,家人却与我同在。我呆呆地守着音响,听了一遍又一遍。这真是我表弟精心策划的一个杰作。我内心的感激之情伴随着乐曲在房间每个角落久久萦绕⋯⋯

那天中午我接到了妈妈从杭州打来的长途电话。抓起电话我已是泣不成声。我很久没有掉过眼泪了,而这时我真想大哭一场。四十岁的我已遍尝生活的酸甜苦辣,我走得太累,可我注定还得咬着牙走下去。

妈妈在电话里等了我很久,等待我的平静。她似乎是犹豫了一会儿,后来她终于告诉我,九十多岁高龄的奶奶,就在刚才,很安详地去世了。自然,奶奶无疾而终,应为喜丧。

这个噩耗使我难过,更令我惊讶。后来很多天我一直想着这件事,我不知道奶奶为什么要选择我生日这一天走。这也许只是一个巧合?也许蕴含着命运给你的某种难解的谜底。但在生命走向死亡的过程中,生比死更为艰难因而也更为永恒。在余下的生命中,你将如何活得更有价值更加坚韧?我质问自己,我茫然却也清醒。

然而,与这个祖母辞世的消息一同降临,比此事更为神秘或者不可思议的是:阳台上的君子兰,就在那天盛开了一丛橘红色的花束。

那年早春君子兰早已开过。往年也从未有在盛夏开花的先例。却就在我生日的前半个月左右，从叶片的侧翼，奇迹一般地抽出了一枝花苔，然后是花苞。等待它开花的日子，便梦见丈夫归来。他曾是那样悉心地照料过它们，苍翠的叶片上依然萦绕着他的气息。于是就偏偏等到我生日那天，君子兰倏忽展开了娇艳的橘红色花瓣，团团朵朵是聚成一簇凌空旋转的花环，高高擎起托举给我。无论怎样的理由，都不能使我信服这种"偶然"。我给自己唯一的解释是：这一定是我丈夫从异地特为我送来的生日鲜花，这是他给我的四十岁生日礼物。

那一天，我好像又重新活了一次。我长成了"我"，而生命却刚刚开始。我不属于我自己，我的节日属于所有爱我、寄希望于我的人。

可我竟然一直没有机会为妈妈过一次生日。妈妈的生日在初夏，这个时候我没有一次在家中。妈妈如此重视我的生日，但妈妈从不记得自己的生日。妈妈把生命付与了她所爱的人却没有回报——我只能像妈妈那样，将爱转付给我的孩子。每年，我都尽我所能为儿子过生日，他的年龄与我一起增长。生命在消逝也在新生。我们的脚步因循着一个又一个的圆，擦过圆周的边缘，向着不可知的远方延伸，这是否即是人类永远的希望？

丈夫与我分别了一年半以后，终于在一个冬日回到家中。他所做的第一件事，便是拿出了他在我四十岁生日那天为我准备的一件礼物。那礼物很小，却是他亲手制作。他实现了自己的诺言。如今它就放在我的书桌上，成为我们之间的秘密和我心里永久的珍藏。

再过三天即是我的四十一岁生日。今年的生日我只想和他静静地在草地上坐会儿，默默祝愿天下的人们都有一个自己所期盼的节日。不要问人生的终点在哪里，一年一度，每一个生日都是一个里程碑。

雾天目 🌳

　　去西天目，是心里积存已久的一个念想。不是为观光，是为了那些大树。

　　几十年里，只要说到树，天目山就从父亲的眼神里巍然升起，像一次骤然发生的地壳运动。稀疏的白发在那一刻变成了茂密的森林，落满了雪。"那是我一生中见过的最壮观的大树，"他一遍遍说，"假如你没去过天目山，根本不明白什么叫树。"

　　其实不全是为了树。我知道，是为了一个人，一个已经逝去半个世纪的人。

　　几十年来，若是提起他的名字，母亲的眼神就会倏然暗淡下去，像是夕阳沉落于山巅的那一刻。苍茫的暮色中，血红的天空映出模糊的山影。"你即使哪儿都不去也该去西天目，你会看见他就在那里。"她喃喃低语，"我和你一起去。"

　　去西天目，就这样变成一种夙愿和仪式，无论为了树还是为了人。

　　只是，我没有想到，登天目山那一日，会遇上那样一场弥天大雾。

冬尽了，山下的树一天天发芽泛青，才刚漾出些许春意。而眼前的天目山，已满眼都是绿，绿得苍郁而沉稳，似乎千年万年就一直那样绿着，没有交替和衰荣，没有落叶和枯枝。那是一种墨汁般深潭样的绿色，把所有草叶的嫩绿都覆盖了。

车从盘山公路上掠过那个叫南庵的拐角时，我感觉到紧挨着我的母亲的身子突然战栗了一下。在牙齿轻微的磕碰声中，我分明听见了那一声尖锐的枪响，雾气就是在那会儿，悄悄地从四面弥漫上来。

像一场突如其来的暴风雪呼啸而过，远山近树忽而望不见了。山中古老的禅源寺，隐匿在苍白的雾气里。下车寻路，林间的青石板小径如雨泼过湿漉漉的腻滑，只几步便消失在浓烟般的水雾中。空气变得潮重，斗篷似的裹在身上，人被悬浮在白茫茫的云层里，每一步都像要迈入万丈深渊。

母亲默默走在前面，像一个游荡的幽灵。白色的纱幕被她的脚步豁开一个缺口，影子穿过去，纱幕瞬间又闭合了。

山路通往林深处。头顶的天空突然变暗变低了，浓白的纱幕忽地织成一张铺天盖地的绿网，悬浮的雾珠在树枝上闪着绿莹莹的光泽，空中飘来松针和树叶清凉的气息。在那深不可测的绿巷中，我隐约看见了一排排巨大的树干，昂然立于路旁，几乎与我迎头相撞。

它们竟是那样的粗壮，每一棵都需几人合围，才能将它抱在怀里；它们竟是那样的高大，浓密的云雾遮去了树梢，树尖伸到望不见尽头的天上去了；最令人惊叹的是树干之直，刀削般笔挺，像一根根气宇轩昂的罗马石柱，支撑着绿屋的穹顶。褐色的树皮一片片如鳄鱼的鳞甲，已被千年的风霜锤磨成坚韧的岩石。

他究竟倒在哪一棵树下了呢？鲜血从他年轻的胸膛里流淌下来的时候，他或许就靠在了那棵大树的树干上。他依托了大树，所以他牺牲的那一刻仍像树一样站立。龙爪般的树根上至今还留着他的斑驳血迹，只是被浓浓的雾气遮掩了。

那个无风无雨的春日，那些被父亲无数次赞颂和崇仰的天目山大树，就这样从漫山飘忽的浓雾中，和那个叫贾起的故人一起，若隐若现地走来。我看不清他的面孔，只听见他脚上沉重的铁链，像伐木人锐利的锯，一声声从森林尽头传来。

我不知道他在匆匆离去前，是否还有心情观赏这些西天目的稀世大树。五十七年前的树叶早已零落成泥，但我清晰地看见他灼热的目光仍在枝条上缠绕，还有他抚摸着树干留下的湿掌印，那手纹一寸寸已嵌入老树的树皮，与树合为一体。他是多么爱这些大山和大树哦，也许正是为了它们，还有他心底里的爱人，他才走向战场。他早已做好了交出自己的一切包括生命的准备。

半个世纪过去，而西天目的树，依然是当年他曾见过的那些树。如今我所见的情景，早已被他熟读过多次了——陡峭的石阶两旁是被称为"仪仗队"的巨大柳杉，活活的武士样雄伟，胸径可达一米，百十棵大柳杉顺坡排列，阵势逼人。据说天目山的大柳杉有一千三百余棵，像是天下的柳杉精英都来此聚会了。再抬眼，奇高的金钱松破雾而出，穿云摩天，婀娜多姿，模特般窈窕轻盈，目不斜视，傲气十足，人称"冲天树"。若不是弥天大雾遮挡了视线，便可望见悬崖峭壁的林莽中，挤挤撞撞拥塞着的那几百棵千年银杏，等到秋天，山谷里定是黄叶灿烂一片金光四射。据说早在宋代，便有人将西天目这片偌大的森林冠以"千秋树"之美称。

他一定是生性爱树的，才舍弃了故乡青岛温暖的海滩，将西天目作了自己永久的栖息地？

九里亭、七里亭、五里亭……几十里山路，不是在走，是在仰望，始终是扬着脸，瞻仰那些永远的树。当那一排枪声在冰冷的山谷里响起来的时候，唯有这些树，是沉默的目击者。后来那些离乱梦魇的岁月，仍是这些树，在荒野莽丛中陪伴他。他年轻的生命终止在二十七岁那个年龄，大树却已千年。

母亲仍是独自走在前面，七十五岁的高龄，脚步依旧矫健有力。从上山那一刻起，她的双目就被山峦雾气染得湿润。林深处不知名的鸟鸣啁啾，声声如歌，让人想起遥远的青春季节：一群女生欢笑着从禅源寺的临时课堂上跑出来，手拉手围着寺前的老银杏树，雄壮的抗日军歌惊飞了树上的小鸟……待她几年后重回西天目，却是被枪兵押解着，不知要押解到哪一座山坳里去。他就在她的前面，一步步走得坦然稳健。她望着他的背影，踩着他的脚印，有他在，就像有树在，她不再慌张。直到今日，她仍能想起他回头看她的那一道目光，笃信而又充满了怜爱，如阳光下流淌的山涧小溪，从石缝里透出乌亮的光泽。

母亲站住了，站在一棵巨大的柳杉树下。树身奇粗，三人合抱仅围大半圈。奇怪的是那树皮已被剥得精光，露出枯涩的树干，瘢痕累累，深藏的皱褶中写满沧桑。枝条上没有一片绿叶，唯有躯干依然屹立，像一尊古老的石像。

我惊呆、疑惑、叹息。母亲轻声说："这就是那棵真正的大树王，现在它死了，是被游人剥树皮做药，活活弄死的。五十多年前，我曾见过它活着的样子，树冠就像一把巨大的伞，整个开山老殿都被它遮住了。"

一阵山风袭来，浓重的雾气旋转着，从大树粗糙的枯枝中穿过，如山妖林怪的舞蹈。刹那间，淡绿色的雾气变成了油绿的树叶，又如一树繁花缀满大树坚韧的枝干，青枝摇曳生机盎然，满山坡都是杉叶林涛的哗响——大树王在我的想象中复活，抑或说它从未死去。

　　雾越发的浓了，下山的路还长。雾气如雨，洇湿了母亲的头发，我挽起她走，身前身后都是大树黑黝黝的剪影。父亲说，近年来他们已是第三次到西天目了，但没有人知道那个五十七年前被枪杀的革命者，究竟葬在哪里。

　　我说："你找不到他，因为他已经变成了一棵树。"

　　世事变迁，唯有西天目的森林，是永远的。为着他们那一代人关于自由平等的理想，半个世纪之后我们依旧对他深怀敬意。然而，无数生命和太多的鲜血，使理想的代价变得过于昂贵，缥缈的雾中我们甚至看不见理想的内容。抚摸着西天目的老树，我想也许只有这些大树，才真正拥有自由的空气和丰沛的雨露。

　　我们走在雾里，我们朝大雾弥天的南庵方向走去。我的汗已变成了蒸腾的雾，将我自己团团笼罩。那是一个雾日，在西天目，我穿行在也许可以被称为历史迷雾的情景中，真实变得越发令人疑惑。人说东西天目两峰之巅，各有一池，池水清冽冬夏不涸，颇似双目仰望苍穹，故得名"天目山"。我不能也不敢去山巅，在我的想象中，那泓清澈的池水，定是贾起舅舅不瞑的双目，在日夜诘问苍穹。

　　若是以那池水洗眼濯足，会有人"开天目"吗？

　　山林寂静，水气迷茫。雾中影影绰绰的大树无言，没有回声。

苏醒中的 母亲

那天清晨6点多钟，书房的电话急促地响起来。我被铃声吵醒，心里怪着这个太早的电话，不接，翻身又睡。过了一会儿，铃声又起，在寂静中响得惊心动魄。心里迷迷糊糊闪过一个念头：不会是杭州家里出了什么事吧？顿时惊醒，跳下床直奔电话。一听到话筒里传过来父亲低沉的声音，脑子嗡的一下，抓着话筒的手都颤抖了。

年近八十高龄的母亲，长期患高血压，令我一直牵挂悬心。2002年秋天的这个凌晨，我担心的事情终于发生，母亲猝发脑溢血，已经及时送往医院抢救准备手术。放下电话，我浑身瘫软。然而，当天飞往杭州的机票，只剩下晚上的最后一个航班了。

在黑暗中上升，穿越浓云密布的天空，我觉得自己像一个被安装在飞机上的零部件，没有知觉、没有思维。我只是躯体在飞行，而我的心早已先期到达了。

我真的不敢想，万一失去母亲，以后的岁月里，我们全家人还有多少欢乐可言？

飞机降落在萧山机场，我像一粒子弹，从舱门里快速发射出去。子弹在长长的通道中一次次迅疾地拐弯。而我的腿却绵软无力，犹如一团飘忽不定的雾气，被风一吹就会散去。

走进重症监护室最初那一刻，我找不到我的母亲了。我从来没有想到，我竟然会不认识自己的母亲——仅仅一天，脑部手术后依然处于昏迷状态的母亲，整个面部都萎缩变形了，口腔、鼻腔和身上到处插满了管子，头顶上敷着大面积的厚纱布。那时我才发现母亲没有头发了，那花白而粗硬的头发，由于手术而完全被剃光，露出了青灰色的头皮。没有头发的母亲不像我的母亲。突然明白原来母亲是不能没有头发的，母亲的头发在以往的许多日子里，覆盖和庇护着我们全家人的身心。

手术成功地清除了母亲大脑皮层的淤血，家人和亲友们都松了口气。然后是在重症监护室外的走廊上整日整夜地守候，焦虑而充满希望地等待。等待母亲从昏迷中苏醒过来。每天上午下午短暂而珍贵的半个小时探视时间，被亲友们分分秒秒珍惜地轮流使用。无数次俯身在母亲耳边轻声呼唤："妈妈，妈妈，你听到我在叫你吗？妈妈妈妈，你快点醒来……"

等待是如此漫长，一年？一个世纪？时间似乎停止了。母亲沉睡的身子把钟表的指针压住了。那些日子我才知道，"时间"是会由于母亲的昏迷而昏迷的。

两天以后的一个上午，母亲的眼皮在灯光下开始微微战栗。那个瞬间，脚下的地板也随之战栗了。母亲睁开眼睛的那一刻，阴郁的天空云开雾散，整座城市所有的楼窗都好像突然一扇一扇地敞开。

然而母亲不能说话。她仍然只能依赖呼吸机维持生命，她的嘴被管子堵住了。许多时候,我默默站在她身边,长久地握着她冰凉的手。我暗自担心苏醒过来的母亲,也许永远不会说话了。脑溢血患者在抢救成功后,有可能留下的后遗症之一是失语,假如母亲不再说话,我们说再多的话,有谁来回应呢?苏醒后睁开了眼睛的母亲,意识依然是模糊的,母亲只能用她茫然的眼神注视我们,那个时刻,整个世界都与她一同沉默了。

母亲开口说话,是在呼吸机停用后的第二天夜晚。那天晚上恰好是妹妹值班,她从医院打电话回来,兴奋地告诉我们妈妈会说话了——我和父亲当时最直接的反应是说不出话来。妈妈会说话,我们反倒高兴得不会说话了。

妹妹很晚才回家,她详细地复述了妈妈那晚在病床上一口气说的那些话。妈妈反复复地说:"太可怕了……这个地方真是可怕啊……"妹妹插话说:"我是婴音。"妈妈说:"你站在一个冰冷的地方……"妈妈的那些话,结结巴巴断断续续,似乎在一场长长的梦魇中挣扎。她一生里曾经历的所有屈辱和苦难,如同无数记忆的碎片,在脑海深处闪烁浮游。她正在试图用嘴唇和牙齿与梦魇对抗,在语言中逃脱并复原自己。是的,不管怎样,我们的妈妈会说话了,妈妈的声音、表情和思维,正从半醒半睡的噩梦中一点一点复苏。

第二天清晨我急奔医院病房,悄悄走到妈妈床边,问:"妈妈,认识我吗?"

妈妈用力地点头,却叫不出我的名字。

我说:"妈妈,是我呀,抗抗来了。"

由于插管子损伤了喉咙,妈妈的声音变得粗哑低沉,她复述了一遍我的话，那句话却变成了："妈妈来了。"

我纠正她："是抗抗来了。"

她固执地重复强调说："妈妈来了。"

我的眼泪一下子涌上来。"妈妈来了。"——那个熟悉的声音，从我遥远的童年时代传来："别怕，妈妈来了。"在母亲苏醒后的最初时段，在母亲依然昏沉疲惫的意识中，她脆弱的神经里不可摧毁的信念是："妈妈来了。"

妈妈来了！妈妈终于回来了。

从死神那里侥幸逃脱的妈妈，重新开口说话的最初那些日子，从她嘴里奇怪地冒出了许多不连贯的文言文。探望她的亲友对她说话，她常常反问："为何？"若是有人问她感觉怎么样，她回答："甚感幸福。"那些言辞也许是她童年的记忆中最早接受的教育，也许是她后来的教师生涯中始终难以忘却的语文课。那几天我们差点儿以为母亲从此要改用文言文了，我们甚至打算赶紧温习古文，以便与母亲对话。

幸好这类用词很快就消失了。母亲的语言功能开始一天天恢复正常。每一次医护人员为她治疗，她都不会忘记说一声谢谢。在病床上长久地输液保持一个姿势让她觉得难受，她便不停地转动头部，企图挣脱鼻管，输氧的胶管常常从她鼻孔中脱落，护士一次次为她粘贴胶布，并嘱咐她不要乱动。她惭愧地说："是啊，我怎么老是要做这个动作呢。"胡主任问她最想吃什么，她说："想吃蘑菇。"她开始使用一些复杂的句式来表达自己的意思，却又常常词不达意，让病房的医生护士忍俊不禁。她仍然常常把我和妹妹的名字混淆，我们纠正她的时候，她却会狡辩说："你们两个嘛，反正都是一样的。"

如今再回想那一段母亲浑身插满了管子的日子，真是难以想象母亲是怎样坚持下来的。她只是静静地忍受着病痛，我从未听到过她抱怨，或是表现出病人通常的那种烦躁。

离开重症监护室那天，爸爸对她说："我们经历了一场大难，现在灾难终于过去了。"

妈妈准确地复述说："灾难过去了。"

灾难过后的母亲，意识与语言的康复却十分艰难缓慢。她明明是醒过来了，但我时常觉得她好像还在一个长长的梦里游弋。有时她清醒得无所不知，有时却糊涂得连我和妹妹都分不清楚。她时而离我很近，时而又独自一人走得很远；有时她的思维在天空中悠悠飘忽，丝丝缕缕不见踪迹；有时她又好似深深潜入了水底，只见一个模糊的影子和水上的涟漪……

但无论她的意识在哪里游荡，她的思绪出现怎样的混乱懵懂，她天性里的那种纯真、善良和诗意，却始终被她无意地坚守着。那是她意识深处最顽强最坚固的核，我能清晰地辨认出那里不断地生长出的一片片绿芽，然后从中绽放出绚丽的花朵。

若是问她"妈妈，你今天有哪里不舒服吗？"，她总是回答说："我没有不舒服。"

我的表弟、弟妹和他们的女儿去看望母亲，在她床前站成一排。母亲看着他们，微笑着说："亲亲爱爱的一家人。"（那是我小时候妈妈给我买的一本苏联儿童读物的书名。）

母亲也许是听见了不知何处传来的乐曲声，她说："敞开音乐的大门，春天来了。"

医生带着护士们查房，在她床前嘘寒问暖。母亲微笑着夸赞说："这么多白衣天使啊……"又说："多么好听的声音。"还说："多么美好的名字啊……"护士们都喜欢与她聊天，她们说朱老师说话，真的好有意思啊。

有几天我感冒了，担心会传染给母亲，就戴着口罩进病房。母亲不认识戴口罩的我了，她久久地注视我，眼睛里流露出疑惑的神情。我后退几步，将口罩摘下说："妈妈，是我呀。"母亲认出我了，笑了，心疼地说："你看你累病了，戴口罩很闷的，我没事，你回去休息吧……"

一日，胡医生陪母亲去做脑部CT，母亲躺在可移动的病床上，护工推着床下楼，经过医院的小花园。胡医生说："朱老师你很多天没有看到蓝天白云了，你看今天的阳光多好。"母亲望着天空说："是啊，今天真是丰富多彩的一天呀！"

想起母亲刚刚苏醒的那些日子，我妹妹的儿子阳阳扑过去叫外婆的那一刻，妈妈还不会说话。但她笑了，笑容使得她满脸的皱纹一丝丝堆拢，像金色的菊花那样一卷一卷地在微风中舒展。那是我见过的最灿烂的笑容，一如冷傲的秋菊，在凋谢前仪态万方地告别演出。

母亲一生待人和气宽容。对于生活的种种磨难，她从来没有抱怨没有记恨。即便遭受如此大难，她依旧坦然承受着病痛，时时处处为别人着想。即使在她大病初愈脑中仍然一片混沌之时，她依然本能地快乐着，对这个世界心存感激。

也许是得益于母亲乐观平和的心态，母亲在住院几个月之后，终于重新站立起来，重新走路，自己吃饭，与人交谈，生活也逐渐能够自理。母亲回到了自己家里，几乎奇迹般地康复了。

我为自己有这样一位坚韧仁慈的母亲而骄傲。

我之所以写下这些，是因为我看到了母亲在逐渐苏醒的过程中，在她的理智与思维逻辑都尚未健全的状态下，所表现出来的人性中那种本真纯粹、绝无矫饰伪装的童心和善意。母亲从健康的青年时代直到病前的老年岁月曾经给予我的教诲与爱，都在她意识朦胧而昏沉的那些日子里得到了真实的印证。

　　在一个人刚刚从昏迷中苏醒过来，自我意识尚不能受制于理性控制的时刻，她所自然流露出来的思维和行为，应是她心中最坚实的内核与底蕴。

母亲的精神财富

一个人无可选择地来到世上，最无法选择的是自己的父亲母亲。感谢命运给予我世界上最好的妈妈。我幸运地落在了这个妈妈怀里，变成了现在的我。

朋友们所羡慕的这个母亲，既不显赫更不富有，那是一个普通的母亲，一辈子历尽坎坷磨难，无权无势无钱。她曾经几乎一无所有，但她却完整地拥有着自己——那颗充满同情、健康快乐、丰富易感的心灵。

母亲生于1923年。在她出生的那个江南小镇，至今还会有人谈起她的轶事，说当年朱家的大小姐出去读书，每次假期总是两手空空回来，因为她把随身的衣物和被褥统统接济给了家庭困难的同学。到我记事以后，这类传说一日日变得真实可信——暑假里一个下着雷阵雨的下午，大门口出现了一个从乡下到城里来收垃圾的妇女，妈妈邀她进来避雨，她执意不肯，妈妈竟然冒着大雨追出去老远，为了给她送一顶挡雨的草帽，结果把自己淋得稀湿。我的妈妈在任何情况下，都会尽其所有去善待那些需要帮助的人，这一类小事充斥了我一生的记忆，母亲使我懂得"爱"这个字眼,是一种不求回报的付出。

母亲早年追随革命,抗战时期入党又被捕保释的复杂经历,使她和我父亲在新中国成立后多次接受历史审查,并受到极不公正的对待。"文革"中被隔离,在"牛棚"里强制劳动四年之久。

在20世纪50年代最艰难的日子里,原是革命干部的爸爸由于具有重大嫌疑而正在受难,留下的奶奶和叔叔姑姑一家五口要生活下去,妈妈不能不挑起这个重担。从包干制到工资制,除了我们母女二人吃饭的钱,她把余下的50元钱全部都交给奶奶。为了省下中午这一顿饭钱,她天天顶着烈日,走路回家吃饭。后来搬得远了,除去她和我的生活费,她还是把其余所有的钱,都用来抚养奶奶一家。加上爸爸好友每月的少量资助,或申请一点困难补助,总算勉强维持奶奶一家五口活下来。两个年龄稍大的叔叔在假期里还要打些零工,挣一点钱来交学费。妈妈还要接济外婆一家。好在后来我的舅舅已经在一个工厂当了学徒,可以自食其力;外婆在洛舍小镇打工,总算能够勉强度日。

妈妈每用一分钱,都要细细地计算。这种境况对于我妈妈这样一个从小到大不为柴米油盐操心的人来说,实在是太难了。妈妈把自己的开销减了又减,甚至多次饿着肚子走上讲台。她对我说,真怕肚子里咕咕的叫声会让学生们听见。有一次,窗外传来收旧货的吆喝声,妈妈实在是太饿也太馋了,她找出舅舅丢弃的几本旧课本,拿去卖了,换了几分钱,跑到路口的小铺上,为自己买了两块油炸臭豆腐吃,那是妈妈仅有的一次"享受"。

我记得妈妈常用咸萝卜干和腐乳下饭,但每天我的面前都有一个小小的苹果或是小小的橘子,还有一粒必须要吃的鱼肝油丸。每次我剥开橘子，把一个橘瓣塞到妈妈嘴边，妈妈总是把牙咬得紧紧地说，好孩子，妈妈不吃，妈妈怕酸呢。她为自己倒了一杯白开水，暖着手，然后不出声地一口一口喝着。

　　肚子饿是能忍受的，令她无法忍受的是周围人的眼神，好像她是一个传染病患者，同她多讲一句话都会变成敌人。学校领导总是把最吵的班级分给她，把别的老师不愿干的事情交给她做。在教研室里，她坐的桌椅是最破旧的，她用的教具常常残缺不全——她默默忍了，还没有资格说不。她没有资格是因为她的丈夫和父亲都是"历史反革命"。只有到了深夜，在难耐的寂寞和饥饿中，妈妈才能将人们那如刺如荆的白眼，一根一根从她心里拔出来，渗出滴滴血珠，再一口口吞咽下去。她要为女儿、为丈夫、为了全家人好好地活着。

　　在政治歧视、饥寒交迫的长夜里，妈妈津津有味地咀嚼着那些遥远的童话，在睡梦中与我分享，也作为她自己的精神夜宵。在很长一段时间里，我觉得，我在妈妈心目中，是作为一个美丽的童话存在的。这个日日夜夜相伴的童话，就成为她的精神避难所，也是她流亡的灵魂最后的寄存之处。

　　多年以前妈妈曾在洛舍小镇的孤寂与苦恼中，以文学作为自己的精神支柱，到我出生以后，文学又在她心里丝丝缕缕地复苏。像那个时代许多追随革命的人一样，她早已是一个决不信奉宗教的人，当许多人被裹挟到政治运动的洪流之中时，她却只能沉溺到她的书本里去，将她心灵深处那些美丽的童话，建筑成一座她所独享的理想主义宫殿，并逐渐创造出一个可以被称为童话理想主义的怪物，作为自己度过苦难的另一种"信仰"。

在那一段漫长而凄苦的岁月里，妈妈一步步把我引入她苦心营造的另一种梦游幻境，让我在她虚拟的童话世界里天天向上。

　　几十年中，母亲坚韧独立的品格，渗透在我灵魂中，使我有足够的力量和自信去面对人生的一切艰难困苦。母亲是真、善、美的化身，是自由与真理的热爱者。这是我从她身上取之不竭的精神财富。她以自己对真善美的企盼，教会我永远不要对生活放弃希望。

　　假如我重新做一次女孩，最希望的是，我的妈妈还是现在这个妈妈。

父母《双叶集》小引

　　这一部晚来的合集，迟至父母的耄耋暮年，终于由华东师范大学出版社出版了。好在，还不算太晚。

　　年近米寿之年的父亲，在这几年日复一日悉心照顾母亲的空隙里，利用所有边边角角的零碎时间，搜集、整理、编辑这部书稿。在这个艰巨而琐碎的工作中，他毫不吝惜地挥洒着最后的激情，几乎耗尽了体内积攒和残留的全部力气。

　　父亲与母亲均出生于20世纪20年代。他们在八十余年人生中的几个不同时段，陆续写下的文字(包括文学作品)，大部分都辑录在这里了。两个人的一生，跌宕起伏的个人经历、丰富激扬的生活情感、饱受磨难屈辱但仍然乐观刚毅的精神力量——这部几十万字的短文集腋，是他们生命的精华浓缩积聚而成。

　　然而，面对厚厚的书稿，我的心，却分明感到隐隐的疼痛。

　　因为我知道，父母的人生坎坷曲折。那所谓的"八十余年"，其中有三十年左右，几乎是一片荒寂的空白。文字消失在断裂的时间里，被突然塌陷的天坑吞噬,留下了狰狞凶险的缺口。他们的人生,显然被切割成了一段一段难以正常接续的日子;该书辑录的那些篇章,不均匀地分布在现代中国历史的各个转角,忽隐忽现、时断时续。犹如一条河流遭逢岩石拦阻,被迫一次次改道或是淤塞成湖泊水潭,无法顺畅地奔流入海。

激扬的文字起源于抗日战争、燃烧于解放战争——他们曾是如此才华横溢、文采飞扬。那是青春与理想最蓬勃最辉煌的时代,艰险而颠沛的流亡岁月,成为他们一生中最美好的记忆——那些为民族存亡呼唤呐喊、为未来民主自由的新中国而奋笔疾书的文字,在半个多世纪后的今天重读,依然明朗鲜活,充满了犀利、锐敏、真诚的活力。

而后,戛然而止。从20世纪50年代初,直至70年代末,那漫长的三十年,从青年进入中年最后走向老年,一生中最宝贵的三十年,他们忽然变成了"黑夜里的人们",再也未能写下一字一句。曾经恣意汪洋的才情、自由独立的个性,猝不及防地被阉割被钳制,"觉醒之路"已与当年的精神目标"背道"而行。两个人的"风浪之船"与"文学之梦",湮灭在猩红色的暴风骤雨之中。

那个时代曾经牺牲了多少支妙笔?而历史,总在这里垂下眼睑。

他们重新浮出水面之时,已是雨过天晴的20世纪80年代,劫后余生的最后一段短暂的好时光。我的意志坚强的父亲与生性洒脱的母亲,从笔端和纸上渐渐复活。黄昏业已临近,分分秒秒都如此珍贵,在绚丽的晚霞即将匆匆沉落之前,他们还有许多事情要做——尽管,三十年间丢失和遗落的那些文字,已经不可能再捡拾回来,但这位自远方归来的文学挚友,却是他们晚年可依傍可慰藉的忠实伴侣。在这个重新扬帆出发并急剧变化着的社会里,他们看见了金秋"重阳"之美,看见了"神奇的红树林"之奇,听见了"爱与命运的悄悄话"。在绵绵的思绪中,父亲记下了自己的"生命之痛"与"暮年之思"。试图从个人的"变形记"中探寻政治灾难的根源……

于是，我们读到了母亲在"太阳出来的时候"写下的抒情短章。那些童心未泯的语句和描述，依然如同当年一般散发出清纯的诗意。她究竟是怎样战胜了苦难也战胜了自己呢？我们只能从父亲代替母亲收录于此书中的那些美文里，去窥觑她的心迹了。

于是，我们读到了父亲以当年写"雪之谷"那般流畅通透的文笔，在20世纪80年代至21世纪，陆续写下的回忆、评述、纪事等各类随笔。在度过漫长的沉默岁月之后，纸笔失而复得，父亲的文章依然严谨犀利，字里行间一派老报人的刚直风范。他从未因妥协而失语，而仅仅只是暂时闭住了嘴巴、咬紧了牙关而已。

需要怎样坚毅的生命承受力，才能承受这半生的厄运？需要有怎样坚韧的生命承受力，才能承担起作为一个人、一个大时代的小知识分子、一个丈夫或妻子、一个父亲或母亲的责任？

你的灵魂要有足够的重量；你的骨骼，要比你承受的苦难更坚硬。

可惜，当"风浪之船"驶入平静的港湾时，他们已步入晚年。

我的心因疼痛而沉重。

"如果"——如果不是这样，那么，曾经才思敏捷的父亲和母亲，能写下多少有价值的文学作品？在那本不可遗忘的历史账簿上，"夭折"的不计其数，付出了一个民族的精神文化整体停滞的代价。

所以，在我看来，这部父母一生的文章合集，只是算作一个"残本"。中间那大片的空白，深藏着更多耐人寻味的忧戚。也许，正因是"残本"，它才为那个即将逝去的年代，留下了一份真实而"完整"的刻录。

快乐的忧思

——谈张婴音的儿童文学创作

我是婴音作品的读者；我也从事文学创作，可以说是婴音的同行；如果说，我和今天在座的专家们身份有一点不同，那就是我是婴音的姐姐。这个好像大家都已经知道了，我没办法隐瞒；况且要是我父母知道我为了避嫌，不肯承认她是我妹妹，弄不好就会不承认我的。所以，我很幸运地具有了以上三种视角，来和大家一起讨论婴音的儿童文学作品。

作为婴音的读者，我很喜欢她小说中幽默俏皮的文字，生动有趣的故事、人物和细节；作为她的同行，我看到她身上的那种踏实、敏感、对生活充满好奇和爱心的品格；而作为她的姐姐，我深知这么多年来，婴音在完成她的杂志社编辑工作之余，坚持儿童文学写作，是多么不容易。她的作品，都是利用节假日，在照顾父母、养育孩子的空隙中，一点一点挤出时间写成的。有一年，她和丈夫、孩子全家来北京度假，我们计划去内蒙古旅行，临走前一天，她宣布说她打算放弃去草原，因为她竟然把未完成的稿子带来了北京，必须要利用这个假期把它写完。这让我很是心疼，当然也心生敬意。一个人如果主动放弃别人觉得很有诱惑力的A，而选择别人看起来没有价值的B,那么B一定是她真正想要的东西。所以我知道,她写作的动机和动力是如此单纯,既不是赚钱也不是出名,而是纯粹的喜欢和热爱。在今天这样一个大多数人追名逐利的社会里,真是非常难得。

婴音作品的艺术特色,比较鲜明的一点,是语言(叙事与对话)中所充溢的童稚气息。她擅长在作品中营造儿童语言的氛围与语境,所以翻开书页后不久,我们就会不由自主地对着书本傻乐,好像自己也变成了其中的一个孩子。叙述者与被叙述者,通常不再需要身份的刻意转换,作者与书中人物之间,处于同一"语言体系"之中,没有年龄和心理的隔阂。我有兴趣来探讨作者究竟是怎样完成这种对接的。

我所了解的婴音,几乎还在上小学的时候,她就对同学们种种有趣的语言和行为有一种敏感的接收能力,然后自发地进行转述和加工。这种叙述才能,在她读高中的时候,就表现得非常充分了。记得每天晚上全家人吃饭的时候,她就会把学校里、邻居家的小孩(后来是工厂里)发生的事情,绘声绘色地讲给我们听。她总是能够抓住最有趣味的细节,包括人物的不同口气和动作,什么事情一经她讲述,就会变得特别好玩,让人笑得喷饭。有时候原本并不那么好玩的事情,被她一讲,也变得好玩了。这种即兴随意的口头叙述,也许对她后来的写作,是一种类似"无心插柳"的基础训练。当这种口头讲述不能满足她成长后的表达欲时,她便转向了文字的尝试。直到现在,周围的孩子们身上任何一点点鲜活和异常的表现,都会引起她的浓烈的兴趣。而对于成人世界的那种钩心斗角一类的事情,她却通常是漠然、索然、淡然、茫然的。所以说,婴音选择写作,基于她对世界上一切单纯有趣的事物充满本真的热爱;有时候我觉得她天生就应该从事儿童文学创作，因为她拥有童心。童心是一片未被污染的净土，儿童的视网膜天生能够过滤许多杂质。很难想象一个未老先衰或是世故圆滑的人能够真正理解并同情儿童的烦恼。婴音有时候好像是一个长不大的孩子，她所具备的这种心理特质，使她得以用儿童的眼睛去观察生活，于是，她的视线能够到达成人往往屏蔽的那些角落。

婴音从事儿童文学创作，已经有三十几年的写作历史了。她出版了中短篇儿童小说集《快乐妈妈和快乐女儿》、长篇儿童小说《天天都有麻烦事》、散文集《我是女孩》、儿童教育专著《怎样使孩子心理更健康》以及各种儿童绘本等等，她的作品获得了一些儿童文学奖项，这都是值得祝贺的。

在她大部分作品中，故事内容和主题取向有一条一以贯之的主线，就是今天的儿童怎样才能快乐健康地成长。"快乐健康"应当是她的人生理想，也是她鲜明的教育理念。比如《我不是尖子生》《问题女孩》《罗老师的月亮》《少年孤独者的自白》等篇，都对当下的家庭教育和学校教育发出了温和的质疑。一个优秀的儿童文学作家，不会仅仅是一个生活的忠实记录者，而应当在故事中体现出自己的"儿童观"，这种"儿童观"渗透在每一部作品的构思里，通过儿童的笑声传递出来，就有了润物无声的阅读效果。我们看到，婴音笔下的儿童，大多淘气却有主见、善良而聪慧、具有上进心和集体荣誉感；婴音笔下的家长，多半善解人意、擅长和孩子沟通、平等对话、关心儿童心灵胜于衣食住行等物质生活；婴音笔下的老师形象，不是现实生活中常见的那种粗暴、生硬、令孩子们望而生畏、恐惧和厌烦的老师，而是平易、活泼、感性、巧妙、富于同情心的"大朋友"。婴音擅长以一个个生动可爱的人物形象,从"正面"引导她的小读者。在充满童趣的故事中,激发小读者的阅读兴趣和思考。但她的小说叙事方式又绝非娱乐化的,而是具有一种"快乐的忧思"风格,在貌似轻松、幽默的语言表象下,表达出她对当下社会现象和教育制度委婉的批评和矫正。从这个意义上说,婴音的小说,在对现实生活的关注程度、对人类原初天性的探求深度上,都得到了十分可喜的有益的收获。描述今天儿童的真实现状和心理,需要有扎实的观察儿童生活的功底,需要一份与孩子"同心同德"的理解力与亲和力,懂得并学会使用他们的语言。在这一点上,婴音也做出了可喜的尝试和努力。

近年来,浙江省形成了一支实力强大的儿童文学创作队伍,产生了许多优秀作品,这是同浙江省作家协会对儿童文学的重视和扶持分不开的,我在此表示由衷的祝贺。作为一个兄弟省作协的专业作者,对于浙江省作家协会儿童文学创作委员会,为婴音这样一位普通的儿童文学作者,专门召开为期两天的研讨会,使她有这样一个难得的机会,听取大家的意见,从而看到自己作品的不足,我想我应该代表我们全家,向所有筹备和参加这次会议的专家学者同行们,表示真诚的感谢。并向那些在她的写作道路上曾经扶持、引领、爱护她的编辑、朋友、新老作家、批评家们,表达我们全家深切的谢意。

婴音的写作道路还很漫长很艰巨,作为她的读者,我觉得她的作品的弱点和欠缺之处也很明显:比如说,故事相对单一;人物形象相对单薄;儿童生活素材的积累、提炼,应当具有更加鲜明的时代感;小说语言有待形成自己更为鲜明的风格;构思和取材也有待于进一步拓宽。今天的儿童文学创作,呈现出越来越多样化的状态,比如像郑渊洁的童话、彭懿的幻想小说、曹文轩的童年乡村记忆、秦文君的校园小说，还有魔幻和玄幻类小说，充满了丰富奇异的想象力……这些优秀的儿童文学作品，都是婴音需要认真学习的。

在婴音从事儿童文学创作的多年中，我没有给予她太多的关心和支持，作为她的姐姐，自然是很惭愧的。因为我太知道写作的艰难，就我本心来说，确实不希望她那么辛苦。我希望她的人生只有"快乐"没有"忧思"。当然，如今她已经取得了一些成果，那么，我希望她能按照自己小说里理想中的人物那样，快乐健康地生活，和她笔下的人物一起成长，这就足够令人欣慰了。幸好，婴音原本就有一颗平常心、童心和爱心，这是一个写作的人应当拥有的最珍贵的生命品质。

妹
妹
Mei mei

　　在我心灵的最深处，我依然在漫无目的地寻找一
片存满善良的草原。

——张婴音

银婚日

在1987年的第10期《文汇月刊》上有一篇《白发浪潮》的报告文学，第一个故事写的就是我的爸爸和妈妈，文章中称我爸爸为"英俊少年"，叫我妈妈"灰姑娘"。"灰姑娘与英俊少年"有两个女儿，那就是姐姐张抗抗和我。

今年的5月4日，是我妈妈和爸爸的银婚纪念日——头天晚上，远处高层建筑的灯光像银河似的形成一串光环，泻在我们的阳台上，显得很明亮，空气中充溢着阵阵的芳香。我看到阳台上靠着两个黑影，妈妈说："明天，你知道是什么日子吗？"爸爸说："啊？"他的口气非常惊讶，"怎么长长的四十年，一晃就过去了。"妈妈总是那么轻声慢语："我想，我们明天到灵峰去吃一顿竹筒饭。梅花虽然没有了，但梅叶很好看、很秀气！"我跳出去说："我和陈殷请你们去喝咖啡，给你俩拍几张银婚纪念照。"

第二天，却下起了大雨，哗哗剥剥，像倒豆儿似的。妈妈叹了口气："雨来庆祝我们的节日了，阳光呢？躲进去了。"那眼神有些凄清。

我也不高兴，雨真不懂事，搅乱这一对白发人的兴致，为了美好的银婚纪念日,我偏要庆祝,于是写下了这篇文章。

灰姑娘没有水晶鞋

我很调皮,老是追着问妈妈:"你怎么会嫁给爸爸的?"因为我老听外婆说,妈妈嫁错人了。我非要问个水落石出。妈妈在高兴的时候会轻轻地告诉我——

妈妈原来是育婴堂里的弃儿,却奇迹般地被小镇上一户开制面作坊的人家收养了,又百般宠爱。在抗日烽火中,她参加进步活动,坐过国民党的监狱,保释后回到小镇上被监视。爸爸是个年轻的记者,从天目山到沦陷区采访。有一天他敲开了镇长家的门,要求借宿。镇长的女儿就是我妈妈,他们就这样见面了,一直在烛光下谈到半夜。也许是妈妈的进步思想影响了爸爸,也许是爸爸的才华使妈妈倾倒,于是他们一起走了。妈妈没有带走太祖母给她的首饰、珍宝,没有带走华丽的皮大衣和旗袍,只带走了几本书,引起小镇上人们的惋惜。抗战胜利后,他们在上海棚户区中共地下组织办的一个小学校里教书。妈妈笑嘻嘻地说:"我哪有什么水晶鞋呀,王子一来,我赤着脚就跑了……"

英俊少年的风采

我不罢休,问妈妈究竟爱爸爸的什么,哪一点值得爱。妈妈用细长的眼睛瞅着我:"这么大了,你自己用眼睛看,用心灵想吧。"

我眼中的爸爸——

小时候我十分怕他,叫我立壁角的是他,叫我写检讨书的是他,强迫我吃药的是他。

他从报社被发落去果园劳动，每次回来都带一篮水蜜桃，他不让我们抢着吃桃子，却要我们先说出桃子的名称来。姐姐到过果园，总会猜得着，姐姐便得到了桃子，我在一旁咽口水。老实说我还有点恨他，很想偷偷地在墙上写"打倒爸爸"几个字。

　　如果是爸爸的休息日，家中便鸡犬不宁，他不停地管闲事：问我功课怎样，作文写些什么。我和姐姐说点悄悄话他也要问个水落石出。邻居的孩子吵架，他也要管，去判断他们谁是谁非。

　　如果他不在家，我们家便有姐姐曼妙的歌声、妈妈细柔的讲故事声、我那用沙喉咙学唱样板戏里沙奶奶的唱腔……

　　我和姐姐恶作剧，把小录音机开着，想把爸爸讲的话录下来，叫他自己听一听。可真怪，这一天他偏偏一句话也没说，我们在饭桌上故意用激将法都没用，我们的诡计失败了。

　　每逢有客人来，谈话的中心内容总是爸爸自己。无论客人讲什么他都把话题引到自己身上。妈妈总是派我坐在爸爸旁边，如果他讲得手舞足蹈，一发不可收拾，就叫我拉拉他的衣服，提醒他"收兵"。谁知道我一拉他衣服，他就火了，回头对我说："不要拉衣服，让我说完！"引得客人哈哈大笑，而他却没有自知之明，一脸委屈。

　　直到爸爸平反回到报社工作，我对他的了解，才有了180度的转弯。他那"英俊少年"的称号是怎么来的呢？因为他工作出色、动作敏捷、思维活跃。他每天接待很多的朋友，都是为他们的冤假错案平反。他为他们出主意、写材料、找人，有时还批评他们对平反自己的错案没有信心。有一天，他劝一个老态龙钟的妇人一定要为她的丈夫平反，那妇人却摇着头，说："他死了，平反又有什么用？"爸爸又劝她，说得口干舌燥，嗓子都哑了。我打抱不平："人家自己都不愿意，要你多管闲事！"谁知他瞪着眼，对我叫道："你不知道，那个死去的人，早年曾追求过你妈妈，可他后来被冤案整死了，我当然要为他说话……"他的极其认真、严肃的神色，把我吓了一跳，我的心一阵感动，啊，我爸爸的胸怀是一片宽阔的大海。

爸爸太疲劳，很少休息。有一次他午睡了，正好有人来找他，妈妈怕影响他休息，就说他不在家，这话还没说完，却有一个"飞将军"从天而降，赤着脚穿着短裤，大声说："我在这儿！"等客人一走，妈妈就责怪他了："你叫我尴尬不尴尬。"可是爸爸一本正经地说："我怎么能说假话呢？"

哦，我的爸爸，"英俊少年"的风采大抵如此。

灰姑娘的烦恼

我妈妈是个幻想家，常会即兴讲一些很美的句子，也会即兴写诗。她写小雏菊："我采了你，也采了你的青春美德，便在这荒野，谁会给你一个微笑。还是跟我走吧，在梦中你带我看你生长的地方，我带你去寻找失落的茫茫……"她总是沉浸在童话的意境中："你看，那个夕阳多美丽，这是一个夕阳国，里面有很多穿金红衣服的小人和车辆……""你知道山那边有个白云饭庄吗？太阳是炉火，星星是壁灯，霹雳是鼓声，那些面条呀雪白雪白的，都是白云做的……"她清澈的眼睛里总是充满着稚气和温柔，常常为不幸的人流眼泪，单纯得叫我和姐姐发笑。我爸爸的一位好友称她为"菩萨"。

去年，妈妈恋恋不舍地离开了少儿出版社，离开了她热爱的工作回家，这下灰姑娘有了无尽的烦恼了。

妈妈不会买菜，常常把坏的菜买回来而该找回的钱却不拿。更不会烧菜。她切一支笋切得满头大汗，半天也切不好，我一看，原来笋是圆的，滚来滚去，她抓不住它，就无法切它，害得我倚着门框笑得揉肚皮。她打一个蛋，那小心翼翼的样子，就怕会从蛋里突然钻出只小鸡来，轻轻的柔柔的，把我急得直跺脚。每天，为了三顿饭，她老是愁眉苦脸，一副大难临头的样子。从此她自称为"灰姑娘"，把当教师时娓娓地讲演、款款地朗诵的魅力，全部收藏起来了，全心全意地拜我为师，向我学烧菜了。可怜的灰姑娘。

可爱的餐桌，可爱的家

这样的一个爸爸、这样的一个妈妈，会有怎样的家庭氛围呢？我们可以毫无顾忌、自由自在地向他们提意见。我发现爸爸的几根头发翘着，就笑得咯咯的；有时爸爸说话，带出了广东口音，我便淘气地学他说话的样子，爸爸和我一起开怀大笑，这时候他会变得十分和蔼可亲。

我们的午餐或晚餐，吃的时间总是很长，因为大家聚在一起喜欢讲各种趣闻，姐姐会蛮有情致地讲"猫小姐"的故事，我呢，把听来的疯子啊，小巷子里的恋爱故事等等那些乱七八糟的事抖给大家听。突然，爸爸会一声大喝："这是一个好题材——"于是全静下来，爸爸便分析这个题材的社会性，姐姐有声有色地形容这个作品中未来的人物形象，妈妈总是要求写得有人情味，譬如那个可怜的姑娘，要有一个好归宿……我则认为要写得滑稽可笑。争得不可开交时，爸爸说："这样吧，我是初审，你姐姐复审，让妈妈终审……"我们便又争论开了，说这题材已经旧了，×××已经写过了。爸爸固执己见，姐姐拼命反驳他，我常常一会儿同意姐姐的，一会儿同意爸爸的，一会儿又发表另一种新的稀奇古怪的想法……

可爱的餐桌，可爱的争吵，可爱的爸爸妈妈！

女儿的祝愿

爸爸有火一样的性格、有透明的灵魂，妈妈是那片在蓝天上飘过的纯情的白云。你们坎坎坷坷地共同走过了四十年，那白发、那皱纹，记录了你们的真诚和承受的难以想象的不幸。爸爸劳动时挥洒的汗珠，妈妈灯光下默默流下的委屈的泪珠，都释放着最完美的人性和坚贞的爱情，是无价的珍宝。难怪你们到了银婚日，依旧那么和谐、那么温馨。你们的眼神，那么圣洁，像年轻人一样幸福。你们已经走完了苦难的历程，享受着生命最甜美的时光。我真想为你们采一束带着露水的蔷薇花，不，还是让我和姐姐，在天南、在海北，给你们一个长长的吻，吻黑你们的白发，吻平你们的皱纹，愿你们亲亲热热地走到金婚日、钻石婚日，走向永恒……

妈妈的 童话

过去这一年，我感觉自己是在恍惚中度过的，耳边好像常常听见妈妈在轻轻呼唤着我。从出生开始，我几乎没有离开过亲爱的妈妈，和妈妈在一起的日子就像是用水晶串起来的珠链那么清澈透明、纯净美好。妈妈生病以后，我每天去看妈妈，已经成为习惯，而给妈妈讲童话、唱歌则是生活中最开心的事情。现在，没有妈妈的日子我不知道该怎么过。最初一段时间，我每天以泪洗面，哀伤笼罩着我的生活，情绪一直在低迷中徘徊，我无法从失去妈妈的彻骨疼痛中走出来……

许多朋友劝我说：生活还要继续，需要好好调节自己的心情。朋友们说的话很有道理，我明白妈妈是不愿意看到我这种状态的。于是我就这样想，妈妈去的那个世界依然会有我们的爱，有她故乡的水与桥，还有她梦中无法忘怀的童话。有童话的陪伴，妈妈就不会寂寞。

妈妈是这个世界上最让我敬佩的人！她曾经是一位为儿童写作的儿童文学作家，早在1948年就出版过一本儿童文学单行本《幼小的灵魂》。虽然她这一生经历了那么多艰难困苦、坎坷磨难，可是她在生活中依然那么天真、单纯，对人性和生活从来没有失去过信心，依然保持着对美好生活的热情和希望。尤其是2002年秋天突发脑溢血、接受手术之后，妈妈似乎把以前所有痛苦和不快的记忆全部过滤掉了，留下的都是美好和快乐。

在手术康复初期，妈妈曾出现思维的混沌懵懂，然而她天性里的那种纯真、善良和诗意，却始终被她无意地坚守着。妈妈在恢复期所表现出来的那种源自本能的快乐以及对这个世界充满热爱与感激的情绪，深深地感动着我。她总是微笑着赞美生活，在她的内心深处，没有抱怨也没有烦恼。即便遭受如此病痛，她仍然如同一生中的任何时候，坦然承受着所有的磨难，总是处处为别人着想。记得她手术后从昏迷中醒来对我说的最清晰的一句话竟然是："婴音，我以后再也没办法帮你了……"听到亲爱的妈妈在这样的时候还说如此体恤女儿的话，我既心疼又感动，不禁泪如泉涌。这样深厚崇高的母爱是世间最为珍贵的，怎不叫我感慨万千！

为了帮助妈妈恢复语言能力，我每天尽可能与她多说说话。我想起小时候，总是妈妈给我讲各种美妙的童话故事，常常让我幼小的心灵绽放出绚丽的花朵。现在，妈妈老了，我要"反哺"妈妈。虽然妈妈因为脑溢血后遗症不能走路，不能看书，但她仍然拥有一颗纯真透明的童心，生活在她自己创造的世界里——她的世界是一个充满童话的世界，这里鸟语花香，美丽奇幻，五彩缤纷……我每天给她讲一个童话故事，她总是听得有滋有味。每到讲故事的时光，都是妈妈最开心的时候。有时故事讲完了，她还沉浸在奇妙的幻想世界里，一副很陶醉的样子。她总是不无遗憾地说："太好听了，怎么就没有了呢？"于是我就给她讲各种开心的事情,那已经成了我们母女每天的"功课"。姐姐也经常打电话来,在电话中给她讲各种各样好玩的故事。妈妈开心地笑,非常享受这样快乐轻松的时光。无论刮风下雨,每天中午回家为妈妈讲故事是雷打不动的,这同样也是我的快乐时光。我想,能够为九十多岁的妈妈讲故事,这个世界上还有谁能比我更幸福呢!妈妈最想要的就是在童话世界里自由徜徉,在美丽的幻想花园里采撷芳香的花朵,获得最美的享受。而这个过程也让我得到了很多,妈妈传递给女儿的不仅仅是母爱,还有一颗水晶般美丽的心。

从前,妈妈身体好的时候,周围的朋友们都非常喜欢听她讲话,无论是在浙江儿童文学年会上,还是妈妈的中学同学会上,大家都喜欢请她主持会议或是听她精彩的即兴发言。妈妈不但声音好听,语言也极富魅力,温婉自如、优美生动,充满文学色彩。记得有一年,妈妈在学校的广播室为全校学生讲故事,许多学生听入了迷。他们以为讲故事的一定是位年轻漂亮的老师,于是争先恐后去广播室门口探头探脑,想看看到底是哪位老师把故事讲得这么有声有色。谁知,从广播室出来的竟是年过半百的朱老师,这下那些学生全愣住了。从此,"朱老师讲故事好听"成了校园里的一段佳话。

妈妈患脑溢血在医院抢救时,医生说手术后可能会影响语言功能,我们一直很担心。但没想到妈妈很快就恢复了语言能力,这真是上天的眷顾。当时她刚从昏迷中醒来,意识有些模糊,奇怪的是,她竟然记得不少童话,尤其是安徒生童话当中那些美的东西,仿佛深深印刻在她的脑海里。她说她看到了各种各样的花朵,也会报出《小意达的花儿》里许许多多的花名。她说:"音乐响起来了,敞开音乐的大门吧。"护士到病房里来，她就说："小天使来了。"邵护士长来看她，她一下子叫不出名字，便灵机一动说："最美丽的护士长来了！"护士长顿时笑得像一朵花。

是啊，妈妈具有惊人的想象力。九十多岁的老太太，尤其又是脑溢血后遗症患者，大家都说真的很少见到。

有一天中午，阳光灿烂，妈妈坐在窗口的桌边吃饭，我指着湛蓝的天对妈妈说："今天太阳好，天也很蓝。"妈妈马上反应很快地说："今天的饭有太阳的味道！蓝天是我的桌布。这真是一顿美餐啊！"我为妈妈的想象力感到由衷的吃惊。又有一次，妈妈住院，病房在大楼高层，晚上从宽大的玻璃窗望出去，远处一片璀璨的灯光，特别壮观美丽。我问妈妈："你现在是在哪里啊？"妈妈脱口就说："天上的街市！"太奇妙了，只有妈妈才会有这样的想象。医院里接触过她的医生护士都喜欢她，他们说："最喜欢看朱老师的笑容，最喜欢听朱老师说话。"

在北京的姐姐姐夫一直有个愿望，就是希望妈妈能到北京住一段时间，看看姐夫种的花，特别是那棵樱桃树，不仅花开得美丽，而且结出的樱桃如红宝石般漂亮，个大味美，每年姐姐姐夫都会把最好的樱桃挑出来快递给我们。所以，妈妈一直很想亲自去北京在花园里采樱桃，她开心地说："我要一边采，一边吃。"那神情完全像个调皮的小姑娘。可是她的身体状况已经无法出远门了。于是我们一起编了一个"妈妈去北京"的故事。我问："你怎么去北京呢？"她不假思索就说："当然是坐飞机去啦。""怎么上飞机呢？""大鸟会带我飞到飞机上的。""到北京以后你怎么下飞机？""张开降落伞跳下去啊！"妈妈乐呵呵地说。这哪里是一个九十多岁的老人啊，完全是天真的孩子才会有的口吻。

更让人惊奇的是，妈妈的口语中时不时会跳出闪烁着童真童趣的童稚妙语。印象中她九十一岁那年，记忆力已经衰退很多，但是语言依然精彩。有一天，家里阿姨回家休息，我去照顾妈妈。妈妈午睡醒来见到我，一时间叫不出我的名字。我故意问："我是谁啊？"她笑眯眯地说："你是精灵啊！"我为她的智慧大笑起来："那你是谁呢？"这下，她反应很快地说："我是精灵的妈妈啊！"我又说："精灵是有翅膀会飞的，你怎么没有呢？"谁知她说："只要有想象就会飞起来！"啊，太文学了，不得不让人折服！

我和妈妈还一起讨论过网络。其实她对网络完全没有概念，但她独到的见解和绝妙的语言带给我无穷的快乐。她说："你们老是说上网啊上网，那是一条很长很长的线啊！这条线把你绕住了，你可怎么出来？"过了一会儿，她想了想又说："不是说网络很神奇吗，要是从网络里跳出两个小妖怪把你抓住怎么办呢？"我对她说："网络真的很奇妙，它会把你以前认识的人、找不到的人一下子都联系上。"谁知她却说："如果可以联系很多人，那我一天要接多少电话啊！所以，上网是很可怕的！"至今想来都觉得妈妈的话睿智又有哲理。

童话具有神奇瑰丽的幻想色彩，会让你的想象张开翅膀。所以，妈妈被童话的魔力深深吸引，每天读童话就像呼吸那么自然。妈妈很喜欢英国儿童文学作家罗尔德·达尔的奇幻文学作品，尤其喜欢他的《查理和巧克力工厂》。只要讲到巧克力工厂里的"巧克力河"，妈妈就会开心得像孩子般把眼睛眯成一条线，然后非常向往地说："我们在香喷喷的巧克力河里划一条美丽的小船多好啊，然后拿一个小杯子在巧克力河里舀一杯热热的巧克力，那味道简直太美了！不喜欢笑的人喝了马上就会笑了，不开心的人喝了就开心得不得了！"

妈妈还喜欢童话《慈善的巨人》。故事中的巨人像用网兜捉蝴蝶那样，收集了亿万个轻雾般的飘游于空中的梦，分别装在亿万个瓶子里，然后把美好的梦、金色的梦，用吹梦器吹进千家万户熟睡的孩子们的卧室，让他们睡得甜甜美美，做着幸福愉快的梦。妈妈在生活中也是一个爱做梦的妈妈，她常常会把美丽的梦与我们分享："我昨晚做了一个吃樱桃的梦。""我做了一个和小鸟一起飞的梦。"妈妈见我为一点小事笑个不停，就会说："这么会笑的人，今晚就做会笑的梦吧！"

富有魅力的儿童文学作品储存、积淀、铭刻在妈妈的记忆深处，随时会像花朵一样绽放。我后来才意识到，妈妈生病以后，虽然不能用真正的笔创作童话了，但其实她却用另一种方式继续为我们编写着童话，用她的生命续写属于她的童话。在她的潜意识里，那些美好的事物都会像小精灵一样跳出来，编织成一篇篇美丽的童话。这是妈妈最美好、最宝贵的精神遗产，也是留给我们最好的纪念。

我不能再伤心难过，我要珍惜与妈妈一同拥有过的美好岁月。感谢妈妈把我带到这个世界，培养我对儿童文学的兴趣，成为一个为孩子写作的人，真正感受到为孩子创作的快乐。

今天，我要告慰亲爱的妈妈，我会把妈妈的童话继续讲下去，依然循着她的足迹去寻找那一片清纯善良的草原……

在此，摘录去年清明我在微信朋友圈写的不是诗的句子：

您并没有离开我们

不会写诗，

但可以和您说会儿话。

不想让自己流泪，

却用泪珠串成项链挂在脖颈上。

不想让自己难过，

却依然痛断肝肠。

我的思念如涓涓流水蜿蜒绵长，

您的笑容像花儿一样绽放在我心上。

我是一滴水，

您是那晶莹的亮；

我是一棵草，

您是那温润的土壤；

我是您的女儿，

您是爱的天使。

我要不停给您讲童话，

让您倾听我的声音。

我要用爽朗的笑声，

给您带来快乐和安慰。

您用纯真善良的心，

告诉我世界有多美好。

我用美丽的回忆，

告诉您我们在一起有多么的妙！

您离我们很远，

其实很近很近，

噢，原来您并没有离开过我们！

——婴音清明泣祭

生命的
感动

　　我十五岁生日那天，妈妈郑重其事地拿出几件东西给我看。呀，那是什么？是我小时候用过的东西，哎呀，太难为情了，快收起来吧，我不想看。

　　一双小小的、用绒线一针针钩出来的小鞋子，一只粉红的围兜，一个大眼睛的娃娃，还有一本从我出生时一直到上幼儿园时的影集。

　　妈妈说："这些东西我一直保存着，就是想等你长大了给你看。现在你十五岁了，不小了，这些记录你成长的物品也许能让你感受成长的快乐和对生命的热爱。"

　　爸爸则在一边笑，他似乎沉浸在回忆我小时候天真可爱的模样乐趣中。他闭着眼睛回忆道："那天，把你妈妈送进产房，我就在外面祈祷，但愿是个可爱的女孩，果真，你就来了！第一眼见到你，我那个开心啊，没法说。你静静地躺在小床上，像草叶上的露珠一样轻柔，小脸红扑扑的，像玫瑰花瓣一样美丽。你是爱与美的珍品，让我们无比欣喜，有女儿真好。"

"寒冬腊月，尿布都是先放在我怀里暖热了才给你用的。"爸爸又说。我听了心里也暖暖的，爸爸的爱更让我怦然心动。

我仔细打量了那双小小的鞋，简直无法相信我的脚曾是这么的小。打开影集，哇，刚出生的婴儿这么一丁点儿，什么也不懂，只知道把自己的手往嘴里塞，一会儿哭，一会儿又笑，那是我吗？不可思议。爸爸妈妈真有本事，要把这么一点大的小东西养育成现在的我，多不容易。

想起上幼儿园时，一个同班的男孩一本正经地对我说："知道吗？你生出来时我看见你的，你就躺在医院靠窗边的那张小床上。"我赶紧回家告诉妈妈，问是不是真的，妈妈大笑，说："你去问那个男孩：那时，他躺在医院的哪张小床上？"

我小时候娇小孱弱，听外婆说经常要送医院吃药打针，还常常发生点意外。有一次保姆不慎将热水瓶放在我玩耍的一张小桌旁，被我一脚碰翻，滚烫的开水把我的双脚烫得像两只红萝卜。幸亏妈妈及时赶到把我送去医院，要不我早成了残疾人，现在我的脚上还有淡淡的疤痕。还有一次，我从木马上摔下来造成脑震荡，妈妈每天以泪洗面，在医院陪伴我度过漫长的治疗时间。

生命是多么美好。在我成长的岁月里，妈妈将世界上一切美好的东西都凝聚到我的身上，她为我唱歌、为我朗读诗和童话，阳光和轻风抚摸着我，诗歌和音乐融化了我幼小的心灵，母爱如潮水般扑面而来。

我明白了妈妈的良苦用心，十五岁的女孩应该学会珍视生命，安享与生俱来的属于我的性别。以后我也会结婚，也会像妈妈那样孕育生命，但我更要像妈妈那样去爱孩子。

妈妈说，当我还是胎儿时，她就会感觉我奇妙无比的微笑，还能从呼吸中嗅到一丝像百合花香那样的胎儿气息。妈妈和孩子融为一体，这是一种怎样的生命感觉啊，充满诗意的魅力。

以前，对生命的认识只限于知道生命可贵，但生命也脆弱，因此，我们敬畏生命。而现在却不仅仅是这样。

望着面前可爱的婴儿物品，我的眼睛有些湿润。

十五年生命的每一个日子，都让我难以忘怀。我的心始终被爱所包围，无论我用什么形式来回报我的爸爸妈妈，也只不过是滴水之于长河，而我对生命的感动却是爸爸妈妈所希望的，那份感动将会伴随我的一生。我将尊重、热爱因爱而孕育的所有生命！

小妹当家

　　姐姐到黑龙江支边去了，妈妈被隔离审查，爸爸成天在外面做工，家里冷冷清清的，只有一个小小的我。

　　早晨，我的第一件事是把鸡放到后面园子里去，让它们吃食、玩耍。姐姐临走时嘱咐，鸡一定要养好，给妈妈送饭时，把蛋藏在饭里，保证妈妈的营养。

　　接下来我还要买菜、发煤炉、洗衣、烧饭。我一边烧饭，一边和邻家的小姑娘去跳橡皮筋，直到厨房里的焦糊味扩散到外面，我才知道大事不好，赶紧往回跑……

　　晚上爸爸和我吃着这种苦涩的焦饭，问我："饭怎么老是焦的？"我说："大概这些米的种子是焦的。"爸爸看看我又黄又干的两根小辫子，单薄瘦削的肩膀，就长长地叹口气，什么也不说了。

　　冬天的夜晚很冷，爸爸去加夜班，我洗好碗，数过鸡，就把房门关紧。风在外面"啪啪"地拍打着窗子，树枝的影子在玻璃上幻化出各种可怕的图形，有时是骑着扫帚的精灵，有时是一头大熊在摇摇晃晃，有时是那条小美人鱼在海滩上唱歌。

要下雪了，墨一样黑的空中只挂着一颗很亮很冷的星星，一只鸟怪声怪气地叫着，寒气从四面八方逼过来，我不禁瑟瑟发抖。要是妈妈在家就好了。妈妈会把我的脚捂在她的大棉袄里，用毛毯把我严严地裹紧。炭火盆里，总给我煨上几个土豆，抓一把黄豆在小铁锅里毕剥毕剥地爆响，那种熟透后浓浓的香味，久久不散。

想着想着，我吸了吸鼻子，想大声地哭，让妈妈听到，让妈妈早点回来，可我才十一岁，有什么办法呢？

我忽然想到，外婆曾经告诉过我如果种盆水仙，它刚好在春节开花，妈妈就会回家的，我摇摇小瓷猪，里面有七八个分币，也许够了。我抱着小瓷猪，心满意足地睡着了。

第二天，我带了小瓷猪去同学家串门，申明要买一盆水仙花。谁知同学们都摇头，神秘地朝我眨眼睛："养花是要'变修'的。"后来在一个同学的姑妈家，我看到有几盆水仙，是同学的表哥种的，表哥说，卖是不卖的，但可用二十个纪念章和他换！我愣了，我的宝贝小盒子里才集了七八个纪念章。我可怜兮兮地说："是不是可以还价，十个换不换？"同学的表哥说："好吧，不过听说你家'毒草书'很多，加几本'毒草书'吧。"

从此，这盆水仙花伴着我度过了漫长的冬季。我看它抽芽、绽苞、开放，淡黄色的花瓣，金黄色的花蕊，悄悄地溢满一房间的清香。

正当水仙花盛开时，妈妈奇迹般地从"牛棚"里回来了。我站在花盆前，眼泪掉在叶片上，像露珠在滚动。

十一岁的我，在一本小日记本上记下了一句话：水仙花旺盛地开了，妈妈回家来了。

与儿子
一起成长

男孩就是男孩

我从来没有刻意地去培养儿子阳阳的男子汉气质，但也从不遏制孩子的天性。

男孩就是男孩。

天生一副粗嗓门、大脑袋、招风耳，从小就痴迷汽车和刀枪棍剑，爱好一切能发出轰然声响的机械，对"孙悟空"以及动画片一往情深。

小小年纪就已经历过生死考验。十五个月时，由于保姆不慎，把热水瓶放在床边，在床上玩耍的阳阳滚落下来，恰巧碰翻了热水瓶，嫩生生的皮肉被烫得惨不忍睹。送进医院，医生立即开出病危通知书。我听到这个消息顿时肝肠寸断，两腿发软，竟从自行车上摔下来。

不知道我们是怎样挨过那最最黯淡而又充满惊恐的日子的。往事不堪回首。

阳阳在无菌病房里，大人不能进去陪伴他。因为他的背部被烫伤，所以身子只能趴着，手脚被带子绑在床上，脑袋肿得可怕，连眼睛也肿成一条缝了。小老虎般活蹦乱跳的孩子一下子掉进万丈深渊。恐惧、疼痛、孤独、无助……阳阳过早地品尝到了人生的苦难和不幸。十五个月大的孩子只会叫爸爸妈妈，不会说别的。

然而，阳阳却表现出了惊人的对生命的热爱。每天，他都会挣扎着用小手一点点撑起身体，小脸蛋朝向窗户，竖起耳朵，仿佛听见窗外妈妈和外婆的哭泣声，但是他一声也不哭。更没想到的是他竟大声地呼唤起来："妈妈，妈妈……"可是手上毕竟缠着带子，无法再向上撑，而且力气也已用尽，他无力地趴下了，未承想，只一会儿，他又一次使足力气撑起来，响亮地呼唤着："妈妈……爸爸……"就这样，撑起、趴下，一次次呼唤，直到精疲力竭，嗓音嘶哑发不出声音。

阳阳和医生配合默契，不哭也不闹，渡过了一道道危险关。病房里分饼干，别的孩子哭闹着不要吃，可阳阳却三下五除二将自己那份吃完后，又毫不客气地把邻床孩子不肯吃的那份也填进肚里。良好的情绪和胃口使他的身体恢复得很快，经过二十多天的治疗，阳阳竟然奇迹般地痊愈了，连医生也称赞说："这孩子的生命力特别强。"

阳阳微笑着从医院出来，他的心情好极了，见到所有的人都对他们微笑。他像什么事也没发生过一样，一到家就直奔心爱的玩具柜，俨然像一位久离战场的将军，迫不及待地去检阅他那久违了的汽车部队。

阳阳被烫伤，这是一件令人痛心的事情，但通过这件事他所表现出来的男子气着实让我们吃惊不小。经历过如此大难，他变得更坚强了，更富有男子汉风度了；摔一跤，一声不吭自己爬起来；去医院挂盐水，二话不说捋起袖子，眉头都不皱一下。相比之下，做母亲的我反倒显得那么的软弱和胆小，我变得处处小心翼翼，生怕孩子再有什么闪失，连走路都想抱着他。而阳阳表现出来的自信和豁达却给我好好地上了一课。我从心底里感激阳阳给予我的教育。

阳阳拥有一颗感恩之心

阳阳上小学以后开始有了零花钱。放学后学校门口会出现许多小吃摊,面对各种诱人的香味,阳阳居然不为所动,从来不用零花钱去买那些东西吃。渐渐地,我发现他好像有点财迷,在家没事时总喜欢把钱包拿出来乐滋滋地数钱。这么小的孩子就财迷心窍,我觉得问题似乎有点严重,应该对他进行严肃的教育,让他树立正确的金钱观。

晚上,我正准备与阳阳促膝谈心,没想到阳阳的老师给我来了电话。阳阳的老师很喜欢笑,她先在电话那一头笑起来,老师的笑声让我紧张的心松弛下来,心想肯定不是告状的。果然,老师说,这个学期让班里同学兴奋的事是来了两位年轻漂亮的新老师,她们是师范学院的实习生。新老师们实习一个月,马上就要结束实习回学校去了。今天下午同学们自发开了欢送会,可是大家发现阳阳和另几个男同学离开了会场,正在奇怪时,不一会儿,阳阳和那几个同学满头大汗地跑了回来,怀里像捧着什么宝贝,气喘吁吁地走到新老师面前,小心地把怀里的东西捧了出来,啊,是鲜花!是美丽的康乃馨!大家都欢呼起来,新老师捧着鲜花情不自禁地流下了热泪。老师高兴地说,多么可爱的男孩!他们以自己的方式来表达对新老师的爱与感激。当然,我也很感动。

后来我故意问阳阳:"你们买花的钱是从哪儿来的呢?"阳阳得意地说:"零花钱呗,我早就做了预算,买花时又与花店的老板讨价还价,物美价廉嘛!既花了不多的钱,又向新老师表达了我们的心意。"我及时表扬了阳阳。我想,这时候鼓励孩子把这种爱延伸到对长辈、对一切尊敬的人身上,孩子以后会以一种感恩的心态去对待生活。

果然,有一天,阳阳去看外婆,正聊着天,阳阳从口袋里掏出五十元钱一本正经地对外婆说:"外婆,我最近手头比较紧,只有这五十元钱,我想这钱给你做交通费,你上医院看病时打个的士,年纪大了不要去挤公交车。"外婆感动极了,但说什么也不肯收这个钱。我说:"您还是拿着吧,这是阳阳的一片孝心。"

阳阳的孝心有时还像一面镜子一样照着我呢。有一段时间,阳阳的奶奶住在我们家。阳阳对奶奶很孝顺,有好吃的东西总是先拿给奶奶。奶奶耳朵不好,他对奶奶说话特别耐心。一次,奶奶独自上洗手间,我怕她摔倒,就大声叫阿姨去帮奶奶,谁知,阳阳不客气地对我说:"你为什么自己不去帮?如果是你自己的妈妈,你早就冲过去了。"以后,在这方面我就非常注意自己的言行,生怕阳阳的镜子又照到我。

阳阳在天长小学度过了六年美好而快乐的小学生活。他很幸运,遇到的每一位老师都有独特的人格魅力,他们不断地影响和鼓励着阳阳,使阳阳在小学阶段具有健康的心理和良好的学习习惯,他曾被评为区"三好学生",作文也多次在征文比赛中获奖。

阳阳在日常生活中所表现出来的善良、大度、上进常常感动着我。作为阳阳的妈妈,我觉得自己是跟着他一起成长的。他进步,我也得进步;他成长,我也成长。其间我学到了许多新的东西。为此,我还被评为天长小学的"优秀家长"呢。

阳阳进入初中以后

实际上,对家长最大的考验应该是在孩子进入初中以后。这时候,孩子进入青春期,除了生理上各方面正在悄悄发生变化外,他的独立意识特别强。如何调整好自己的心态,进一步理解、了解、尊重自己的孩子,仍然与孩子像朋友一样相处很重要。

初中的学习比较紧张,相对来说学习压力也大,社会上看中考就像是一道坎,跨过去就是你的胜利,跨不过去,就意味着失败。因为考大学失败一次还可以继续考,而中考只有一次。虽然我心里也知道现实是这样,但无论怎样,我都不能再给孩子增加更多的心理压力,所以,我尽可能在家里营造一种轻松愉快的气氛,每天都希望能听到阳阳的笑声。阳阳从小就学钢琴,作业做得累了,他就去弹钢琴。因为学业紧张,已经很少有时间弹琴了,他说:"我现在才真正体会到弹琴是多么爽的事啊。"

也许是从小练琴的缘故,阳阳是一个自控能力较强的孩子。电脑就在旁边的书桌上,但阳阳很少去玩游戏,不是他不想玩,而是因为他心里很明白自己没有那么多的时间来玩游戏,他必须控制住自己,所以,上网聊天对他更是不太可能的事。只有查资料的时候他才会上网。

初三毕业班几乎每个月都要召开家长会。上学期,每次家长会都会让我一惊一乍,因为阳阳的成绩总是起伏很大,有时仅仅隔了两天,他的成绩会拉开很多,比如前一次的成绩是排在年级二十名左右,后一次的成绩竟排在年级一百名以后,连老师都吃惊不小,而且也找不出什么原因,他的这种特殊情况只能作为个案来分析。虽然我总是告诫自己不要着急,要保持平稳的心态,但有一次还是忍不住去请教一位心理专家,我担心阳阳是不是有心理问题,心理专家听了我的叙述不由笑起来:"你的孩子没有什么问题,学习成绩有起伏很正常嘛,我看,倒是你有问题了。"

有一个周末,阳阳去学校后一直没回家,我急得要命,正准备打电话去问他的同学时,他却满头大汗地回来了,手上还抱着个球,一进门就兴高采烈地说今天踢球踢得很过瘾,大破对方的球门,我忍不住说了他几句,没想到一向听话的阳阳突然大叫起来:"我太压抑了,我需要运动,需要释放!"不知怎的,我的心头一热,眼睛顿时一片湿润,是的,我平时总是以为自己很理解阳阳,可是我怎么就没想到应该让他放松一下呢?越是紧张的阶段,越是要让孩子的情绪稳定。看来,在这个问题上,我还必须得经常反思反省。

阳阳喜欢听音乐,平时MP3总带在身边。有一天,他主动把MP3放到钢琴上,说最近一段时间决定不再听了,以免分心。我倒认为做作业累了的时候,听听音乐是一种调节。于是,我会和他一起听一些轻松的曲子。在阳阳的影响下,我也喜欢听一些流行歌手的歌曲。正因为我对他的理解和信任,阳阳会主动和我聊天,把自己的想法告诉我。

初三的下学期,阳阳的状态不错,学习也保持平稳,这让我感到欣慰。虽然离中考的时间越来越近,但是我想,我和阳阳的心态都不错,我相信他能顺利跨过这道坎,不一定是重点高中,哪怕是一所普普通通的中学,只要他尽力了,他付出了,任何结果我们都应该接受。

那段时间,我和阳阳谈话的话题不是有关中考,也不是有关怎样填志愿选学校,我们谈得最多的是有关火箭队的比赛,那种心跳的感觉,那份激情,姚明身上的精神……阳阳突然冒出一句:"我佩服姚明!"

是的,姚明身上有一种精神,这种精神很阳光、很美。我想,其实每个孩子身上也都有一种精神的美,就看你是否会去发现、去挖掘。

现在，二十多岁的阳阳已经是一个文学青年，有他自己的追求和理想。但我还是常常会想起他青少年时代许多成长的故事，深深感悟到作为一个家长，除了需要不断学习家庭教育的新理念，调整教育的方式方法外，关键是要与孩子同行，和孩子一起成长！

我的
姐姐

　　那年盛夏，我六岁。整个暑假，我和姐姐都在德清外婆家度过。有一天，我站在外婆家门前的小河边，数着水里的小鸭子。我记得那天太阳好大，照在我高高的额头上。也许是烈日晒晕了我的小脑瓜，我眯起眼睛，灵机一动：小鸭子一跳下水就会游泳，那么，人也一样，只要跳进水里就会游泳，我肯定比它们的本领更大呀，只要能到水里就凉快啦！于是我就不管三七二十一，扑通跳下了河。被河水包围的那一刻，我幡然醒悟，却已经一边呛着水一边往下沉，越挣扎越慌张。我隐隐约约感受到了一种可怕的危险。在这危急的时刻，我的姐姐出现了，她当时留了个心眼，没有离我太远，也许她是感应到了我的幼稚天真吧。早已学会游泳的姐姐奋不顾身地跳下河，一把把我从溺水的边缘拉了出来，拖着我上了河岸。五十多年过去了，姐姐拯救我的那股力量一直留存于我的记忆中，她是那么果敢而有力，无论是那一天，还是之后的岁月。

　　我家就姐妹俩。我跟姐姐相差七岁。从小，我的耳朵里经常听到大人们表扬姐姐的话，都说她是一个乖女孩，听话、爱学习、作文写得好、朗诵也很棒……相比之下，我就差姐姐太多了。确实，我和姐姐的性格完全不一样：她文静，我调皮；她认真仔细，我大大咧咧；她努力学习，我非常贪玩；她喜欢思考，我无忧无虑。记得小时候我和别的小朋友吵架了，他们不会说去告诉我爸爸妈妈，反而吓唬我说："去告诉你姐姐！"因为我只服姐姐的管教，一听告诉姐姐就害怕了。在我心中，姐姐的威信甚至比爸爸妈妈都高。

虽然时光的隧道深远又漫长，我的童年记忆却始终清晰完整。记得姐姐小时候很漂亮，个子高挑，梳着两条长辫子，穿着白衬衣配淡蓝色背带裙，轻盈地走在皇亲巷那条悠长又熟悉的小巷子里。那时我多么想快点长大，可以像姐姐一样穿上美丽的裙子。

最温馨快乐的童年回忆，是姐姐和我一起玩过家家。小时候，我唯一的玩具是一套木制的小家具，有小床、小写字桌、小梳妆台、小沙发、小锅子、小茶壶、小盘、小碟等等。姐姐放学回家会抽点时间和我一起玩，这是我最开心的时候。她的手很巧，用火柴盒做了一个小收音机模型放在写字桌上，记得上面还用钢笔画上了开关。收音机是当年普通家庭中最时髦最奢侈的家用电器，我们家买不起真正的收音机，有个收音机玩具便也很开心。我们把一面小圆镜放在梳妆台上，没有梳子怎么办？姐姐灵机一动，拔了一根毽子上的羽毛，用小剪刀剪出了一把小梳子，放在梳妆台上，惟妙惟肖。一个美妙的小家建立起来啦，这是我和姐姐的温馨港湾，我们扮演着家庭中各个人物角色，有情节有表情，玩得不亦乐乎。

到了寒暑假，姐姐还会把邻居的孩子们组织成"娃娃歌舞班"，自编自演节目，当然，观众只是很少几个家长还有更小的孩子。也许，这样的童年游戏是我们最初学习编故事的方式，我们在玩耍中体验人物的情感，快乐地分享姐妹之情，多么美好又单纯。

可惜，无忧无虑的时光总是那么短暂，我和姐姐真正在一起的时间太少了。

我十二岁那年，姐姐就离开杭州去黑龙江支边。过了很多很多年我才明白，离开家乡就意味着迅速成长。姐姐刚刚成年就去往北方，把她青春和童年的点滴时光都留在了身后，也从此和我走上了完全不同的道路。她就像一只勇敢展翅的大鸟，飞向了更广阔的天空。

我记得姐姐离开杭州前的那个儿童节，因为正是"文革"期间，书店里已经买不到什么文学书了，她给我买了几本连环画，我一直当宝贝一样保存着。姐姐不在家的时候，我阅读的全是她留给我的书。除了中外儿童文学书，最多的就是她珍藏的历年来每一期《少年文艺》。

姐姐去黑龙江后，经常给爸爸妈妈写信，她的信写得相当精彩，把我深深吸引。每次邮递员送信来，我总是抢着拆开阅读。她从来不抱怨那儿生活怎么苦，也不表露疑虑与烦闷，而是在信中大段描写北大荒的景色。特别吸引我的，是那些从草甸子里采来、插在漱口杯里的小野花，夏天劳动收工时在田边地头随意抱回的那一大捧野百合花，还有冬天窗户上美丽的冰凌花。后来，她主动要求去小兴安岭伐木清林，她在信上生动又充满趣味地描写了从雪地里摘回一束带有花苞的鞑子香，在冰冷的天气里居然开出淡粉色的花，她还把花瓣夹在信纸里给我寄来。我知道姐姐那时已经开始悄悄写作，她白天劳动，晚上写作读书，经常在帐篷里昏暗的煤油灯下读书写字，早晨起来发现油烟把鼻孔都熏黑了。

爸爸妈妈知道她在黑龙江农场的生活很艰苦，平时根本吃不到肉，整个冬天就吃菜窖里贮存的大白菜，油水很少。每隔一段时间，就会通过铁路货运给她寄食品。有一年，市场上带鱼比较多，家里打算多买点带鱼做成酱带鱼，给姐姐改善伙食。我自告奋勇去买鱼、洗鱼。那是杭州最冷的冬天，我们宿舍楼十几户人家就一个公用的自来水龙头，而且是在室外的。小小的我居然冒着严寒，用冻得通红麻木的小手，一口气洗了几十条带鱼。记得洗完鱼站起身来时，抬头看到的是如墨般漆黑的夜空。我爱我的姐姐，想着她在荒凉寒冷的北大荒吃苦，而我又无法帮她，能为她做一点事，我的心里真的好高兴。

姐姐从小兴安岭回来时，已是1973年了，她接连在《解放日报》和《文汇报》发表了多篇散文。在20世纪70年代，能够在这两大报纸上发表文章可是非常了不起的。我激动得拿着报纸给左邻右舍显摆，神气地指给大家看："这上面有我姐姐的名字！"

那时候，一年中最令我激动的事情就是等姐姐回家探亲。她是个细心又重感情的人，只要经过上海，她便停留几天，用自己存起来的工资给家人买礼物。最让人佩服的是，她总能给家人带来最需要的东西：比如妈妈正需要买新的棉毛衫，姐姐给买来了；我非常希望有一件那时最流行的格子灯芯绒外套，姐姐就会像变戏法一样送给我这件梦寐以求的新衣服。那时姐姐自己非常节俭，每年省下钱来为家里人添置各种物品。记忆中，我第一次喝奶粉，就是姐姐买来的当时最好的上海红光牌奶粉。有一年冬天，我们全家人，包括舅舅舅妈、表弟表妹，每个人都收到了姐姐专门从东北买的雪地棉鞋，既暖和又结实，那份来自脚底的温暖一直留在我们心里。

20世纪80年代，姐姐每次回杭州，我俩总是住一个房间，每天晚上都聊到深夜。姐姐和我不仅聊生活，也会谈论一些更为广阔的内容。我们这代女性，80年代走在时代的前沿，新世纪追赶时代的脚步，直到如今快要被时代抛在身后，从思想到行动，都和我们的母亲一起留在了过去。我们都希望让自己更真实、快乐，始终在努力学习如何在不断探索自由的过程中和世界相处，却依然无法走出生活的桎梏。然而文学和写作对于女性的观念却是包容而超前的。文学可以让我们倾听自己的声音，探索想象力的边界，引导我们拥有更多面的思考，从而达成与我们现实人生的和解。

改革开放以后，姐姐发表了很多作品，也获得很多全国性的文学奖项。最让我感动的是，她拿到《收获》的第一笔稿费，就为我买了一块当时很难买到的瑞士进口女表。那年我刚参加工作，工资低买不起好的表，爸爸妈妈让我买一块普通的上海表算了，但我心里其实希望买一块精致小巧的女表。姐姐知道我的心思，就对妈妈说，女孩子戴大表不好看，应该戴女表呀。妈妈说，女表不好买，就算有钱都不行，需要有侨汇券才能买到进口商品。姐姐心里暗暗盘算，什么也没对我说，她不是那种喜欢开空头支票的人。等她拿到那笔稿费后，借着到上海的机会，找亲戚要了一些侨汇券，就在上海的侨汇商店亲自为我精心挑选了一块带有夜光、小巧玲珑的"星纳斯"瑞士女表。可想而知，我拿到这块表的时候有多激动。晚上，我故意不开灯，兴奋地把手表拿出来反反复复地看，目不转睛地盯着那些在黑暗里闪烁着的绿荧荧的光点。白天，我戴着表出门，吸引了周围多少女孩子艳羡的目光啊，很是风光了一把。很久以后我才想起来，姐姐自己当时却戴着最一般的"半钢"宝石花表。现在想来，依然为姐姐的温暖关怀和细腻用心所感动。她总是倾听我的烦恼，包容我的幼稚，理解我的忧愁，知道我的坚强和脆弱，也明白我的孤单和伤感。

我二十多岁时，对文学和写作有了初步的感觉，那或许是来自妈妈的一种流淌在血液里的遗传因子。我知道我应该去为孩子写点什么，也知道我的风格一定会是轻松有趣、充满快乐的。我一直记得安徒生说的这句话："仅仅活着是不够的，还需要有阳光、自由，和一点花的芬芳。"儿童文学写作对我来说就是那点心头的芬芳。当时姐姐听说我在学习写作，她是持保留态度的。多年从事写作的她，深知写作的艰难，其中的辛苦一般人难以想象，她是心疼自己的妹妹，不想让我"像她一样"吃苦。后来见我一直在努力坚持，她便开始鼓励我、帮助我。她希望我能享受写作最本真的快乐，因为写作最初、最真的那种情感很温暖、很珍贵。

　　2006年，浙江省作家协会儿童文学创作委员会召开我的作品创作研讨会，姐姐不辞辛劳，专门从北京赶来参加会议，还在会上作了专题发言。她说道，作为姐姐，确实不希望妹妹那么辛苦。"我希望她的人生只有'快乐'没有'忧思'。……希望她能按照自己小说里理想中的人物那样，快乐健康地生活，和她笔下的人物一起成长，这就足够令人欣慰了。幸好，婴音原本就有一颗平常心、童心和爱心，这是一个写作的人应当拥有的最珍贵的生命品质。"这对我来说是最大的褒奖和鼓励，我很幸运有这样一位爱我、疼我、懂我的姐姐。

　　一直以来，姐姐都是我仰望的对象。她才华横溢、思想深刻、执着又坚强，在我眼里，她是全能的姐姐。她不仅仅能写一手漂亮的文章，也能处理一切复杂的事务和工作，什么事到她手里都能被安排得井井有条、妥妥帖帖。她还是睿智的观察家，总是能够敏锐地洞察我们这代女性的心智和情感，并把我们的生活经由文字娓娓道来，从而展现出整个时代的女性精神。我们波折起伏的人生中那些细致入微的细节，都在她笔下的每个角色、每次描写里被栩栩如生地复刻出来。她去过许许多多地方，和各式各样的朋友们交流，从生活中汲取灵感，通过思考来表达她对这个世界的感受。我特别喜欢她的散文，一直到现在她依然笔耕不辍，除了小说创作还写了大量散文，比如前不久发表在《人民日报》上的《仰视缙云》和《宛若刹溪》，那是真正大气的厚重之作。

姐姐身上有着南方人的温婉，也有北方人的豪爽，极富人格魅力。她热爱生活，热爱大自然，关注生活中有意思的事情。她是家里的主心骨，无论大事小事，我觉得只有听她的意见，让她拍板，我的心里才踏实。她又是非常孝顺的女儿，不管手头的工作怎么忙，都会每隔几天就给爸爸妈妈打电话。每逢春节都要提前安排好家里人过节的各种事宜。她特别注重亲情，对家里的亲戚朋友都关怀备至，每次回杭州都要和亲戚们聚会，还专门邀请舅舅舅妈、叔叔婶婶去北京家里做客。

去年中秋节是我的六十岁生日，姐姐认为这是人生中一个大的纪念日，特意从北京赶回杭州，邀请了二十多位我们小时候一起住在皇亲巷教工宿舍的老邻居小伙伴相聚一堂，非常开心。聚会时，接过姐姐为我精心准备的礼物时，我的眼睛湿润了，我从内心深处感激姐姐为我做的一切。

我这个人，脑袋里总是有很多想法，却始终迷惘，看似可以支配自己的一切，却总是被动承受。我觉得我的一生都在被身边的人所影响，但我的姐姐从来都是那么独立、那么富有主见，从不轻易被别人的思想左右。这是她与生俱来的天赋和性格决定的，她的灵魂比我更丰富、坚韧、充实，承载着更多文学和人生的重量。

我们姐妹之间的默契都是因为爱——爱生活、爱自然、爱文学。文学在过去的几十年里,帮助姐姐和我,在这个充满变数的时代审视自我,探寻内心,唤醒我们脑海里的精灵。文学与时代一同运转,写作在生活中摸索,生活也在写作中变得丰饶。这本《姐妹》里的文字以最温柔的方式打开了一扇回忆的窗口,通往我六岁那年的夏天,通往20世纪80年代,通往每一个我和姐姐在一起的时刻。现实和回忆总是在交错前行,那些逝去的日子是那么真切而忧伤,也一去不返。

我们最单纯最美好的日子,已经淹没在无法重来的岁月里,剩下的是难以忘怀的回忆,还有我们共同的晚年生活。我希望在未来能够有更多的时间和姐姐一起度过,我们一起去旅行、去唱歌、去赏花……重温我十二岁以前她还没离开家的那种感觉。

　　我的母亲把幸福给予了所有的人，全家人从母亲那里获得的幸福，足以补偿我们曾经所有的不幸。因此，我也是一个幸福的女儿。

姐姐 / 张抗抗

　　我要告慰亲爱的妈妈，我会把妈妈的童话继续讲下去，依然循着她的足迹去寻找那一片清纯善良的草原。

妹妹 / 张婴音

让孩子感知
那些最美好的

大概是抗抗四岁的时候吧，我在一所中学里教书。

星期六晚上，学校很静，园子里飘过来蔷薇的幽香。枝叶茂密的桉树后面，闪烁着星星的蓝眼睛。难得有的闲暇，我正想备课，却清清楚楚地听到一个稚气的声音在朗诵：在蔚蓝色的大海边，住着一个老头和老太婆，老头儿撒网打鱼，老太婆纺线织布……

四岁的抗抗，她在搭积木玩，随口这么念着。谁也没教过她呀。我明白了，那是学生们要举行诗歌朗诵会，到我房间里来念过。她就这么听会了。这使我联想到另外几件事：

我带她上医院打针，医生问："孩子会哭吗？""会的。"我回答。哪知抗抗却睁圆了眼睛，生气地对我说："假如，我不哭呢？"她怎么会懂得运用"假如"这个词呢？

她还问过我："妈妈，什么叫点心？"我茫然："点心，不就是你吃的饼干吗？"她调皮地偏着头："你不是和爸爸常常说的吗，可是旁边没有饼干呀！"我懂了，她指的是我们常常讨论的文学作品中的"典型"。

我开始注意她不平常的艺术感受力。

有一次，我们晚上回家。我拖着疲惫的双腿，抗抗牵着我的衣角。杭州的老街，都是深巷寂寂，昏黄的路灯，照出一片凄清的夜色。她突然提高了声音："路灯亮了，我和妈妈回家了！"这两句简单而质朴的儿童诗，它的内涵是妈妈辛勤劳动了一天，抗抗也等了一天。只有在路灯亮的时候，才能回到温暖的家，和妈妈有片刻的相聚……当时，我的眼睛湿了。这两句小诗那么火烫，烙在我的心头，几乎是一辈子了，我都没有忘记。

我常常带她到外婆家去——那绿色的水乡，小桥，小船，翡翠般绿的桑叶，紫色的桑葚，鹧鸪鸟的啼叫，小鱼儿吐的泡泡……让她充分享受到美丽的自然风光。

我们记下她在幼儿园中发生的有趣的事(多半是她自己述说的)。譬如跌到饭桶里去啦，和她同岁的健儿说生下来时就看到抗抗睡在靠窗的小床上啦，抗抗自己很想坐在烟囱里冒出来的烟上面，一直升到天空中去采一片太阳的金光啦……念给她听，她就嘻嘻地笑。她懂得生活是真实而动人的。

她从小学起养成了记日记的习惯。从小学到初中，到黑龙江支边，在生活浩瀚而深邃的海洋里，她的笔是勤奋的……

假期中，我们来到市郊的果园，那是她爸爸下放劳动的地方。我们住在一间小茅屋里，隔壁是牛栏，一条老黄牛，不住地叹气，不住地流眼泪。抗抗很奇怪，她问："牛是不是很寂寞才流泪的……"

果园很美，像蜜似的桃子的芳香，从四面八方透过来，粉黄的、尖尖上隐着酡红的桃沟的大水蜜桃，在绿叶的浓荫中晃荡着。明丽的大太阳把桃林照得金碧辉煌。贪吃的小鸟,兴高采烈地、小声地咂巴着嘴,桃树林像童话般美妙、神秘,不可思议。

就在这桃林中的小茅屋内,抗抗根据日记中记的材料,写了她的第一篇习作《我们学做小医生》。爱挑剔的爸爸、妈妈,对文章提了不少意见。她修改了又修改,终于寄给了《少年文艺》。那时,她十一岁,从四年级升五年级的暑假。

如果说,在抗抗的文学生涯中,她的童年启蒙中,我们曾给她什么帮助的话,我要说的,便是给她创造一个氛围,让她感知、捕捉那些最美好的,如太阳的温暖,风的絮语,水波的跃动……

缝

抗抗每天从幼儿园回来，就爬上凳子去撕日历。前天，她说："妈妈，让我多撕掉几张，让'儿童节'快点走来吧！"

我愣住了。呀，孩子自己的节日到了，我该送她一件礼物。但是我能送什么礼物呢？当时，一个教师的工资那么微薄，要养活八口之家，是多么不容易！

抗抗是个懂事的孩子，她从来没问我要过什么。可是节日的礼物，是代表着爱呀！

"我一定得送件礼物给我的小抗抗。"我固执地想。因为我每次去幼儿园接抗抗，她都是留在园里的最后一个，其他的小朋友早就被家里人接走了。她总是把头靠在栅栏上望着天空，等我在小巷口出现，她就飞奔过来。

"原谅妈妈，小抗抗！"我牵着她的手问，"你在望什么？"她凑近我的耳朵说："我在和星星说话呢！叫星星照着妈妈，别让妈妈摔跟头……"

我不敢想了，眼泪沿着我的面颊，悄悄流下来。"我一定要送，送一件礼物！"我不单固执，而且是和自己生气了。

我把房间里的衣物翻了个遍。在一只破箱子的底下，发现了一团揉皱的花布。那是我中学生时穿的一件紫色碎花旗袍。我当时非常喜欢它，舍不得穿，过了几年，人长大了又穿不上了，一直冷落在这里。

"花布还像新的呢，一个小洞也没有。"我对着阳光照着，看到一片紫莹莹的颜色，自言自语地说，"可以拿它来给抗抗做条小花裙子，下面的褶裥打得大一点，就像白雪公主穿的那种。"

我立刻把衣服泡在水盆中，把皱褶用水抹平，然后摊开、晾干。

我的心情好起来。看看窗外，5月的好艳阳呀，使矮墙上那株绯色蔷薇和绿叶都闪烁着金子那样的光泽。树上有两只小鸟在啾啾唧唧地叫，好像在商量一件什么重大的事情。

"五月的鲜花开遍了原野……"我哼了一句歌。但是面对这件紫色的旗袍，我愁眉不展了。

天呀！我怎么把这件旗袍变成一条漂亮的小裙子呀？

除了小时候我给布娃娃缝过几条像口袋似的衣服外，还没拿过针做过针线活哪！抗日战争年代，在流亡的道路上，大哥哥、大姐姐曾教会我用橡皮胶来补衣服和袜子，同时用来贴破裂的皮肤。后来，抗战胜利了，回到家中，我的老祖母总是戴上老花眼镜，在油灯下为我补衣缝袜，嘱咐我好好用功。我在油灯下读了屠格涅夫、托尔斯泰的一本本厚书，老祖母却眉开眼笑，以为我在读考大学的文章……

新中国成立后，我一直当教师，白天拿着粉笔，衣服上沾着粉笔尘，喉咙里咽着粉笔灰，晚上拿着蘸水的红毛笔，改作文。针线活，好像全是我妈妈做的……

现在,妈妈不在这儿,在百里之外的乡下,坐小船要一天的时间。
而明天,就是儿童节了!

我把紫色的衣服放在衣架上,挂在窗口。它飘飘摇摇,很像一棵紫
色的树……

要是我有个灰姑娘的仙女姑妈,能让南瓜变成漂亮的金马车,那么,
旗袍就能变做最最美丽的小裙子。

可我只有粉笔……

天色已经黑了。我把抗抗接回来。她快乐地和我说了许多悄悄话:
"明天老师要给我们一人一个袋子,里面有金果子、银果子。金果子留给
妈妈吃,银果子抗抗自己吃……"

我的心隐隐作痛。但是"一定得送件礼物给我的小抗抗"的念头,
也更固执地在我脑中出现。

抗抗睡了,邻居睡了。天上的星星和月亮大概也睡了,不然为什么
这么黑呢? 我手中还是拿着这件衣服,呆呆地站着。

我没有仙女姑妈,没有银色的纱裙,没有水晶鞋……

我只有粉笔……

呀,我可以用粉笔来画呀。于是我开亮了小台灯,在桌上摊开了衣
料,调动了我最高的艺术构思,用粉笔画了条大概是裙子的初样。哈哈,
我一蹦老高,为自己的"发明创造"得意起来。

第二期"工程"是用针线把两边缝起来并打好褶裥。天哪! 开始时
是那根线和我捣乱,怎么也不听使唤。针过去了,线不是钩住就是打成结。
好容易解开了,才穿过去一半,另一半的线便又纠缠在一起,怎么"劝解"

也没用，只好叹着气咬断，另换线再缝。但是针又继续淘气了，不是缝在衣边上，而是刺在我左手的无名指上，殷红的血，一滴滴往外冒，很像一颗颗小小的红宝石，缀在紫色的碎花中。我突然有了灵感——如果在裙边上的碎花中，都缀着这么一颗红宝石，这条抗抗的小裙子，一定比全世界小姑娘身上穿的都要美。于是我的针，常常不知怎的就刺着手指，我真像捧着红宝石那样，小心地镶嵌在裙子边上的碎花中间。

针脚缝得太难看了，一针长，一针短，一针过去，又不知斜到什么地方去了，要费好大的力才能把它拉回到"轨道"上来，额上已经挂满了汗珠，眼睛也因用力和认真而充满了泪水，但心中却非常自豪——我在为孩子尽我最大的努力！

一条裙子，竟奇迹般地出现在我的面前，月亮已经升得老高，它大概什么都看到了，正笑呵呵地看着这个傻母亲，笑得嘴角都弯了上去。星星睡醒了，已各自到银河边去玩了，只留下了几颗，一边眨眼，一边仿佛在议论为什么在这间小屋子里，有这样可笑而有趣的事情。

我把小裙子对窗外扬着："不用你们操心，一切顺利！"算是对他们的回敬。

抗抗睡得正甜，也许在做着节日前的梦呢！你可曾梦到你的小花裙子呀，我的抗抗！

我打开窗，折了一束带露的蔷薇，放在这条十分拙劣，然而缀着母亲的血珠的小裙子旁边！

天已经有点蒙蒙亮了。我倒在这条小裙子旁边也睡着了。在梦中，我好像闻到了蔷薇花淡淡的香气……

长长的 小巷

　　有个小姑娘，她已经长大，却仍喜欢听妈妈讲她小时候的故事。譬如，她怎么跌到饭桶里去了，红色的毛衣上，沾满了白胖胖的饭粒；怎么跟着小叔叔去钓虾，小叔叔钓了很多，她只钓到了一根小草；有一次，她把一个眼睛会动的洋娃娃摔在地上，洋娃娃的眼睛不会动了，她满脸哀伤地抱起洋娃娃，在原地站了几个小时，不吃也不喝……

　　但有一个故事，每当妈妈讲的时候，她的眼睛里总是充盈着泪，心怦怦地跳动……

　　那是她五岁的时候，妈妈在中学教书，她在中学旁边一个幼儿园里上学。家离学校很远，每天晚上，她跟着妈妈走四十分钟路才能到家。而妈妈很忙，总是很晚很晚回家。

　　一年三百六十五天，天天走着同样的路，走出弄堂，穿过大街，再拐进小巷。单调、乏味，而且又饿着肚子。

　　小巷两边的人家，炉火红红的，火苗忽闪忽闪往上跳，开水嗤嗤地冒热气，仿佛正在煮的圆溜溜的鸡蛋在那里翻滚。家中虽然清贫，但可以喝上一碗浓浓的土豆汤，手里拿一块煎得很香的麦饼。可是此刻她要咽着口水，努力迈着小步子跟上妈妈。她"啪嗒，啪嗒"地踩着青石板，从那清脆的脚步声里，分明听得出一个五岁孩子诉说的委屈。

妈妈总是抱歉地笑笑："路很长，但我们可以把这条路变得很有意思！"

于是妈妈给她讲了《小红帽》的故事。第二天、第三天、第四天又讲了《白雪公主》《海的女儿》《野天鹅》《丑小鸭》的故事。往往一个故事讲完了，家里窗口温暖的橘黄的灯光也看见了。

故事里有动人的情节，有高尚的感情，这些把她迷住了。她的黑黑的眼睛里，流动着晶亮晶亮的泪光，小手紧紧地拉着妈妈的衣角，她一点也不感到饿了。

一年有三百六十五天，讲了故事，妈妈又念诗给她听：

"小金鱼苦苦地哀求，老爷爷，你放了我吧，你要什么报酬，我都可以给你……

"风儿轻轻地吹，船儿慢慢地摇，杏花儿呀，飞到我的头发上来了……"

讲了故事，念了诗，妈妈又告诉她："现在我们该讲讲我们自己的故事了。"于是妈妈讲班上那些淘气的、可爱的学生的故事。而她呢，就讲幼儿园里的故事：

"有一个和我很要好的小朋友，她说她妈妈在医院里生下她的时候，她看到我睡在医院里靠窗子的小床上，向她眨眼睛呢！

"我看到屋顶上烟囱里的烟，急急忙忙地往天上跑。我想躲在烟囱边，烟出来时，往上面一坐，让烟带我到天空中去！"

妈妈说她故事讲得挺好,接下去,该学学作诗了。她随口念出:"电灯亮了,我和妈妈回家了!"算是学作的第一首诗。过了几天,小姑娘又作了第二首诗:"太阳眯眯笑,老牛吃青草!"一首比一首好。小姑娘又作了第三首、第四首……

走了三年这样长长的路,走了三个三百六十五天,她不但学会了吃苦,锻炼了毅力,而且感受到童话和诗歌的魅力,她要学会用最美的语言,把最美好的感情写出来。

这条长长的、普通的路,后来真的成了她的文学之路。

后来呢?后来——

在她小学五年级的时候,《少年文艺》上发表了她的第一篇作品。在黑龙江插队时,冰天雪地中,她写大森林,写兴凯湖,写谜一样的大草原,写那些善良的、品位高尚的北大荒人。

这个小姑娘的名字叫张抗抗,现在已成了一个女作家。她从1957年至今,不停地写作,已写了五百多万字的作品,也写了很多给孩子们看的书。要是把她写的稿纸铺在路上,恐怕比那条她跟妈妈走四十分钟才能走完的小巷还要长。

她说,如果有时间,她还想和妈妈一起,在黑夜降临、万家灯火的时候去走一走当年那条长长的小巷。

小抗抗的故事

——1956 至 1957 年日记片断

前记

几十年来，我们保存着一个小本子，说它"小"是因为它宽仅六厘米，长仅十厘米，橘黄色书皮纸封面，薄质浅色打字纸装订，一百四十二页。显然，这样的小本子不是从文具店买来，而是因为物质贫乏，利用边角料装订而成。小本子封面上隐约看到几个褪色的字，仔细辨认是"我的生活——抗抗"，这无疑是妈妈的手笔。

它就是今天变成了印刷体的《小抗抗的故事——1956 至 1957 年日记片断》。

抗抗出生于 1950 年 7 月 3 日，这里的片断纪事是六至七岁。不必讳言，20 世纪 50 年代初，正是我们人生遭遇灭顶之灾的严峻年代，当为人父母者处于朝夕难保的状况之中，为孩子写日记真是异想天开之举。现在见到的文字时有间断，或间断时日较长，但似乎不必解释是什么原因。我们是"历尽劫波家犹在"，能保存几页片断就算是弥足珍贵了。

这个小本子用蓝墨水钢笔书写，字体很小，经过几十年字迹变得很淡,要用放大镜才能勉强看清。整理时,基本保持原貌。

(2006 年 6 月 20 日记)

1956 年 12 月 25 日

妈妈教书的学校在紫金观巷,我们家住在学校宿舍大院里,抗抗在大塔儿巷幼儿园上大班。

新年快到了,妈妈每天晚上都忙着给学生排练文娱节目,准备参加全市中学生文娱会演。晚饭是在学校食堂里吃的。

妈妈带学生在工会俱乐部排练,小抗抗跟几个小朋友跑来跑去,吵吵闹闹的,受到妈妈批评,她觉得很委屈,站在楼道边上抹眼泪。

晚上回到家里,爸爸问她怎么回事,她不回答,还赌气地说:"我不告诉你。我要睡觉了。我氢气球也不要(你买)了。"

妈妈走到她床边,笑眯眯地抚摸着她的头发说:"我的好孩子,你还在生妈妈的气吗?"

小抗抗紧紧抓住妈妈的手,眼眶里含着晶莹的泪珠,喃喃地断断续续地说:"妈妈,是我不好,我喜欢生气,喜欢哭……我还要想……我为什么不能不哭,也不生气呢……"

妈妈轻轻地抹去她的泪痕,吻着她的前额……

12 月 26 日

今天小抗抗真乖。妈妈叮嘱她不要跟到教室里去,帮妈妈到食堂带饭菜。

晚上,她对妈妈讲了这样一个有趣的想法,说:"我们去幼儿园要经过一家工厂门口,我看见里面有一座又大又高的烟囱。我对大班的一个男伢儿张虎说:'顶好我们爬到屋顶上去,再从屋顶爬上烟囱。你不是戴着一顶大帽子吗?你可以把帽子放在烟囱顶上,然后坐上去,我呢,一跳就坐到你的肩膀上。烟囱里的烟冒出来,风一吹就把我们吹到云端里去了,这样我们就变做小仙人啦,想要什么就有什么……'"

12 月 27 日

一早起来,小抗抗倒了痰盂、洗过脸,就拿一只大搪瓷杯到大门口去买豆浆。

晚上,妈妈到学校去了,妈妈叫小抗抗把门卡住,自己在灯下看图画书,等着爸爸回来。当爸爸敲门的时候,她真有说不出的高兴。她立刻对爸爸说,晒在外面的被单干了,妈妈叫她收进来,让爸爸把床铺好。她还告诉爸爸自己的小口杯有个小洞,漏了。爸爸说明天去补一下。

爸爸问抗抗:"你一个人在家,心里慌吗?"

抗抗说:"我心里有一点点慌。不过我记住妈妈的话,要勇敢一点。我想,勇敢的人是不会慌的。我不断地对自己说,我一定不要慌,我就要胆子大。我慢慢地看着图画故事,忘记了家里只有我一个人,我就不慌了。"

12 月 28 日

晚上,小抗抗突然问爸爸:"我在哪个医院生的?"

爸爸答:"那时叫浙江省立医院,现在改名了……"

"我是第几张小床?"

"我们怎么记得清呢。"

抗抗十分认真地说："人家记得的。我们幼儿班里有一个男伢儿叫李东方,他记得自己是第十二张小床,他还说旁边的一个女伢儿很像我。"

"你当时是不是看到一个男伢儿很像他呢?"

"我是个小毛毛头,什么也不知道。"

"那么,这个李东方怎么就知道呢?"

"我想他是故意这样说的……不过,我真的很想知道我睡的是第几张小床,爸爸妈妈记起来就好了。"

过了一会,小抗抗要上床睡觉的时候,又告诉爸爸这样一件事:"有一天,我在回家的路上听到有人叫我的名字,我'唔'了一声,心想:她是谁呢? 后来才想起是以前那个幼儿园的金老师。真奇怪,我现在的幼儿园里有一个潘健儿,她说她以前也是在那个幼儿园的,她的老师也是金老师。潘健儿还说,那时看到一个小姑娘很像我。我怎么就一点儿也不记得有她这么个潘健儿呢?"

12 月 29 日

傍晚,学校饭厅里人都散了,妈妈和抗抗才来吃饭,妈妈带着责备的口气说:"你这个小尾巴呀,就这么不听话,妈妈忙得要命,叫你自己先吃,你就是不肯,你可要饿坏了呀!"

妈妈吃饭后还得去给学生排戏,抗抗缠着妈妈不肯回家。这时爸爸找到饭厅来,妈妈要他把抗抗带走,抗抗都快要哭出来了。

"新年就要到了,应该高高兴兴的。你记得吗? 妈妈答应过给你买新年礼物……"

"我要一个眼睛会动的洋娃娃!"

回到家里,小抗抗告诉爸爸,今天幼儿园里老师教唱歌她很快学会了,老师让她教同学唱,歌词是这样的:"鸟儿飞,鸟儿飞到天空里,打着圈圈,鸟儿我问你,等我长大了,坐着飞机跟你做游戏,你呀欢喜不欢喜,欢喜不欢喜?"

12 月 30 日

早晨,小抗抗在门口刷牙。门口一块小空地上长着一株大香樟树。忽然她发现头顶上飞过几只鸟儿,她叫爸爸看,欢喜地叫起来:"大树上有鸟儿的家!"

晚上妈妈还是忙着排戏,小抗抗在家里要爸爸讲故事,爸爸讲着讲着,抗抗说不好听,爸爸便讲不下去了。抗抗说:"我喜欢听妈妈讲丑小鸭的故事,不管妈妈讲什么故事,我都爱听。"后来抗抗口头念了自己想的一首诗:"我不晓得爸爸为什么那么爱诗,我不知道妈妈爱什么。我呢,我爱的是有趣的儿歌,这就是我送给爸爸的新年小诗。"

12 月 31 日

今晚妈妈编导的小话剧《王小梅》在学校大礼堂彩排演出,受到同学们的欢迎。小抗抗常常在妈妈身边看排练,剧中人王小梅和她妹妹王小英的对话,她早能背了。

为了迎接新年,爸爸给抗抗买来了《小朋友》《儿歌》《大刷大洗》《希腊神话传说——偷火的普罗米修斯》《大力士赫拉克勒斯》等等,这些书图文并茂,还有注音,她十分高兴。《小朋友》上的一首儿歌《放鞭炮》,教她念了一两遍,她就自己念出来了。

1957 年 1 月 1 日

早上有点冷,抗抗醒来还不肯起床。妈妈对她说:"乖孩子,你忘了吗?今天是什么日子?应该对爸爸妈妈说句什么话呀?"她张大眼睛,立刻坐了起来,大声喊:"爸爸妈妈,新年好!"

妈妈早就把新年礼物——一个眼珠子会转动的洋娃娃放在她的床头上。不管手头用的钱多么紧,女儿的新年礼物是不可少的。

当抗抗要拿床头上的衣服时,立刻发现她一直梦想得到的东西。她顾不上穿衣服,双手把洋娃娃抱在怀里,那洋娃娃一闪一闪地转动着眼睛。抗抗笑了,妈妈也笑了。

元旦假日,抗抗跟爸爸妈妈去河坊街西公街看奶奶。她当然不明白,爸爸妈妈两个人工作,还负担着整个一家人的生活,大叔叔在中等专科学校念书,二叔叔念初中,姑姑念小学,还有比抗抗大两岁的小叔叔也念小学。抗抗当然不明白,爷爷是个穷工人,1949年刚解放时51岁就病死了,奶奶和叔叔他们生活无依,爸爸不得不把她们从上海接来杭州。一家人的日子过得多么艰难呀!

奶奶租住的是私人房子,虽说是楼上一间,实际上是半阁楼式的,仅仅十多个平方,楼梯又陡又暗。抗抗每次来到这里,都受到特别照顾。有一次吃饭时抗抗嫌小菜不好吃,嘟起嘴不肯吃,懂事的小叔叔对她说:"抗抗你看,你有一个蒸鸡蛋,我是没有的,这不是很好了吗?"这样她就乖乖地吃饭了。姑姑和小叔叔很喜欢她,跟她做游戏、讲故事,还带她去南山路的儿童公园玩耍。抗抗对妈妈说:"公园门口人真多呀!我们是钻进去的。"

1月2日

今天妈妈收到一张贺年卡,写的是:张抗抗的妈妈收——杭二中蔡拂云。

妈妈问抗抗:"这个人是谁?"

抗抗说不知道。

"你们幼儿园里有一个蔡拂云吗?"

"没有。"

妈妈疑惑:杭二中蔡拂云是谁……

抗抗说:"我认识一个杭二中的叔叔。"

妈妈学校里的唐老师住在杭二中宿舍。她对妈妈说:"蔡拂云呀,他是一个华侨学生。"

晚上,妈妈又和抗抗谈起贺年卡的事,抗抗说:"我知道了,贺年卡是那个叔叔写的,我在唐老师家跟黄清(唐老师的女儿)一起玩,他给我们讲外国的故事……"

1月3日

早上冷,抗抗赖在被窝里,爸爸喊:"一、二、三!"她不肯动,爸爸再喊,她还是不起。爸爸没办法,喊过一次又一次,先后喊过十五次,她才慢慢穿衣起来。

1月6日

今天是星期日,午前妈妈在门外生起了煤球炉,叫抗抗帮忙,拿扇子把炉火扇旺,爸爸在屋里面写着什么。过不了多久,抗抗在门口对爸爸说:"外面很冷,我把炉子搬到里面来扇好吗?"爸爸不同意,又对抗抗说:"你要多用点力气,扇子扇得重些、快些,就不冷了!"抗抗便继续扇着。煤球炉放在一张凳子上,她扇的时候不用弯腰。又过了一阵,爸爸到门口,看到抗抗手上的扇子懒洋洋地扇着,爸爸走过去批评她说:"小姑娘,你是多么不爱劳动呀!"

1月7日

今天中午,抗抗从幼儿园回到家里,妈妈却没有回家,也不知道有什么事。抗抗自己扫地、整理房间。她想妈妈一定有工作来不了,只好饿着肚子到学校去了。

下午放学回家,妈妈知道抗抗中午饿了一顿饭,心里难过极了。原来她上午临时接到通知集体去市里听报告。但是抗抗不叫苦,还告诉妈妈说,她今天在幼儿园门口看到一个小男孩跌倒在地,赶紧上去扶他起来,小孩是大班同学的弟弟。晚上,抗抗用彩色糖纸做了五只小骆驼,打算明天送给冯老师。

1月9日

这几天抗抗嘀咕着大叔叔为什么不给她回信。今天爸爸去奶奶家带来了大叔叔的信,抗抗高兴得跳起来。

去年12月16日,抗抗给大叔叔写过一封信。大叔叔去年秋天在杭州水电中专毕业,分配去北方工作。在抗抗幼小的心灵里,最不能忘记的是去年8月台风袭击杭州,那时妈妈在六和塔浙江师范学院分部进修,把她放在西公街奶奶家里。台风中的旧楼摇摇欲坠,怪吓人的,学校里的大叔叔连夜赶回家中,成为老小一家人的主心骨,安然度过狂风暴雨的一夜。抗抗的信不过是歪歪斜斜的几个字:"上"呀,"大"呀,"小"呀,还有一个自己的签名。后面爸爸再附上几句话。这封信由爸爸去寄,谁知爸爸搁在抽屉里耽误了几天。

这天晚上,爸爸给抗抗念大叔叔的信,信上还说有新年礼物呢。

1 月 17 日

好几天没给抗抗写日记了,这几天抗抗在忙着创作连环画。她的口袋里有一本黄色封面的笔记簿(爸爸买的边角纸请人装订的),可以随时拿出来乱画。封面上"大班,张抗抗"几个字是她要妈妈写的。第一幅上画着几幢小房子,她说这是一个村庄;第二幅上画着三个男孩在做广播操;第三幅上画的是三个孩子排着队回家;第四幅上画的是他们回到家里,妈妈把菜端在桌上;第五幅是空白的,她说用来写四幅画的文字说明。妈妈问她这三个孩子一个小的,两个一样大,为什么。她回答,两个一样大的是双胞胎嘛。

她告诉妈妈说,在幼儿班里踢足球,把教室里一只柜子的玻璃打碎了,手指也割破了,是老师给包扎的。她还说跟男同学吵架,为什么吵,却不肯说。妈妈对爸爸说:"抗抗这孩子,跟同学一起喜欢管别人,不大谦虚,自己有错还怪别人,或者抓别人的小辫子。我批评过她,她说你自己也这样的。"

这时她知道妈妈怀孕了，对妈妈说："妈妈，我有了弟弟，是不是叫乡下的外婆出来？"妈妈问："为什么？"她说："那谁给我们烧饭呢？"妈妈说："在学校食堂吃饭得了。"她说："你要'满月'才能出去呀。"妈妈觉得奇怪，这孩子怎么知道什么是"满月"呢？

1 月 19 日

抗抗去唐老师家找黄清玩，晚上回来对妈妈说："我和黄清讲故事，我说的是一只鸽子飞出去，主人担心它会迷路，但想不到这只鸽子过了许多天还是回来了。我讲的时候，唐老师也在听，她说我'鸽子'的发音不准，帮我纠正过来。那个三岁的黄建躲在被窝里，突然伸出头来叫，鸽子！鸽子！大家都笑了。"

抗抗又说："我们几个人谈自己喜欢什么。黄清说：'我最喜欢的是学习。'我说：'我最喜欢的是演戏。'黄洪(黄清的弟弟)说：'我喜欢打仗。'"

中午抗抗回家时，让妈妈看幼儿园带回的报告单，上面老师写了她的优点缺点，缺点就是不谦虚，还举了例子。妈妈说："你看，我们早就给你提过了，爸爸看到一定会说你的。"

抗抗说："我不让爸爸看。"晚上爸爸知道了，抗抗对爸爸说："我有这个缺点，一年级我一定会改正的。"

1 月 24 日

抗抗去河坊街西公街奶奶家住了几天，今天回家来。她是由读小学的姑姑带去的，开始不肯去，爸爸说了几句，她同意了，自己收拾了一些玩具，包括一幢活动房子。爸爸送她们到众安桥上车。今天爸爸下班回来，没有见到抗抗，原来一位程老师把她带去吃饭了。爸爸和妈妈一起去接她，抗抗见到爸爸马上奔上前，被爸爸抱起来了。

晚上，抗抗给爸爸妈妈讲这几天的生活。她说："每天早上姑姑、小叔叔带我去爬山，山上的树很粗很大，到处都是人。"爸爸问："什么山呢？"她回答是城隍山。爸爸让她描述一下城隍山是怎么样的，她不肯再讲，却说到儿童公园去了。儿童公园分两部分，一个门是一米以上的孩子，一个门是一米以下的幼儿，有一个阿姨管着。抗抗说，我跟着姑姑进去就是大孩子了。

"小叔叔给你讲故事吗？"爸爸问。

"他是二年级，正忙着考试呢。"

抗抗告诉爸爸，小叔叔和姑姑教她唱一支歌，是从《小朋友》上学来的。爸爸怀疑：他们能识谱吗？抗抗说他们看得懂的。——于是她就唱起来了。

爸爸问："你在那边三天，除了出去玩，还做什么？"

"打扑克。"她又说了一些爸爸听不懂的打扑克的方法。

抗抗说看到姑姑的学生手册，门门功课都是5分。但小叔叔的学生手册不让她看，大概小叔叔成绩比不上姑姑怕难为情了。

这次抗抗去奶奶家，原以为可以拿到大叔叔答应的新年礼物，实际上情况变了。大叔叔月初开列一张礼物单，爸爸看了觉得太破费，加上邮资很不合算，叫二叔叔去信让他还是给妈妈寄点钱过年算了。这样，抗抗的新年礼物变成给奶奶过年的十七元钱。这是大叔叔参加工作后第二次寄钱回家。抗抗告诉爸爸，大叔叔的礼物还没有寄到，爸爸不得不给她作了解释。抗抗是个懂事的孩子，她有点失望地低头不语。爸爸说："好孩子，我们应该让奶奶他们的春节过得好一点。爸爸没有先征求你的意见，是爸爸不对。你的新年礼物，爸爸和妈妈给你买，你喜欢什么就买什么。"

抗抗又告诉爸爸，她在奶奶家学了广东话，家里人的称呼都学会了，数数字可以数到50，毛线衣叫"冷(浪音)衫"。

1 月 25 日

今天抗抗想起一件事：她在大班里踢皮球打碎的玻璃，第三天就有个工人师傅配好了。她说，老师要大家注意爱护公物。

听到门外传来摇铃声，抗抗走出去看，是一个走街串巷的算命瞎子。她问爸爸："算命瞎子是做什么的？"爸爸说："一个瞎了眼睛的人，说自己能告诉别人未来的命运，你相信不相信？"抗抗说："那一定是骗人的。他为什么要骗人呢？"

晚上，抗抗又想起幼儿园里发生的事。大班有两个男生，顽皮赖学，两个人溜到西湖边去玩，走呀走的，走到一公园的湖边上了，他们看到一只小船，就手拉手跳下去，小船摇晃着，两个人就掉进水里，幸好船工看见，把他们救上来……冯老师讲这件事眼泪也流出来啦……

1 月 26 日

午饭后，妈妈叫抗抗帮着洗碗筷、洗锅子，她第一次干厨房活，很用心。妈妈看看不够干净，还是表扬了她。

今天有两件事，都可以看出抗抗性格上好强。下午黄清来了，她跟黄清从小一起玩，常去黄清家，应该是很亲密的。这次两人拍皮球，说定一人拍多少下，抗抗拍着拍着不肯停止，黄清叫到了到了，她还是拍，使黄清很不高兴，后来就不欢而散了。妈妈责备抗抗，要她去向黄清道歉，下次不准这样无理。

又如：她在床头看一本有插图的童话书，邻居小女孩秀华也想看，她就是不给。秀华碰碰她的书，她就说："你不要乱碰。"妈妈对她说："你不可以这样，应该让秀华看。"她不高兴了，书滑到地上也不肯捡起来。妈妈真的生气了，说："你这样的话，我把你的书通通送给小朋友，看你怎么样。"这时抗抗认错了，同秀华一起看书。

睡觉时，她要爸爸讲一个故事，爸爸讲了海上渔人是怎样捕捉鲨鱼的，讲完问抗抗："你知道鱼肝油是哪里来的吗？"抗抗故意说："我知道的，是从《小朋友》书上来的。"爸爸再问："真的吗？"她笑着回答："是鲨鱼身上来的。"

1 月 27 日

今天爸爸妈妈带抗抗去奶奶家。大叔叔的新年礼物还是寄来了：一把口琴，一只小喇叭，两本幼儿图画书《羊和狼》《乌鸦和狐狸》。另外有一本《一只骄傲的小青蛙》是给小叔叔的。妈妈大概觉得抗抗有点骄傲，提议抗抗的《羊和狼》同小叔叔的那本交换，两人同意了。

抗抗和小叔叔一起画图画，小叔叔照书摹画一只小公鸡，抗抗自己画一座小房子，一棵树，门口还有自来水龙头，一个老太太拿着一只水桶。妈妈是老师，由她来批分，妈妈批的一样都给3分。其实小叔叔是二年级，抗抗是大班,给一样的分有点不公平,但妈妈认为抗抗不能高,她会骄傲的。小叔叔的语文、算术都是5分,图画、手工劳动只有3分。后来姑姑、小叔叔带抗抗上城隍山,手里拎一只竹篮子,到山上边走边玩,边拾柴枝、拔胡葱野菜,玩得挺高兴。

大家坐下来剥山核桃吃,爸爸剥的本来就准备给女儿的,可是抗抗过来一手抓起就吃,爸爸说:"慢着点,你不觉得要有一点礼貌吗?"抗抗愣住了,她转向妈妈求助,妈妈笑笑,对她说:"你应该懂的,爸爸的意思……"抗抗咬咬嘴唇,然后喃喃地道出一句话:"不吃就不吃。"妈妈的笑容收敛了,严肃起来,眼睛盯在抗抗脸上,说:"不可以这样,这样是不对的,你想一想……"抗抗站在一旁想了一下,回到妈妈身边,轻轻地说了一句话,妈妈点点头,对爸爸说:"抗抗知道错了,她要我对爸爸说,请爸爸原谅。"大家都笑起来,姑姑拉着抗抗的手坐在一起,爸爸让小叔叔送过去一大把核桃仁。抗抗低着头,难为情地笑了。

这个晚上,妈妈给抗抗讲了一个故事,叫作《一句有魔力的话》,说的是一个孩子不懂礼貌,蛮横无理,大家都不喜欢他,后来老师告诉他,你要学会一句有魔力的话,在任何时候都要记住。对别人说"请……""谢谢……"后来这个孩子成了一个大家都喜欢的人。

1 月 28 日

吃饭时,抗抗向妈妈提问:"'朴实'两个字念做'朴丝'呢还是……"妈妈说:"'朴实'的'实',同'实实在在'的'实'是一样的。"妈妈反问:"'朴实'是什么意思你明白吗?"她说:"不明白。"妈妈又问:"那么你是哪里听来的呢?"她说:"是杭州话广播里听到的,说什么婚礼很朴实,我不知道'朴实'是什么意思。"妈妈说："'朴实'嘛，这里的意思就是说他们的婚礼办得很节省简单，不多花钱，不摆阔气，实实在在的意思。"她问："妈妈你是不是朴实？"妈妈说："我们还算有点朴实吧。"她又问："爸爸呢？"妈妈说："爸爸不会乱花钱，但有时不是很朴实的。"抗抗想了一想，对妈妈说："我希望自己长大了做个朴实的人。"

1 月 26 日

早上，抗抗和几个小朋友玩托儿所的游戏。她做老师，秀华做阿姨，玲玲和兰君做小朋友。她吩咐阿姨做这样那样的准备，水壶呀，干粮呀，草帽呀什么的，然后检查一番，喊口令出发，可是两个小朋友只顾吃东西，不肯跟着去……

1 月 30 日

眼看春节到了，妈妈要带抗抗去德清乡下外婆家。今天妈妈起了个大早，做各种准备。抗抗要随身带几件玩具，但一大篮子的玩具不知带什么好，挑了半天，爸爸妈妈只同意她带个洋娃娃和口琴。她出门时非常快乐，一跳一跳地拉着爸爸的手。

我们坐公交车到卖鱼桥轮船码头，上船找到座位，她跟爸爸上岸吃豆浆油条。开船后，她用船票向服务员借了一本连环画看。到德清城关的水路要五个小时，我们的午餐是自备的，馒头切片夹肉吃，还有鸡蛋。轮船里坐满了人，空气有点混浊，抗抗不时走到船头上去，但她并不怎么注意两岸的风景。

船靠德清码头，已经是午后1点钟，我们进合作食堂每人吃了一碗肉丝面。从德清城关到外婆家洛舍镇，没有任何交通工具(原来有过机动船杭州直达洛舍，因亏损停开了)要走十八华里，我们来以前同抗抗说过的，问她如果走不动怎么办，她说走不动也要走，爸爸妈妈商量过必要时可以背着走一段休息一段，估计没有问题。爸爸挑着一个担子，妈妈一手拎一只篮子一手拉着抗抗，我们嬉笑着出城上路了。

德清是个平原水网地带，出城时沿着小山脚下的沙石路走着，天气晴朗，却刮着冬天的冷风，我们把抗抗武装起来，给她戴上一个大口罩，围巾包起耳朵，她一点也不畏缩，走得起劲而快乐。爸爸说："你第一次出远门走十八里路，称得上是幼儿园的冠军了。"

走着走着，抗抗总要问我们走几里路了，前面还有几里。这条路妈妈走过几次，她能大体上做出回答。爸爸第一次走，觉得一路上的风景真好。他问抗抗："这是什么树？"抗抗不认识。又问："你的绸子衣服用什么做的？"回答："丝。""丝哪里来的？"回答："蚕宝宝吐的。""蚕宝宝吃什么？"回答："吃桑叶。""对了，这就是你养蚕宝宝的桑树呀！"

我们在刺骨的北风中行进，走得越来越慢了。

抗抗从未到过田野，她问："那个像洋娃娃又像围墙似的是什么东西？"爸爸告诉她这是农民伯伯保护作物过冬的塑料布棚子。我们经过一个竹林，竹林里有几只羊，也有鸡，妈妈指着一丛竹子问抗抗："这是什么？"抗抗回答说："是长笋的一种树。"妈妈笑着指出竹林和树林是不同的。又问她田里长的是什么，她出口就说："麦子。"

我们在一座破败的土地庙旁坐下来休息，拿出吃的东西：花生、糖、一只橙子。妈妈说，已经走过七八里路了。

我们的路弯到一条小河边上，抗抗问这条小河通不通得到杭州。来以前她就问过坐的船能不能通到海上去，爸爸告诉她海上的是大轮船，我们坐的是小机电船。沿河边走着，看到一个渡口边停着一只拉渡船，我们是不过河的，爸爸对抗抗解释拉渡船是专供两岸的人来往的，木船上有两根缆索悬在对岸的铁桩上，过河的人自行拉动，风雨无阻，完全是地方上公益性的交通设施。抗抗看得挺有兴趣，但她问："为什么不造一座桥呢？"

　　在路上，如果爸爸妈妈只顾两个人说话，她就一副无精打采的样子，故意有气无力地说："我走不动了，我真的走不动了……"

　　在东衡里，离外婆家只有七里路了。我们停在一家路边茶馆喝了开水，休息了一会，又继续上路。那是一条绕着山坡走的山路，妈妈变得没有把握了，不知对不对，又走了一段，过了一座小桥，来到了塘上，妈妈放了心，这条路是对的。这时展现在眼前的是一片广阔的田畴，水田里残留着收割后的稻根，也有成片嫩绿的苜蓿地，塘堤上有成行的乌桕树。抗抗捡到了几颗桕子，妈妈告诉她桕子油可以造肥皂，她说："我送给外婆洗衣服好了。"

　　下午4点钟到达外婆家。

　　爸爸背抗抗一里路左右，她自己走了十七里。

　　晚上吃了一顿丰盛的年夜饭。妈妈让她早点上床，她躺下就睡了。

2 月 18 日

半个多月没有写日记了。

　　在外婆家过了年，爸爸妈妈搭便船回杭州上班。抗抗放寒假，让她留在外婆家玩，直到元宵节前一天才回来，是外婆乘便船送回来的。今天新学期开学,这是大班的最后半年了。

妈妈对她提出了一些要求:

一、早起准时到校,不迟到(上学期她有迟到现象);

二、对同学的态度要和气,不争吵,讲道理;

三、不骄傲,要虚心;

四、不计较同学的缺点,要原谅别人。

2 月 19 日

爸爸发觉抗抗从乡下回来以后变得野了,好像不大肯听话,有点顽皮起来。星期日早上一定要穿花袜子,妈妈让她穿黑袜子,她说今天穿花袜子,明天穿黑袜子,但是星期一早上,她还是坚持要穿花袜子,星期二是妈妈用严厉的口气说话,她才换上黑袜子的。

晚上8点多叫她睡觉,她反而对妈妈说:"妈妈,快起来,早上8点钟了,太阳出来了!"以前她是不会说这种反话的。

躺在床上,叫她不要把脚搁在妈妈身上,她撒娇地叫:"不啦!"

早上起床时,爸爸对她说:"你看,你是我们家里起得最迟的人。"

"你又不是最早的,最早的是妈妈。"她说。

"早起的人是勤劳的人,你不肯早起,不是勤劳的人。"

"我们一个同学的阿姨,早上3点钟就起来,她要去坐火车,你要我们3点钟起来吗?"

爸爸摇摇头:"你这个小姑娘只会巧辩,很不好。"

外婆一直在旁边听着,她插话说:"抗抗变了,她在乡下跟小云一起玩,小云比她大两三岁,说话也是挺厉害的。"

2 月 21 日

晚上爸爸给抗抗讲故事,开口一句是:"有一个女儿……"

"唔,我不要听。"抗抗以为是讲自己的。

"你放心,我讲的不是你,有一天……"

"有一天怎么样,快讲呀!"

爸爸讲的故事是这样的:

有一天,在一个家庭里,大家坐下来吃晚饭。爸爸说:"今天的饭真香呀!"小女儿说:"今天的饭是我烧的。"

爸爸吃了一口,又说:"香是香,就是烂了一点。"小女儿说:"水是姐姐放的。"爸爸又吃了两口,突然咬着一颗小沙子,牙齿硌痛了。"哎呀,"小女儿叫起来,"妈妈,你淘米没有淘干净呀!"

抗抗凝神地听着,一句话也没有说,不知道她在想什么。

妈妈评论道:"这个小女儿的毛病在哪里呢?她的毛病在,做得好的事情是我的,做不好的事情是别人的。她不明白一个道理:有了一点点成绩便自以为了不起是不对的,有了缺点推卸责任也是不对的。"

3 月 5 日

妈妈借了一本《一年级小学生》,是翻译的苏联儿童小说,讲一个叫玛丽霞的女孩上一年级的故事。抗抗很有兴趣听妈妈讲。

昨天下午妈妈上教师进修学院,晚饭是抗抗自己去食堂吃的,她还把妈妈的饭菜也买回来。

3 月 17 日

爸爸妈妈每天忙着自己的事情,抗抗的日记也顾不上了。

记下几件小事:

小叔叔对抗抗说,狐狸是很狡猾的,但是狐狸的身上也有好的东西。抗抗觉得奇怪,怎么狐狸身上还有好的东西? 小叔叔说:"我说出来你就会相信的,就是狐狸身上的皮毛呀!"

抗抗问妈妈:"你疑心不疑心?"妈妈听不明白,抗抗说:"我在乡下的时候,听人家说天上有菩萨的,你疑心不疑心?"妈妈笑了:"你说的不是疑心,是迷信,相信菩萨的人是迷信思想,有知识的人是不会迷信的。"

有一天,是应该上第二堂课的时间,妈妈偶然在学校附近巷子里碰到抗抗,妈妈很惊讶,问她:"你怎么不在幼儿班上课?"她说:"我的肚皮疼,要回家去。"妈妈没有怀疑,让她回家喝杯盐开水。中午妈妈早点回家,谁知出校门时有人对妈妈说:"你们抗抗和秀华两个人在宿舍大院的园子里游荡。"妈妈急忙回家,追问了一阵,抗抗承认不是真的肚皮痛,是秀华叫她向老师请假赖学的。妈妈很生气,对抗抗说:"妈妈怎么也想不到你会说谎,你从哪里学来的……"妈妈气得差不多哭出来。抗抗羞愧得抬不起头,不停地用手抹着眼泪。妈妈叫她把秀华找来,却没有找到,可能是故意躲起来了。这个秀华是一个多子女校工的小女儿,贪吃好玩。妈妈对抗抗说:"以后你再不要同秀华在一起了。"晚上爸爸知道这件事,对抗抗说了这样几句话:"你记住,一个人说谎,就是他自己给自己挖了陷阱。一个人要向前走,每一步都要诚实。"

3 月 20 日

爸爸妈妈谈话时,不知怎么谈到意志坚强的问题。妈妈写的校园儿童剧《王小梅》演出后反响还可以,她有意继续以王小梅的形象写一个表现意志坚强的剧本。这样他们就谈到抗抗身上,妈妈说抗抗的性格还没有完全形成,现在看来她比较要强,不甘落后,但是也常常表现出怕困难,拣容易的事做。这时抗抗在旁边听到了,她大声说:"不!困难的事情我也做的,冬天我不是帮爸爸扫雪铲雪吗?我现在会生炉子了,也会自己洗袜子、洗手帕了。"爸爸妈妈还来不及答话,她又补充说:"我看舞台上那个王小梅做好事很容易,我希望妈妈给王小梅多一点困难,简单的故事是不好听的。"这些话让爸爸妈妈心头一热。

4 月 1 日

今天抗抗教妈妈念一段急口令:

天上一颗星

地上一块冰

树上一只鹰

墙上一排钉

眨眨眼睛不见天上的星

乒乒乓乓踏碎地上的冰

叽里咕噜赶走树上的鹰

叮叮当当拔掉墙上的钉

4 月 2 日

今天抗抗遗失了妈妈的一支小金星钢笔。放学以后她到妈妈办公室，用这支笔做功课。后来她到操场上去玩，钢笔插在口袋里，就是在这个过程中失落的。妈妈心痛这支笔，爸爸也责备她，但抗抗不服气，说："我又不是故意的，你们不是也会丢失东西的吗……"

4 月 6 日

放春假第三天了，爸爸妈妈还顾不上带抗抗去西湖春游。

抗抗对妈妈说："昨晚我做了一个梦，我的洋娃娃对我说：'春天来了，你为什么不带我出去放风筝呢？'"妈妈听了心中明白，这是女儿借洋娃娃之口说自己的话了。

明天星期日，我们就一起去玩吧。

4 月 7 日

我们大清早出门。计划中的行程是白堤、孤山、西泠桥、苏堤，过了苏堤经净慈寺到清波门，然后转入河坊街到西公街奶奶家。

抗抗在西湖边长大，最熟悉的是涌金公园、柳浪闻莺、儿童公园、湖滨的一公园至六公园，都是她常去的地方。今天走白堤上孤山，她特别高兴，我们过断桥上白堤的时候，爸爸兴致勃勃地要给抗抗讲断桥、白堤的传说故事，但面对碧波荡漾、桃红柳绿、美丽如画的湖山，抗抗的心早飞开了，哪里有心思听什么，她终究还是一个学前阶段的孩子呀！

在白堤上，抗抗拉着妈妈的手，故意走到临水的边上，一次一次让妈妈拉回来。有时她自己飞快地往前跑，爸爸妈妈也跟着追上去。一路上有说有笑，在平湖秋月平台转了一圈，便来到中山公园，上了孤山。抗抗还是头一回到这里来呢。

孤山的道路迂回曲折，石阶左右盘旋，绿树丛中让人神清气爽。抗抗喜欢同妈妈捉迷藏，两个人玩得气喘吁吁。来到山上，葱郁茂密的树林之中，走在一条长长的石板路上，真是别有一番境界。石板路的高处可以把西湖尽收眼底，有几个男女学生正坐在石头上写生。这时妈妈发现抗抗不见了，大声叫唤着她的名字，只听到她哈哈大笑，原来是她故意躲在一块巨石后面。妈妈告诉抗抗，我们现在走的是孤山的前山，还有后山，也很好玩，下次再来吧。

我们来到苏堤的时候，看到载客的三轮车，这才想到苏堤长十里，继续走有点问题，便决定坐三轮车，两个大人带小孩子还是可以的。苏堤上有六座桥，每次上桥妈妈和抗抗坐着，爸爸下去帮着推，爸爸要抗抗记住六座桥的名字映波、锁澜、望山、压堤、东浦、跨虹，她重复记了几次。看到岸边一株老柳树斜着倒下了，妈妈问抗抗柳树为什么卧到水面上去，抗抗说它是给风吹倒的。

可是发生了令抗抗很伤心的事。她在三轮车上给洋娃娃穿衣服，一不小心，洋娃娃掉到地上去了，路旁一个叔叔看见，连忙帮她捡起来交还到她手上，但洋娃娃的眼睛瞎了，任怎么摇呀摇的，眼珠子都不出来，她把洋娃娃压在胸前，完全呆住了，无助了，满面都是泪水……后来，妈妈说："我从来没有看到抗抗这样伤心。"下车时，她把洋娃娃交给妈妈，说："我不要她了，随便你送……"妈妈说："不，留着她吧，也许我们能把她的眼睛治好呢。"到奶奶家时,抗抗又哭了,这一哭,没有一个人责怪她。

晚上睡觉的时候,她对妈妈说:"洋娃娃的眼睛是我跌坏的,以后我更要爱护它。"

4 月 14 日

最近几天发现,抗抗连续丢失或损坏东西:丢失的有袜子、宽紧带、手帕……打翻了同学的一杯豆浆,打破了自己的小碗……她还说:"不要紧的,妈妈不会骂的……"

这几天妈妈连续给她讲尼基塔的故事,今天讲的是尼基塔做小猎人的一段。

抗抗这孩子有小心眼,我打开一个罐子时不小心,里面的炒米洒得满地,抗抗在旁边看着,一声不响,爸爸帮着捡,她也不帮忙。不知她这时是怎么想的。爸爸说我们大家捡,看哪个捡得多,抗抗马上就抢着捡起来了。

她有时会突然对妈妈说:"嗨,妈妈,你……"怎么回事呢?妈妈莫名其妙,她神气活现地说:"你说话不算数,昨天你说过的……"说过什么呢?妈妈还是没想起来。这时她就完全胜利了。

爸爸答应过讲三毛的故事,却老是不兑现,她也用了同样的办法,爸爸输了。

4 月 21 日

宿舍院子里到处是杂草,居民小组长要求每户人家都派人参加拔草,爸爸对抗抗说:"你去,你代表我们家吧。"抗抗不大愿意,但还是参加了，过了十多分钟回来了，举起一双小手，让爸爸看，手掌变成了绿色，沾满了泥土，满脸是劳动的喜悦。

4 月 25 日

今天苏联最高苏维埃主席团主席伏罗希洛夫元帅访问杭州。早上，妈妈学校教工出发去预定地点参加欢迎仪式，抗抗嚷着要跟着去，妈妈不同意，她只好自己上大班去了。中午，她在巷口等妈妈回来。妈妈说她们是在湖滨环湖旅馆楼上等候的，先是看到一队少先队员，吹着笛子，很好听，随后汽车来了，街上欢迎的人群涌动着，红旗招展，第三辆汽车是敞篷车，一头白发的伏老公公站在车上向大家招手，他的身旁是周恩来总理，也向我们招手，跟在后面的是一部又一部小汽车……妈妈讲了看到的情形，抗抗有点不满足。

提早吃了晚饭，带抗抗去湖滨看热闹，到处都是人，我们在巨幅的伏罗希洛夫画像前驻足，观看了湖滨公园门口的新楼。天色渐渐暗了，湖畔的路灯也亮了，抗抗拉着妈妈的手，妈妈眺望着夜色苍茫的湖面，深情地对抗抗说："我的好女儿，你要记住，这是西湖边上一个春天的夜晚。我希望，在你的未来的日子里，永远有这样美好的春天的夜晚……"

4 月 26 日

今天晚上妈妈去参加幼儿园的家长会，会上冯老师提了几个问题，其中谈到孩子语言的特征，有的重叠，有的说不清，有的不连贯，有的语言不准确……

妈妈回家后同抗抗谈班里同学的情况。抗抗说有一个孩子把"灰尘"

叫作"飞尘",还有一个把"人行道"叫作"人人道"。一次上音乐课,一个女生站起来对老师说:"××唱歌像'狗叫'。"老师批评说:"不可以这样说,难道我们幼儿班来了一条狗吗?"大家都笑死了。

4 月 27 日

今天抗抗突然提出来:"妈妈,我觉得时间太慢了,顶好一天就是一个星期,一个钟头就是一天……"

妈妈反问她:"你有没有想过,如果一个钟头算一天,人类的日子怎么过?早上起来,刷牙、洗脸、吃完早饭,天就黑了,得赶紧睡觉;才睡了一个钟头,已经是一天过去了,还能做什么呢?工人去上班,才到工厂门口,就得回家睡觉,你说怎么办?"

抗抗笑得合不拢嘴。她承认:"妈妈,不知道为什么,我喜欢乱想。"

4 月 28 日

今天星期日,带着抗抗去奶奶家。在那里谈了一些家常,便到涌金公园去玩。小叔叔是个钓虾能手,他用的工具是一根小竹竿,有个弯弯的钓钩,再挖几条小蚯蚓。他在湖边半天可以钓到几十只虾,我们星期天到奶奶家总能吃到他钓回来的美味。开始抗抗饶有兴趣地跟着小叔叔看,却没耐心,后来就到一棵大树下玩橡皮筋,不知怎么回事,我们听到抗抗大声叫:"好看呀,好看呀!快来看呀!"我们正要走过去,看到远处一个小男孩直奔过来,手里拿一支竹竿。原来是抗抗的一串橡皮筋掉水里去了,却并没有沉下去,像几朵花一样浮在水面上,抗抗叫"好看"的就是这个景象。只见那个赶来的男孩,看到水面上的漂浮物,就不动声色地举起手中的竹竿，一下就把那串橡皮筋捞起来了。我们表示了谢意，小男孩一副助人为乐的神气走开了。

小叔叔钓虾的成绩不错，小水桶里跳动着的虾大小不一，估计有半斤多，回家的路上，抗抗帮小叔叔拎小水桶，多么高兴呀！

4 月 30 日

五一节快到了。抗抗送给爸爸妈妈的礼物是自己画的一幅画，两本厚厚的书，两朵大红花。妈妈按照她的心愿，买来一只小皮球。

5 月 4 日

妈妈发现抗抗这几天有点新变化，不时让妈妈猜这个，猜那个："妈妈，你猜我们班里今天做什么？你猜……"妈妈说："我的天呀，猜个谜语我还可以，你们班里的事我怎么猜呢？"不过猜不出不要紧，抗抗会一五一十说出来的。

还有是"变"魔法：手中一张纸，一下变长，一下变短。可惜她的技巧不高，不几下就露出了马脚，然后重新再变。

我们分析了一下，认为她的这种"变"，是对新知识的渴望。

5 月 14 日

我们很少有时间为抗抗写日记了。

近来抗抗忙着做小医生，玩具就是瓶子、盒子、粉笔做的药粉等等，家里的一张桌子上全放满了。她给洋娃娃打针，也给妈妈打针。一次妈妈从口袋里摸出萝卜干，原来是她给的药片。她还自制了一只体温表，给小朋友量体温。

6 月 1 日

又是半个多月不写日记了。

其实这段时间里有许多事都应该记下来，但主要是些不如意的事，心绪繁杂，也就算了。

大叔叔从东北回家探亲，我们一起去游了虎跑，看了老虎。

前几天，抗抗在家里搞卫生时，捧起一只花瓶到井台上去换水，放下时太重，花瓶的底部脱落。这是一只菱形玻璃花瓶。她不敢说，连底捧回去放到原来的位置。结果爸爸发现后，批评她不该这样做，打破一个花瓶是小事，不说出来就很不好。抗抗也哭得很伤心。晚上妈妈回来时，抗抗已经睡了，妈妈看到一张纸贴在墙上，大概是爸爸教她写的："妈妈，我不小心打碎了花瓶，以后要小心爱护东西。"妈妈的提包里放着新买来的一副蝴蝶结，是送给女儿的儿童节礼物，妈妈轻轻地放在抗抗的床头。

6 月 4 日

抗抗问妈妈："什么花最美？"

妈妈说："谁喜欢什么，什么花就最美。你说呢？"

抗抗说："我说牡丹花最美，我喜欢牡丹。"

"玫瑰花不美吗？"妈妈说。

"美。一年四季都有美的花。"抗抗下了结论。

6 月 5 日

抗抗又不小心弄丢了妈妈的一本书,到处都找不到,自己也不明白是怎么丢的。她对妈妈说:"不是我不爱护东西,我心里是爱护的,为什么还是会丢呢?"

6 月 10 日

抗抗对爸爸有了看法。她对爸爸说:"你说话的声音太响,人家是要听到的,要造谣的。"她指的是邻居的小伙伴。

又对爸爸说:"你说我会生气,你自己也是一点点的事就生气,你的态度也很凶的。"爸爸听了无言以答。

6 月 24 日

最近以来,抗抗懂事多了,乖多了。主要是她能管好自己的事,爸爸妈妈对她说的话她会认真听,告诉她该怎么做,她就说:"好的。"抗抗在苏堤上跌坏的洋娃娃修好了,谁修的呢? 是舅舅,舅舅把洋娃娃的头部拆开,把损坏的小构件用火漆粘接起来,洋娃娃的眼睛又会骨碌骨碌地转动了。抗抗高兴得踮着脚走来走去。修理以前,妈妈已经脱下洋娃娃的衣服洗干净,抗抗又给洋娃娃洗个澡,这就引来了一群小伙伴,热闹了好一阵。

6 月 30 日

抗抗的幼儿园生活结束了,暑期以后,将在妈妈中学旁边的紫金观巷小学成为一年级小学生。她曾经对妈妈说，在幼儿园里有人给我取绰号叫"眢糠"，上了一年级，我不叫"抗抗"了。妈妈说，抗抗这个名字有两个意思：一个是妈妈和爸爸是抗日战争时认识的，一个是你生在抗美援朝那一年。抗抗这个名字，不会有人跟你相同的。

7 月 3 日

抗抗是1950年出生的，今天是她的七周岁生日。

昨天晚上，抗抗入睡以后，妈妈和爸爸回顾了这七年间艰难的岁月。孩子在健康成长，她丝毫不能明白爸爸妈妈面临的困厄。爸爸说，我最痛苦的是有一次抗抗怎么都不肯叫爸爸，她觉得这个爸爸那么陌生。(为此我们夫妻深夜抱头痛哭……)妈妈对爸爸说："你不在家的几百个日日夜夜，我和女儿相依为命，那才是锥心的折磨呀……"抗抗的生日是在默默中度过的，妈妈给她买了花裙子和白衬衫，她只是满心欢喜，她不知道妈妈心里有着怎样的一种内疚。

7 月 20 日

暑假开始后，妈妈学校里落实了分配的新房子。原来住的地方就在学校旁边，很狭小，新房子是市教育局建造的皇亲巷教工宿舍，在中山北路的百井坊巷，离学校有半小时的路程，因为路远其他老师不愿去，这才轮上妈妈的。

我们决定月底之前搬家。

后 记——

姐妹的
夜航船

冬筱

终于等来《姐妹》。

对我而言，这部合集亲切又陌生。亲切的是其中许多篇目我都相当熟悉，我的大姨妈和妈妈讲述的那些记忆、故事、情感和人物似乎就在眼前。

陌生感却并不是来自几篇我过去未曾读过的文章。确切一点，这种陌生中裹挟着某些文本之外不可名状的洪荒与混沌，在我的内心深处翻涌起锐利的悲伤和感动。

这本姐妹书的诞生，实现了某种迟到的可能性，不但让她们的作品与创作经历成为一个互为映照的整体，同时让我拥有了一个罕见、亲近又独立的视角，从家庭故事、个人生活、地域南北等等多重融合的变量中来触碰、感知她们的心灵史。几十年来，她们坚持写作，而她们作品里的生活和故事，则是20世纪下半叶中国女人的记忆，包括栖居其上，载有无数情感与想象的精神世界。

她们在生活中迎接个人际遇与群体命运，在创作中勾勒着中国女人纷繁的剪影和侧颜。姐姐和妹妹互为背景，在各自的表达路径上展开了所有的情感张力。当这个世界似乎不那么美好的时候，妹妹的每一个故事中依然充盈着乐观的笑容和纯真的爱；当这个世界令人担忧失望的时候，姐姐的每一次描写里始终铺满了丰盈细腻的比喻和汹涌不息的自然意象。这便是她们对抗微观时代的遗忘、拒绝虚无历史的迷雾、击退人间谎言的方式。无论是真实的生活细节、定格的孩童视角、还是永恒的成长主题，她们的创作过程始终遵循生命本身的潮汐之力。若是把她们的作品放在一起看，会有一种完整的家庭感，以及明显地把自然世界、人间冷暖和自我情感三者归于一体的阅读感受。人的自我实现、相互依靠、精神追求，在每一个故事、每一篇散文当中变换着方式，此隐彼现。打动我的既有时常出现的有关社会责任的思考，也有踏实的人物内心挖掘，以及珍贵的文学想象力。那些真实的爱与隔阂，尊重与敬意，自我否决和不断进取，都在她们笔下的光与暗、正与反里投下模糊又清晰的影子。

姐妹俩的文章中具有清晰的家族脉络，她们作品里的人物肖像涵盖了完整的家族拼贴画。她们各自的个人写作风格，虽然有深浅不一的探索，但是两个人显然都不只在进行简单的描摹或者回忆。作品当中的感情和文采、生活细节的刻画、诗情渲染和赞颂，都有贴切的具象描述。然而她们笔下最核心的价值取向，毫无疑问来自父亲和母亲，她们的创作内容延续了父母在风起云涌的20世纪上半时所经历的热血抗争、艰难生活与痛苦跋涉。父母身上闪耀的珍贵的优点在姐妹身上全部留存，那种来自血脉亲情的灵感，不断在姐妹的作品里以质地各异的笔触往复出现。她们对家庭的日常付出和对每一丝文学情绪的真诚处理，凝聚了面对家的劳碌以及朝向国的奉献。她们虽然从不写诗，但家国情怀间的诗意一直存在。

我始终认为，家庭中的两代人，只有在文本的灵魂中心才能真正成为一个深刻而纯真的共同体。在这部合集里，我的外公外婆以一种半透明的、背景式的阅读感，塑像般地站立在两姐妹的身后。那些来自宏伟年代的心灵力量，那些在生活中对抗苦难的勇气和面向世界的善良，从来不曾缺席。不仅仅是那些关于父母本身的文章，更是文学表达中处处存在的顽强的生命律动和真实的人生际遇。

而当我以自身的代际观念和文学观感，尝试重新审视她们的作品时，我发现自己对现实生活的认知，已被淹没在纷繁平庸的渺小生活里，缺乏感知命运本身的力量。对迅速变换的环境的撕裂感、生活日复一日平静前行的倦怠感、在灵魂深处越发缺失信念的麻木感不断堆积，自我精神挖掘陷入了雨中刨沙般的困境。那些对人类精神本身的责任感，在精神勃发的20世纪之后，渐渐被庸常的生活消解在时代的车轮里，消散在转速可怖的历史碾压中。"责任"一词在我们身上渐渐隐匿不见，甚至灰飞烟灭。

于是我怀着一种伤感的情绪回到姐妹俩的文本之中，在她们的文学之路上，一直存在一种价值观的契合与互补。而出版合集则让两人的作品在同一个时空下交换了文本价值，也具有更高层次的意义——试图慰藉写作者数十年来堆叠在心的孤独和寂寞。这份情绪恐怕不那么容易理解，但若是细细感知，便知这是一种极少数人才可能得到的默契与谅解。妹妹满怀童心，乐观单纯地面对生活故事，姐姐背负着辽远深重的文化责任走向远方。姐姐没有时间和精力触及的童趣童真童心，妹妹一直在努力探索；而妹妹没有能力思考的更大的世界，姐姐始终在为之拼搏。这种感觉令我感动落泪，因为这真的太美好了，是一种不可思议的幸福。

本书收录了很多我之前未曾读过的作品，为我打开了一些隐秘的文学窗口。而最令我动情的，就是大姨妈早期的散文《夜航船》。这是一篇优美的散文，但其实也是一篇诡谲的小说。在这短短的几千字里，童年在特定的场域、复杂的光影、压抑的人群以及神秘的河流之中被完美展现。

所有物件、情绪、感官都拥有一种强烈的压迫感，孩童的沉默和恐惧，未知的环境与鬼怪都成了感知世界的别样视角，船只与河流承载着来自童年并且从未消失的暗影之境，好奇与快乐在此隐匿。一种漫长人生缩小为黑暗运河的寓言式思索循环往复、渐行渐远，阅读美感却依然缠绕周身。若以男性视角面对这篇极具艺术风格的作品，会感到一种巨大而细腻的力量围上心头，那来自女孩内心的无助与发问，在穿越时光之后竟然挟带着一种耀眼的震撼。《夜航船》所展露的触感和体验，以及与所处世界的互动和对其的认知，在如今看来更显得切合实际，仿佛自己五岁的噩梦在蔓延，那黑色的运河之水和腐朽船舱，人类面对未知的哀愁从文本中扑面而来。这种略带哲学感的文学表达，让我感受到了时空的错落——夜航船就这样从童年一直开到今天，船上与河上，满满的都是文学人生的重量，还有那些没有来得及探索的未知之地，那些尚未做到可能也无法做完的事情。在这里，收获与遗憾一起被刻骨而深邃的忧伤揽入怀中。

若是以这条夜航船作为象征，我的眼前会出现这样的影像：姐姐神思凝重，在船头迎风而立仰望星空；而妹妹则欢笑地在船板上跑来跑去，在船舷上戏水自娱……姐妹俩的艺术风格差异如此鲜明。

而在文学之外，从性格到生活，她们在各自的精神原野上都拥有独特的自然烙印。当少年行至如今，当她们渐渐在创作上走向帷幕深处的时候，她们笔下的人物和意象可以逐渐被归纳总结。所有她们写到的角色，一切聚焦描绘过的事物都具有不可分割的联系，互为参照。她们温柔如水，坚韧如石，她们笔下的中国大地、森林花朵、水乡和城市，都是中国社会历史变迁的一份小小的佐证。那些真实可见的人生与连绵持续的感情最终以文学的方式留存。从南到北，从上个世纪到这个世纪，从文学回到生活。姐妹俩永远把家人朋友放在前面，几乎不曾有自由闲暇的休息时光。她们总是在照片里展现笑靥与温柔，在谈吐中表达爱与童心，然而在这背后，姐姐依靠顽强的毅力进行着厚重严谨的精神书写，妹妹则在琐碎的生活里为家庭奉献出绝大多数时间。她们满怀纯粹的文学理想，在文字表达的漫漫长路上相携而行，也在具体复杂的生活中彼此支持。文学和情感无法分离，无论在她们的作品还是生活里，自我总是和对方，以及整个世界联动存在，而并非是当今社会纷繁表象下无数孤独的自我。而这种亲密的姐妹关系，就像一条船的左舷与右舷一般不可分割。

　　无论在南方还是北方，姐妹俩在同一条夜航船上坠入梦乡——人生确如匕首，划开流淌的寂静黑夜，凝固不住岁月之血。而每一个被情感唤醒的时刻，文学始终陪伴左右。她们用柔软的内心之水，注满时代的精神空洞，一步步继承来自父亲母亲的生命遗产，成就纯真而伟大的灵魂。恢宏时代已匆匆远去，文学也仿佛失去了那"人类最为稳固的精神堡垒"的地位，然而姐妹俩明知命运黑洞在前方吞噬岁月，也依然勇敢向前。容颜和身体在老去，但她们却有一颗年轻的心、爱与宽容。在女性主义被越来越频繁地提及，并且对青年进行价值输出的时代，《姐妹》一书可以提供一个具体而温暖、广阔又真实的例证——文学就是抗拒遗忘、告别迷惘、战胜欺瞒的一条道路。这条道路远比一些口号化的常识更真切、更具象，只因文学书写当中的女性主义，蕴含着对自然、世界、社会和人性，深沉温存的悲悯。

　　面对她们的作品，我不得不谈论了文学。但没有人比我更清楚真实生活中我的大姨妈和母亲，或许比文学更有魅力。

　　是啊，到最后我还是动了情，我好希望，她们能够在同一条船上，一直写，一直写，在船头和船尾，在船板和船舷，倾听运河的桨声并歌唱。

　　姐妹俩的夜航船在黑暗里一直前行，终将见到朝霞。

（冬筱，本名陈冬筱，张婴音之子，青年作家）

感谢
亲恩

张婴音

　　走过2019年的春夏秋冬，终于完成了这本《姐妹》合集。当这趟历经四季的旅程行至终点，我的内心仍无法平静，欣慰又感慨，心中掀起的涟漪一圈圈慢慢荡漾开，往事如电影般呈现在眼前。我和姐姐之间无数个相处的瞬间停驻在心头，成为长久而美好的回忆。

　　虽然我和姐姐从小受家庭影响，喜爱文学，但我们平时很少一本正经地谈论文学。我记得姐姐曾经说过，其实文学不是生活的全部。首先要好好地生活，才会有丰富完整的人生。我们谈论更多的总是生活中各种有意思的趣事，商讨家中大小事宜。如果说童年和少年时代的姐妹之情像清纯的泉水一样晶莹、透明，青年时代的迷惘和激情又如同美酒般醇厚香浓，让人沉醉，那么进入中年、老年的姐妹之情，更像温润的清茶，点点滴滴沁入心脾。

　　感谢亲爱的姐姐在百忙之中为此书付出的心血。姐姐年轻的时候，从南到北穿越中国，亲身经历了时代的风浪，成为一个"柔韧"的女人。她勤于思索，善于在创作中寻找答案。当变革的洪流滚滚而来，姐姐的作品在时代的尾巴上留下了清晰的文学符号。这是她一个人的精神史诗，在她数不清的作品里，岁月如海，哀而不伤，文学始终保有温暖人心的关怀和令人敬佩的傲骨。是姐姐让我明白，精神和灵魂的价值高于一切。

在编辑这部合集的时候，我也重温了自己的创作之路。我在写作过程中塑造的人物、收集的细节、捕捉的情绪，为我建立了一种陌生的归属感。无论是我的生活格局还是所处的历史年代，抑或我笔下人物的成长故事、每一个结局，都在反复提醒我，我的身份除了女儿和母亲，更重要的是女人。这些年来被我自己忽略的这个属性从字里行间不断浮现，也许生活让我逐渐接受了现实的平凡，但在文学当中，我却似乎从未疏远自己。无论人生怎样变化，我永远是那个天真快乐的女孩，不畏惧困难，不在乎得失。

感谢亲爱的父母，给予我们姐妹生命，给予我们文学的滋养，尽管他们曾经历过种种坎坷和艰难，但始终热爱生活，追求心灵的自由，用一生为我们姐妹讲述了世上最精彩动人的故事。特别要谢谢我九十六岁的老父亲，他不仅认真重读了我们姐妹的文章，更是尽他所能为此书写了言简意赅的序言。同时，谢谢我亲爱的儿子冬筱，他以自身的代际观念和文学观感，认真撰写了本书的读后感。因此，没有亲恩，就没有这本姐妹书。

当然，还要感谢长期以来一直支持、帮助我们姐妹俩的亲朋好友，你们的爱与关心，是我们最踏实的幸福，如果少了你们的陪伴，我们该会多么孤独啊。

时间的大手温柔又残酷，它创造出许许多多美丽的瞬间，抚慰着我们的记忆，却也一天天把难以言说的失落和伤感留给生活。《姐妹》这本书，讲述的、记录的，正是我和姐姐的生命时光。它们波澜不惊，却也汹涌流逝，让我们彼此依靠、随风摇晃的影子就这样一步步走到了远方。

而在不远的地方，便是下一个春暖花开的季节。